文春文庫

若冲

澤田瞳子

文藝春秋

若冲　目次

若冲

鳴鶴

一

大きな角盆をよいしょ、と抱え、お志乃《しの》はつや光りする箱階段をふり仰いだ。女子《おなご》の足には少々高すぎる段を上がる都度、わざと足を踏み鳴らす。顔料《がんりょう》の入った絵皿が盆の中でかたこと動き、ここ数日家内に満ちている梅の香が、その時ばかりは膠《にかわ》の匂いに紛れて消えた。

階段をこうもにぎやかに上るのは、二階間で絵を描く源左衛門《げんざえもん》への合図だ。なにせ家業を二人の弟に任せ、朝から晩まで自室で絵を描く兄は、ちょっと声をかけたぐらいではお志乃に気付いてくれない。敷居際で待ちぼうけを食らわぬよう、こうして物音を立てながら部屋に向かうのが、兄妹の長年の約束事であった。

京の春は冷えが厳しいが、今年は暦が改まった直後から、不思議に暖かな日が続いている。表店《おもてだな》の喧騒とは裏腹に、常に湿っぽい静謐の内にある「枡源《ますげん》」の店奥にも、うららかな陽が眩しいほど射しこんでいた。

先ほどまで土間で膠を煮ていたお志乃の額には、うっすらと汗がにじんでいる。目鼻立ちの涼しい面差しは整っているが、ひょろりとした体軀のせいでどこか華やぎに乏しい。だがそれでも階段を上がる弾むような足取りには、十七歳の若さが自ずとにじみ出ていた。

「お志乃かいな」

「へえ、新しい顔料を作ってきました」

父娘ほど年の離れた長兄が、いつからこの部屋に閉じこもって絵を描いているのか、お志乃ははっきりとは知らない。家督を継ぐ前からだとも、嫁を娶《めと》った直後からとも店の者は言うが、少なくとも七年前、お志乃が枡源に引き取られた時にはすでに、源左衛門はこの二階間で描画三昧に暮らしていた。

次兄の幸之助《こうのすけ》と三兄の新三郎《しんざぶろう》が、そんな長兄を苦々しく思っているのは承知している。しかし妾の子である自分にとってみれば、源左衛門の顔料作りの手伝いは、枡源に居場所を得る唯一の手段。また長兄からしても、そんな己だけがこの家でたった一人の理解者である事実に、お志乃はわずかな憐れみすら覚えていた。

源左衛門が寝起きするのは、奥庭を見下ろす南向きの八畳間。京の商家の例に洩れず、間口に比べて奥行の深い店の中で、もっとも奥まった一室である。

「おおきに、ご苦労さん。そこに置いといてくれるか」

源左衛門は乗り板の上で細筆を握ったまま、難しい顔で腕組みをしていた。

乗り板とは作画の際、絵絹の上に渡す頑丈な足つきの板。絵を描く者はこの上に乗って、枠に貼った絵絹に筆を走らせるのである。

今、彼が手がけているのは、幅二尺（約六十センチ）、長さ五尺弱（約百五十センチ）の絹本彩色画。満開の梅花に月光の降り注ぐ様が、精緻な筆で活写された作であった。

「その絵、まだ手直しするところがあるんどすか」

「ああ、仰山《ぎょうさん》あるなあ。いったいどこから手をつけるか、頭が痛いほどや」

この二、三日、源左衛門はこの絵を矯《た》めつ眇《すが》めつしては、萼《がく》に朱色を挿したり、蘂《しべ》を描き加えたり、細かな手直しを続けている。

さりながら梅は本来その清楚さから、著色水墨を問わず、余白を活かす簡素な筆致で描かれるもの。これほど濃密に描き込まれた梅図のいったいどこに、手を加える余地があるのだろう。

首をひねって絵絹を覗き込むお志乃に、源左衛門はわずかな笑みを浮かべた。

ぽってりとした一重瞼に細い目、薄い唇。何となく間尺の伸びた顔が、ひょろ長い身体の上に乗っかっている。

この春で四十歳になったはずだが、絵だけに打ち込む暮らしのせいであろうか。年の読めぬその顔はつるりとして、浮世離れした仙人すら思わせる。

着るものは夏冬通して、簡素な紬《つむぎ》。生臭物《なまぐさもの》や酒を好まず、好物といえば素麺《そうめん》ひといろ。

これが錦高倉《にしきたかくら》市場の青物問屋枡源の主とは、いったい誰が信じるであろう。

「まあ半日も置いといたら、また悪い箇所が見えてくるやろ。それよりお志乃、今日はこれから大事な寄合《よりあい》があるさかい、顔料はもう作らんでええで。お前も早う手を洗って、わしと一緒に来なはれ」

「うちもどすか――」

確かに今日は来客があるとかで、店内は何となく忙しげであった。義理の母、つまり源左衛門たちの実母のお清《きよ》が、朝から客用の膳を出すやら酒の支度を言いつけるやら、女子衆《おなごし》と走り回っていたのを思い出し、お志乃は首を傾げた。

長兄の源左衛門は、痩せても枯れてもこの「枡源」の主。日頃、弟たちに商いを任せているとはいえ、重要な寄合に顔を出すのは当然だ。

それに比べれば自分は所詮、妾の子。出入りの百姓の娘である母が先代の源左衛門に手をつけられ、幾許《いくばく》かの手切れ金をもらって実家で産み落としたのがお志乃であった。不幸なことに先代は、お志乃が産まれる直前に死去。また母も彼女が十の秋に流行《はやり》風邪をこじらせて亡くなり、困った叔父夫婦は半ば無理矢理、姪を枡源に押し付けたのである。

とはいえ先代の妻であるお清と三人の息子がいる枡源に、土臭い庶子の入り込む隙などない。女子衆より幾分か扱いがよく、お嬢はんと呼ぶには憚《はばか》られる半端な立場のまま、お志乃が娘盛りを迎えてしまったのは、至極当然の成り行きであった。

そんな自分がなぜ、寄合に呼ばれるのか。突き膝の胸元に盆を抱えて目をしばたたく妹に、源左衛門は説いて聞かせる口調で続けた。

「今日は、この中魚屋町《なかうおやちょう》の寄合やない。枡源の今後を相談する、ちょっと難しい集まりなんや。そやさかい、呼んでいるのは町役たちだけやあらへん。枡源の親戚一同に加え、玉屋《たまや》の伊右衛門《いえもん》はんにも、弁蔵《べんぞう》を連れて来てもらったる。さて、お客を待たせるのも悪いし、ぼちぼち行こか」

玉屋伊右衛門は隣町、帯屋町《おびやちょう》の青物問屋。枡源とは遠い姻戚に当たる店である。

（弁蔵はんが――）

懐かしい名に、とくん、と胸が鳴る。それを隠すように、お志乃は慌ててうなずいた。

客が集まり始めたのだろう。小さなざわめきが、階下から波のように聞こえてくる。

乗り板から降りた源左衛門は、開け放されていた障子の向こうに素速く目を走らせた。そして表情をさっと沈ませ、見てはならぬものを目にしたかのように顔を背けた。

京の商家はいずれも細長い家の奥に、小さな奥庭と土蔵を擁している。庭の隅では今、丈の低い白梅の古木が花盛りだが、その姿は深い軒に切り取られ、この部屋からは見えない。代わりに視界を塞ぐのは、黒い瓦を置いた土蔵の屋根だ。

源左衛門は一日のうち幾度も、あの土蔵に目を向ける。そしてそのたび今の如く、深い深い井戸の底を映したような目付きになるのであった。

（まるで死んだ魚の目みたいや）

足音一つ立てず階下に降りた源左衛門は、そのまま縁先に向かい、奥庭の手水鉢《ちょうずばち》で丁寧に手を洗った。その間にも目の前の土蔵をちらちら見上げ、どんどん顔を曇らせて行く。

あんな表情をするぐらいなら、いっそ部屋を移ればよかろうに、彼は頑《かたく》なに庭に臨む一間から動こうとしない。三度の食事も自室に運ばせ、庭端の土蔵を前に、日がな一日、ひたすら絵を描いている。

兄たちや義母が教えてくれたわけではない。だが、お志乃はちゃんと知っている。源左衛門の妻であったお三輪《みわ》は八年前、あの蔵で首を吊って死んだ。もともと絵を趣味としていた彼はそれ以来、土蔵の見える一間に引きこもり、画布だけに向き合って日を過ごしているのだ。

塀に沿って植えられた小竹がそよぎ、冴えた梅の香がお志乃の全身を包んだ。枡源の者はみな、お三輪が死んだ土蔵とそれを囲む庭を避けている。このため庭の梅や紅葉がどれほど美しかろうと、それを愛でる者は一人もいない。誰にも顧みられぬまま、春日に花弁を光らせる梅花が、哀れでならなかった。

（あんなに綺麗に咲いてるのになあ――）

このとき梅の根方の藪ががさっと音を立てて動き、大柄な青年が姿を現した。縁先の二人を驚いたように振り返り、意志の強そうな顔をしかめた。

店先も通り庭も越えた、奥庭である。お志乃は思わず腰を浮かしたが、源左衛門は細い眉をぴくりと跳ね上げただけで、彼に平板な声を投げた。

「――弁蔵やないか。久しぶりやな」

その言葉に、彼は無言のままひどく緩慢な仕草で小腰を屈めた。

「今日は呼び立ててすまんこっちゃ。伊右衛門はんはもうお着きなんかいな」

「へえ、お座敷のほうにおいでどす。わしはちょっと蔵を見たかったもんで、勝手に入らせていただきました」

応じた弁蔵の声もまた、源左衛門に劣らず感情の起伏がない。だが髪に櫛目を通し、いかにも物堅いお店の奉公人然とした身形《みなり》にもかかわらず、その目付きは今にも源左衛門に殴りかかりそうなほど猛々しかった。太い眉と鰓《えら》の張った顔立ちが、剛健な印象を更に強めていた。

これがあの弁蔵なのか。「姉さんは枡源の人らにいびり殺されたんや」と悔しげに訴えた少年の姿が、お志乃の記憶の底で緩やかに甦った。

まるで宿敵でも見るような弁蔵の眼差しを、源左衛門は平然と無視した。濡れた手を手拭いで拭きながら、そうか、と小さくうなずいた。

「遠慮せんかてええで。ここはお前の実家も同然。ほん目と鼻の先、同じ市場の玉屋はんに奉公してるんや。時折は顔をのぞかせえな」

「へえ、おおきにさんどす」

弁蔵は自分を覚えているだろうか。いや、忘れるはずがない。七年前、この店に来たばかりのお志乃が頼ることが出来たのは、三歳年長の弁蔵だけだった。そしてごく短い共住みだったとはいえ、彼にとってもお志乃は、胸の裡《うち》を打ち明けられるたった一人の友だったはずだ。

そうでなければお三輪と源左衛門にまつわる数々の逸話、そして枡源に対する怒り哀しみを、あれほど詳細に語りはしなかっただろう。

「それにしても早いもんや。お三輪が亡《の》うなって、もう八年。暇があれば、たまにはうちにも顔をのぞかせてくれや。なにせお前はお三輪の実の弟なんやさかい」

「へえ、ありがとさんどす。そやけど姉の位牌は、こちらにあらしまへんやろ。そないな仏壇しかない家にお邪魔するんは、なるべくご遠慮させていただきますわ」

弁蔵はそう吐き捨てるように言うや、くるりと踵《きびす》を返した。

少し肩を怒らせた歩き方は、あの頃とまったく変わっていない。そして源左衛門に対する頑なな態度も、子ども時分とそっくりそのままだ。いや、むしろ長い年月を経て、それは彼の中で一層激しい憎悪に変じているようにお志乃の目には映った。

「やれやれ、あいつは本当に昔のままやなあ。あれで玉屋はんでうまくやってるんやろか」

源左衛門の呟きに応じるかの如く、土蔵の屋根で鶯《うぐいす》がひどく巧みな囀《さえず》り声を上げた。

二

西魚屋町・中魚屋町・貝屋町《かいやちょう》・帯屋町の四町から成る錦高倉青物市場は、今から百二十年ほど前、寛永年中に公許を得た立売市場である。

京の青物市場にはこの他に不動堂・問屋町・中堂寺の三つがあるが、これらは仲買人のみを取引先とする問屋市場。それに対して錦魚市場に隣接する錦高倉市場は、店頭での小売りも行う開かれた市として、京の人々に親しまれていた。

当代で四代を数える枡源は、時に中魚屋町の町役に任ぜられもする老舗。出入りの百姓は三十人を超え、奉公人の数も市場で一、二を争うほど多い。

だがお志乃が知る限り、この店に来てから今まで、枡源の商いはすべてお清と幸之助、新三郎が切り盛りし、市場の寄合にも弟たちが交替で顔を出す有様。源左衛門が自室を出るのは、せいぜい帯屋町に構えた別宅に行くか、月に二、三度、昵懇《じっこん》の相国寺《しょうこくじ》慈雲院《うんいん》院主を訪ねる時ぐらいであった。

「源左衛門は今日も、相国寺さんかいな。うちの宗旨は知恩院《ちおんいん》さん（浄土宗）やのに困ったこっちゃ」

奉公人たちを差配し、毎日朝から晩まで店先に立つお清は、長男の態度に眉をひそめるものの、彼に直に小言をぶつけることはない。弟たちとて、それは同じであった。

「島原で散財したり、賭け事に入れあげられることを思えば、顔料屋（絵具屋）への払いぐらい大したもんやない。わしやお前も、謡《うたい》の稽古にはそこそこ銭を使うてるしな。そやけどこうも商売を疎《おろそ》かにされてては、外聞が悪うてかなんなあ。明日こそは、いや明後日こそは店に出てくれると思うてるうちに、とうとうここまで来てしもうたがな」

「それもこれも全て、お三輪はんが亡くなってから。それより先かて、確かに絵にうつつを抜かしてはりましたけど、たまには店を手伝うてくれはりましたもんなあ」

「お三輪はんの死で、それがなにもかもわや（台無し）になってしもうた。こんなんやったら、無理やり嫁取りなんかさせんかったらよかったわい」

一昨日、幸之助と新三郎は昼餉の膳をはさみながら、ぼそぼそとそんなことを話しあっていた。

「最近兄さんは、慈雲院の大典《だいてん》さまとかいうお坊さまと昵懇やとか。店を捨て、坊主にでもならはるつもりやろか」

「それやったらそれで、いっそすっきりするんやけどなあ。市場の寄合に行くたび、皆の衆から呆れた目を向けられるんはいっつもわしらやさかい」

腹立たしげな幸之助に、新三郎が「勘ぐり過ぎかもしれまへんけど」と辺りを憚《はばか》るように声を低めた。

「お三輪はんが亡くなって丸八年。兄さんはひょっとしたらほんまに、出家を考えてはるんかもしれまへんで。あやって絵ばっかり描いてるんも、坊主になった後の身すぎ世すぎを思うてやないですやろか」

「そしたら兄さんがいきなり、町役や親類を集めてくれと言い出さはったんは、そのためやろか。わしかお前に家督を譲って隠居しようと、思い立たはったとか――」

そこまで言って、二人は申し合わせたように箸を置き、給仕をしていたお志乃を振りか、店の話は出んかったか」

「そうや、お前、昨日も兄さんと一緒に、慈雲院さまへ伺《うかご》うたんやろ。そのときになに

「お志乃、お前なんか聞いてへんか」

返った。

幸之助は三十七歳、新三郎は三十歳。父親似と言われる源左衛門やお志乃と異なり、どちらもお清に瓜二つの、猪首に丸顔。畳みかけるような口調といい、どっしりした肉づきといい、どこから見てもやりての商人然とした風貌であった。

通常、商家の二男や三男は養子に行くか、暖簾分けをして別家を立てる。しかし肝心の源左衛門のせいで半端に店を背負わされている彼らは、いまだ嫁取りも出来ぬまま、枡源に飼い殺しの身の上であった。

「さあ、兄さんと院主さまは、そんな話は全くしはりまへんさかい」

「じゃあ、いったいお寺で何の話をしてるんや」

兄弟の中でもっとも短気な幸之助が、焦《じ》れたように膝を揺すった。

「兄さんが遊びに行かはると、院主さまは寺内のあっちこっちの塔頭《たっちゅう》から、珍しい絵を借りてきてくれはりますねん。兄さんはいつもそれをじっと眺めて、手控えに写して帰らはります」

「なんや、外に行っても絵のことかいな」

呆れ顔の二人に、お志乃はこくりとおとがいを引いた。

上京《かみぎょう》の相国寺は、正式名を萬年山相国承天禅寺と称する臨済宗の名刹。足利将軍家の時代よりこの方、大勢の学僧画僧を輩出し続ける国内屈指の禅宗寺院であり、宋や元の書画を多数所蔵することでも知られていた。

源左衛門が宗旨を転じてまで相国寺に近づいたのは、伝来の名画の臨模《りんも》が目的。このためお清たちが気づいていないだけで、彼は相国寺に大枚の喜捨《きしゃ》すら行っていた。

だが慈雲院の院主である大典は、寄進額とはまったく関係なく、純粋に源左衛門を気に入っているらしい。彼が訪れるたび、「これは宋の銭選《せんせん》の鳳凰図《ほうおうず》、これは李龍眠《りりゅうみん》の猛《もう》虎図《こず》じゃ」と数々の名画を、惜しげもなく借り出してくる。

そして源左衛門が模写に取り掛かると、縁先にひかえるお志乃を振り返り、

「お志乃はん、あんたの兄さんは世に二つとない絵を描くお人や。手伝いは大変やろけど、我慢してあげてな」

と、眉間の開いた顔をにこにことほころばせるのであった。

さりながらそんなことを告げても、兄たちをますます呆れさせるだけである。お志乃は無言で二人の前に、熱い番茶の入った湯呑みを置いた。

大典は漢詩の才に長《た》け、ほうぼうの門跡や公家衆からも厚い崇敬を集める高僧。誰に対しても常に物腰柔らかで、兄の供をしてきたお志乃を気遣ってであろう、時には彼女に絵の感想を問いもした。

「こちらの床の絵、お志乃はんはこれをどうご覧になられるかのう」

「なんや妙に平べったい松の絵どすなあ。今、兄さんが写してはる花鳥図のほうが、うちは好きどす」

「ほほう、源左衛門はん。お志乃はんはなかなか、絵を見る才がおありや。あれは孫君《そんくん》沢《たく》の花鳥図。こちらにかかっているのは、本邦の雪舟等楊《せっしゅうとうよう》の作や」

寺の蔵品をけなされたにもかかわらず、大典は妙に嬉しげに両の掌をこすりあわせた。

「雪舟は雪村周継《せっそんしゅうけい》を始め、後の画家に多大な影響を与えた御仁やけど、少々生まれてくるのが遅かったようでなあ。せっかく明まで絵を学びに行ったものの、かの国の画壇は既に往古の勢いを失っており、わが国に持ち帰ったのはその余燼《よじん》ばかり。まあ功績があるとすれば、老境に至ってかような大陸の猿真似を止め、独自の画風を打ち立てた一事に尽きるわい」

書院の床に飾られた絵は、太い松に止まる鴉《からす》を描いたもの。筆の勢いも乏しく、妙に小さくまとまった作と、お志乃には思われた。

「絵を見るには学識や教養など二の次。まずは、その本質を見抜く目が必要や。血は争えへんということか、お志乃はんはそないな目を生まれながらに持ってはるみたいやな」

大典の言葉は褒め過ぎだろうが、ともあれそんなお志乃にも上手下手が断じられぬ画家が一人だけいた。他ならぬ源左衛門がそれである。

大典が「世に二つとない」と言い切るように、確かに彼の絵は他に類を見ぬ細やかなもの。さりながら高価な顔料を惜しげもなく使い、執拗なまでに精緻な筆で表された動植物は、まだ若いお志乃の目にどこか不気味と映った。

そもそも絵とは、人の目を楽しませるために存在するはず。それゆえ通常の画家であれば、醜いものを隠し、美しいものだけを描くに違いないが、源左衛門は決してそんなまやかしを許さなかった。

彼が取り上げる画題はおおむね、ありがちな四季折々の花鳥。問題は、その描き方だ。破れ、穴の開いた糸瓜《へちま》の葉。茶色く枯れた茎の上を這う蝸牛《かたつむり》。生き物の生死をあるがまま写し取ったが如き絵に、お志乃はうすら寒さを覚えずにはいられなかった。

今はどれだけ美しくとも、現実の草木や鳥獣は必ずいずれは老い朽ち、腐り果てる。源左衛門の絵には、そんな生命の末路まで思い知らせるような、容赦のない激しさが含まれていたのである。

彼が降り積もる雪を描けば、それは何もかもを飲み込もうとする生き物の如く蠢《うごめ》く。波を描けばそれは、歯を剝き出して空を呪う幽鬼にも似た禍々《まがまが》しさを帯びる。

考えようによっては、源左衛門の絵は独特の気迫に満ちた比類なき作かもしれない。さりながらなまじ華麗な花鳥の姿を借りているがゆえに、そこに充溢する奇矯と陰鬱は、時に見る者をたじろがせる狂逸の気配すら漂わせていたのであった。

（まあ、あの土蔵を前に描いた絵やから、しかたないんやろけど――）

一方で源左衛門はまず滅多に人間を描かない。山水画にも興味を示さない。これは絵を趣味とする者としては、極めて偏屈な行いであった。

その代わりに彼は花鳥の中でも、好んで鶏を描いた。半町ほど離れた帯屋町の別宅の庭に鶏を放し、数日に一度の割で彼らの姿を写しに行きすらした。

「兄さんはいつから、絵を描いてはるんどすか」

もう何年も前に、お志乃は一度だけ源左衛門にそう問うたことがある。彼はそのとき、細筆を握った手をつと止め、色の薄い目をさあて、と宙に据えた。

「最初に絵を習ったんは、まだ親父が生きてた頃やな。鶴沢探山《つるさわたんざん》さまのお弟子で、青木《あおき》左衛門《さえもん》さまいうお人に、半年ほど教えを受けたんや。けどわしが弟子入りしてから間もなく、左衛門さまはぽっくり亡うなってしもうてなあ」

淡白な画風で知られる鶴沢探山は、江戸狩野《かのう》の祖である狩野探幽《たんゆう》の高弟。その教えを受けた青木左衛門言明《ときあき》は、生写《しょううつし》（対看写生）の名手として京洛に名を轟《とどろ》かせていた。

彼に限らずこの時代、対象をじっくり観察して描く生写は、画家には必須の素養であった。粉本《ふんぽん》模写を基本とする狩野派ですらこれは同様で、長崎からもたらされた珍奇な動植物の生写や、将軍の鷹狩や社寺参詣に際しての行列図作成は、御用絵師たる狩野家の重要な任務の一つであった。

加えて国内屈指の学問興隆の地である京都では、本草学の隆盛に伴い、動植物の詳細な写し絵が多数求められた。それゆえ京の画家は生写の腕こそが画技を左右すると見なし、皆、懸命な研鑽を重ねていたのである。

「幸い、狩野派の画法はだいたい教えてもろうてたし、左衛門さまは何より、生き物のあるがままの姿を写せいうのが口癖やった。そやからわしはこうやって鶏を飼って、こいつらをひたすら描くことにしたんや」

（ほんまにそうやろか）

お志乃の耳に、源左衛門のその言葉はどこか言い訳めいて響いた。

兄の供をする中で多くの絵に触れてきたが、過去の画家はいずれも、目に映る物を如何に正確に、また美しく描くかと腐心している。絵の真髄は確かに、事物をありのままに捕えること。さりながら同じ目的を持つはずの源左衛門があのような奇妙な絵ばかり生み出すのは、その心に常人とは異なるものが巣喰っているからではなかろうか。

お志乃は一度だけ、兄が二十歳そこそこの頃に描いた絵を見たことがある。池の脇に繁る菖蒲を描いた一幅は、今の彼の作とは似ても似つかぬ、穏やかで凡庸な作であった。そう、少なくとも今の源左衛門の絵に漂う小暗さは、かつての絵には欠片《かけら》もなかったのだ。

あの絵と現在の絵の間には、恐ろしく深い川がある。そして滔々と水を湛えたその川の源は、二階から見下ろすあの土蔵に違いない。

（兄さんがあんな絵を描かはるんは、すべてお三輪はんのせいや）

お志乃の知らぬ、嫂《あによめ》の死。源左衛門の心はその瞬間を境に、この枡源から遠く隔《へだ》たったどこかに去ってしまったのだろう。長兄の絵に毎日触れているお志乃にとって、それは絶対的な確信であった。

三

奥座敷ではすでに二十人ほどが、源左衛門を待ち構えていた。

「遅かったやないか、兄さん。皆さん、もうお待ちやで」

「へえ、すまんこっちゃ」

いらついた声を投げる幸之助をさらりといなし、彼は床の間の前に座を占めた。

「お志乃、あんたはこっちに来なはれ」

末席のお清が、腰を浮かしてお志乃を呼ぶ。もうすぐ還暦を迎えるとは思えぬ、張りのある声であった。

気丈でしっかり者のこの義母が、お志乃は苦手でならない。源左衛門がそれとなくかばってくれなければ、とっくの昔に枡源を飛び出していただろう。少なくともこの店において、道楽者の長兄と庶子のお志乃は、厄介者という点で同志であった。

へえ、と口の中で呟いた視界の端に、玉屋伊右衛門と弁蔵の姿が引っかかった。

隣席の町年寄とにこやかに話している伊右衛門の横で、弁蔵は相変わらず鋭い眼を源左衛門に据えている。

町役や枡源の親類がそれとなく源左衛門の様子をうかがっているのに比べ、あまりにむくつけな眼差しであった。

「玉屋はんの隣にいてるのは、弁蔵かいな。少し見いへんうちに、立派になったもんや」

お清の呟きに、親戚たちの間に同調のうなずきが起きた。

「月日とはほんまに早いもんや。あんとき十二やった弁蔵はんが、あない逞《たくま》しい男衆《おとこし》になるんやからなあ」

「あの今の姿を知らはったら、お三輪はんも草葉の陰でさぞ喜ばはりますやろ。それにしても弁蔵はんまで呼び出して、源左衛門はんは何を考えてはるんやろ」

彼らのひそひそ声は、源左衛門の耳までは届かない。頃良しと見た幸之助が、咳払いして話の口火を切った。

「ようやく松が取れたばかりの時期に、お呼び立てしてすみまへん。実はこの枡源の先行きについて、兄から皆さまにご相談があるんやそうどす。お忙しいとは存じますけど、何卒お知恵を貸してやってくんなはれ」

居並ぶ人々の視線が、一斉に源左衛門に向けられた。しかし彼は別段気負いもせず、薄い背を丸めるようにして、はい、とうなずいた。

「幸之助が今申し上げた通りでございます。二十三で枡源を継いだわたしも今年で四十、孔子さまの仰せられる不惑を迎えました。そやのうてもご存知の通り、これまで店にも出んと、好き勝手に暮らしてきたこの身どす。この辺でそろそろ隠居し、店を次に譲りとうございますのや。皆さまお許しいただけますやろか」

やっぱり、と言いたげな気配が座敷に満ちた。

普通であれば、形だけでも隠居を押し留めるところである。さりながら相手はこの十数年、放逸な暮らしを続けてきた源左衛門。これでようやく枡源もまともになる、と誰もが安堵の吐息をついたとき、表店の方で、「ごめんやす、ごめんやす」と呼び立てる声がした。

年配の女子衆が跳ね立ち、すぐに若い僧形を導いて戻ってきた。

「すんまへん、ちょっと通しておくれやす」

座敷にひしめく人々に断りつつ、壁際にどっかり座を占めた僧に、源左衛門が嬉しげな声を上げた。

「おお、明復《みょうふく》はん。来てくれはりましたか」

「へえ、お指図通り、大典さまの名代としてうかがわせていただきました。けどわたくしなんかで、お役に立ちますのやろか」

年はお志乃とさして変わらぬだろう。少し離れた目に愛嬌のある受け口。僧というより商家の手代を思わせる、陽気な雰囲気の青年僧であった。

「ええ、ええ、十分どす。皆さま、このお方は明復はんと言わはり、慈雲院の大典さまの行者（従僧）でらっしゃいます」

さて、と源左衛門は居住まいをただし、居並ぶ面々を見廻した。

「皆さまお揃いのところで、わたしの腹案を聞いていただきます。わたしには幸之助と新三郎、二人の弟がおりますが、彼らには暖簾分けを許し、別家させるつもりでございます。その上でそこにいてはる弁蔵はんを妹の志乃の婿にいただき、枡源を継いでもらおと思うてます」

誰もが一瞬、言葉の意味を捉えかねた。そんな中で真っ先に我に返ったのは、他でもない弁蔵であった。

「わ、わしが枡源を継ぐやって――」

驚愕よりも怒りの色を露《あら》わに立ちあがった彼を、源左衛門は「そうや」と見上げた。

「伊右衛門はんには、すでにご内諾をいただいてる。お志乃の気持ちは知らへんけど、まあそれはおいおいどうにかすればええこっちゃ」

「ふ――ふざけてんのか、源左衛門はん」

弁蔵の顔は怒りのあまり、青ざめてすらいる。握った拳がぶるぶる震える様に、お志乃はああやはり、彼はまだ源左衛門たちを許していないのだと思った。

だが、それも当然だ。お三輪を死に追いやったのは、この枡源の人々。今更その埋め合わせのように店を譲ると言われて、へえそうどすかと首肯できる道理がない。

「ふざけてなんかいいへん。あれこれ熟慮を重ねた末や」

「何を言うてるのや、源左衛門」

今度はお清が悲鳴に似た声で、源左衛門の言葉を遮った。

「お志乃は妾の子なんやで。いや、ほんまを言うたら、うちの人の子かどうかも知れたもんやあらへん。よりによってそんな娘に婿を取るやなんて、気でもおかしくなったんかいな」

「いいえ、お母はん。わたしはこれが一番ええと思うて、申し上げてるんどす」

「一番ええやて。四代続いた枡源を、どこの馬の骨か分からへん女子と、うちの土蔵であてつけがましく首をくくった嫁の弟に継がせるのがかいな」

「なんやて」

お清の言葉が終わらぬうちに、弁蔵が血走った眼でこちらを振り返った。

「今、なんて言うた。姉さんが首を吊ったんは、あんたらがよってたかっていじめたからやないか。仲人に調子のええことばっかり吹き込んで、いざ嫁いできたら旦那は商いよりも絵が好きな変わり者。その上、姉さんを店にも出さず、早う子を産め子を産めといびり倒してからに――」

「そ、そやかて、嫁が子を産むのは当然の務めですやろ。いちゃもんを付けんといておくれやす」

「源左衛門はんの絵道楽をわしの家に隠してたんは、どこのどいつやな。旦那は何を考えてるのか分からへん、姑にはいびられる。そんな姉さんのつらさは、あんたには分からへんやろ」

近江国醒ヶ井《さめがい》の豪農の娘であるお三輪が枡源に嫁いできたのは、十年前の春であった。源左衛門は当時からすでに絵にのめり込み、そのためなら商いすら疎かにする有様。かような変わり者だからこそ、嫁を迎えてしゃきっとさせねばと、親戚一同協議した上での婚礼であった。

仲人は枡源出入りの深草の青物仲買商。なまじ洛中に近くては、源左衛門の悪評を耳にしている恐れがある。わざわざ近江から嫁を選んだのは、慎重に慎重を期してであった。

（錦の枡源と言うたら、京では名の通った大店。最初は誰もが、ええ縁談やと喜んでたんや。そやけどその翌年、枡源に行ったわしは、我が目を疑うたわいな——）

ぽつり、ぽつりと語った弁蔵の声が、お志乃の耳の底に甦った。

六人姉弟の末っ子である彼が、京に出てきたのは十一歳のとき。いくら家が豊かとはいえ、末弟にまで分け与える土地はない。婿入りの口を待って田舎にしがみつくより、錦高倉市場で商いを学び、行く行くは仲買人にでもなればとのお三輪の文に従っての上洛だった。

だが一年ぶりに再会した姉は、別人かと息を飲むほど痩せ衰えていた。

それもそのはず。頼りの夫はお三輪を嫁に迎えた後も、まったく家業を顧みない。気丈なお清は源左衛門を真っ当な道に引き戻せぬ嫁に苛立ちを隠さず、奉公人の前でもお三輪に罵詈雑言を浴びせつける始末だったのだ。

「人嫌いは源左衛門の気性やから、しかたあらへん。そやけど普通の嫁やったら、旦那をしゃきっとさせるべく、ありとあらゆる手立てを尽くすもんやわなあ」

そうでなくとも田舎育ちの彼女からすれば、何十人もの百姓や仲買人、奉公人たちが出入りし、威勢のいいだみ声がしきりに飛び交う枡源は異国のようなもの。しかも不幸にも、源左衛門はお三輪が枡源の暮らしをかこてばかこつほど、ますます店に姿を現さなくなった。

無論、母のお清を注意することもしない。ただひたすら絵に没頭し、挙句、中魚屋町の店を出て、帯屋町の別宅に引きこもってしまった。

お三輪が弟を呼び寄せたのは、そんな暮らしに少しでも助けが欲しかったゆえだろう。しかしそれが枡源の人々に無断だったことが、お清の怒りを更に募らせ、嫁いびりは激しさを増す一方となった。

土蔵でお三輪が首をくくったのは、婚礼から二年が経った頃。鶯が奥庭で初音を響かせ、「三年子なきは去るいうけど、これでちょうど二年。あと一年やなあ」とお清が聞えよがしに言い放った翌日であった。

姿の見当たらぬお三輪を最初に発見したのは、十二歳の弁蔵であった。

芳《かぐわ》しい梅の香が満ちた蔵の中で、お三輪は鶯の声に耳を傾けるかのように首を垂れ、白い脛《はぎ》をぶらりと宙に浮かせていた。

うららかな陽が天窓から差し込み、髷《まげ》の根方に刺さった平打ちの簪《かんざし》を、驚くほど眩く輝かせていたという。

「姉さんをあんな目に遭わせたのは、あんたら枡源の者やないか。それを今更どの面提げて、わしを婿にするいうねん」

「ま、まあ弁蔵。落ち着きなはれ」

喚《わめ》き続ける弁蔵を、町役たちが懸命になだめている。

「これが落ち着いていられるかいな。いくら玉屋の旦那さまが承知でも、わしは絶対に、絶対にお断りじゃ」

そう叫ぶなり、弁蔵は居並ぶ面々の膝をまたぎ越えて、座敷を飛び出した。

「ま、待ちなはれ」

慌てて追おうとした玉屋伊右衛門が、敷居でつまずいてうずくまる。それを眼にした瞬間、お志乃はかたわらのお清を押しのけて立ち上がっていた。

「お志乃、お前、どこに行くんや」

背後で幸之助の怒鳴り声が響いたが、振り返っている暇はない。蔬菜《そさい》が山積みにされた店先で下駄をつっかけ、お志乃は混雑する錦小路に走り出た。

昼過ぎの錦市場は、遅い買い出しに来た料理人や、早々に引き揚げてきた棒手振《ぼてふり》で、まっすぐ歩くのも困難な賑わいであった。

その人混みの向こうにちらりと見えた大きな背を追って、お志乃は懸命に駆けた。小川にかけられた板橋をかたかたと鳴らし、そのまま錦天神の境内に走り込んだ。

「ま、待っとくれやす、弁蔵はん。どうかうちの話を聞いとくれやす」

はあはあと息をつくお志乃に、天神社の階《きざはし》に座っていた弁蔵が、弾かれたように顔を上げた。

「お志乃はん――」

小さく呟き、弁蔵は真一文字に口を引き結んだ。ぷいと顔を背け、そのまま境内を出て行こうとする袖を、お志乃は慌てて摑んだ。

「弁蔵はんのお怒りはごもっともどす。そやけど兄さんは兄さんなりに弁蔵はんに詫びるつもりで、あんなことを言い出さはったんやと思います。どうか許してやってくれはらしまへんか」

「今更、そない言われたかて、どうにも腹に据えかねることかてあるんや。お志乃はんも、それはようわかってるやろ」

外聞を憚ったお清は、町役とも協議の上、お三輪の死を病死と偽り、内々に葬式を済ませてしまった。その一方で醒ヶ井の実家に彼女の遺骸の引き取りを迫り、嫁入り道具を含めた一切を、親元に叩き返したのである。

このため現在、枡源には彼女の位牌すらない。お三輪のいた名残は、誰も足を踏み入れたがらぬ土蔵。そして二階でつくねんと絵を描き続ける、源左衛門だけだ。

それでもさすがに自分たちの仕打ちに、後ろめたさを覚えてはいたのだろう。お清は醒ヶ井の親に、弁蔵をひとかどの商人に育てると請け合ったという。さりながら結局彼はその翌年、引き取られてきたお志乃と入れ替わるように、遠縁の玉屋へ奉公に出ることになった。

「あない可愛げのない子を、これ以上、店に置いとけへん。見てみいな。仇でも見るみたいな、あの憎々しげな目。そのうちうちらの寝首を掻くつもりやないかと思うと、おちおち一つ屋根の下で寝てられへんわ」

　お清が源左衛門たちにそう漏らしていたのを、お志乃は鮮明に覚えている。

　この年になれば、似たような嫁いびりは幾らでも耳にするものだ。ただお三輪は京の商家の嫁としてはあまりに気が弱く、源左衛門は商人に向かぬ男であった。そして嫁の自死をおおっぴらにするには、枡源はいささか大店に過ぎた。

　無論、如何なる理由があれ、枡源の人々がしたことが許されるわけではない。さりながらお志乃は源左衛門が今なお、妻の死という過去に捕われたままであることを知っている。

（そうや。そやから兄さんは今も、あの部屋で絵を描き続けているんや）

　ただひたすら、花鳥のあるがままを写す狂逸の絵。人に交わらず、お三輪の死に場所を眼前にそんな絵を描くことで、源左衛門はみすみす妻を死なせた怯懦《きょうだ》な己に罰を与え続けているのだ。そうでなければ彼があの一間に、固執する意味が知れぬ。

　とはいえどう説けば、弁蔵はそれを理解してくれるだろう。怒りに全身を震わせる彼に、お志乃が唇を嚙みしめたとき、

「ああ、見つけた。お二人とも、こんなところにいはったんどすか」

　甲高い声が、二人の間に落ちた沈黙を破った。見回せば明復とかいう青年僧が、頰を

上気させながら境内に駆け込んでくるところであった。

「皆さま、心配してはりますで。突然の相談に驚かはったんやろけど、まずはお店に戻りまひょ」

「わしはご免やわい。あんな店に戻ってたまるかいな」

声を荒げる弁蔵を、明復は困り顔で見上げた。

「そない我儘《わがまま》を言わんといておくれやす。若冲《じゃくちゅう》はんかて、熟慮の末に言い出さはった話なんどすから」

「若冲、若冲とはどいつのことやいな」

ああ、と明復は大仰《おおぎょう》な仕草で自分の額を叩いた。こんな時でなければ笑い出してしまいそうなほど、剽軽《ひょうきん》な身振りであった。

「これは失敬。若冲とは、源左衛門はんの居士号《こじごう》どす。大典さまが時折そう仰るさかい、つい若冲はんとお呼びしてしまいましたわいな」

居士とは、仏道に帰依する在家男性の意。幸之助たちのやりとりを思い出し、お志乃は考えるよりも先に明復に問いただしていた。

「それやったら兄さんはやっぱり、隠居後は寺に入らはるんどすか」

「へ? いいえ、そんなことはうかごうておりませんけど」

弁蔵と枡源の因縁を知らぬらしい明復は、鉢の張った坊主頭をふるふると振った。

「大典さまからのまた聞きどすけど、源左衛門はんは隠居しはった後、描画三昧に生きるおつもりやそうどす。描かなあかんものが、山のようにあると言うてはったとお伺いしましたわ」

「なんやて、絵やと」

怒りを通り越し、呆然とした口調で弁蔵が呟いた。いや、信じられぬのはお志乃も同様であった。

「ほんまに絵を描くためだけに隠居しはるんどすか。お三輪はんのために出家するのやのうて」

「へえ、わたくしどもはそうお聞きしてます」

このとき堅い音が辺りに響き、お志乃と明復はびくっと飛びあがった。弁蔵が握りしめた拳で、高欄《こうらん》の架木《ほこぎ》を殴りつけたのである。

よほど力を込めたのだろう。指の間から流れ出した血が、ぽたぽたと石畳に滴《した》ってい る。なおも拳を振り上げる弁蔵に、お志乃は夢中でしがみついた。

「や、やめとくれやす。弁蔵はん」

「何ちゅうこっちゃ。姉さんを弔うために家督を捨てるんやったら、まだ許してやらんでもないと、心の底では思うてたわ。そやけどそれが絵のためとは、どういうわけや。源左衛門はんは、血も涙もない鬼かいな」

「違います。兄さんはそんな人やおへん」

そうだ。お志乃は知っている。源左衛門がどれほど暗い目で、お三輪が命を断った土蔵を眺め続けているか。その筆先がいったいどんな絵図を生み出しているか。

「兄さんにとって絵は、お三輪はんを悼む手立てなんどす。きっとそうどす。確かに兄さんは絵のせいで、嫂《あね》さんを死なせたかもしれまへん。そやからこそ今もなおずっと、絵を描くことで自分の過ちを悔い、お三輪はんに謝り続けてはるんどす」

「やかましいッ。そんなこと信じられへんわいッ」

激しく手を振り払われ、お志乃はその場に尻餅をついた。狼狽《うろた》える明復にはお構いなしに、弁蔵は彼女に血に染まった指を突きつけた。

「理屈なんか、何とでも付けられるわ。要は源左衛門はんは店の主の務めも擲《なげう》って、好きなことだけして日を過ごしてるんや。そんな――そんな性根の腐った真似が詫びやなんて、わしは決して認めへん」

あまりの大声に、参詣の人々が三人を遠巻きにしている。関わり合いを避けるように、そそくさと境内を後にする者もいた。

「お志乃はんは所詮、枡源の娘や。あの鬼婆はともかく、源左衛門はんはあんたをひどく可愛がってるそうやないか。そんなあんたに、わしの気持ちが分かってたまるかい」

弁蔵は目を吊り上げて、怒鳴り続けている。その罵声に身をさらしているうちに、唐突な怒りがお志乃の胸にこみ上げてきた。

自分と源左衛門の仲がいいのは、二人がともに枡源の持て余し者だからだ。少なくとも兄のための顔料作りは、店にも立たせてもらえぬお志乃にとって、たった一つの日々の務めであった。

お清が困り者の長男の手伝いに自分を充てることで、厄介者二人を人目につかぬよう計らったのは百も承知している。だが継母の意に従う他、お志乃がこの店で暮らす術はなかった。

源左衛門はそんな自分を憐み、どこに行くにも同行させてくれる。そんな兄の優しさにすがるしかないつらさが、弁蔵に分かるのか。玉屋に去ったまま、一度としてお志乃の様子をうかがいにも来なかった彼に。

いや、怒りは目の前の彼に対してだけではない。誰にも心を開かぬまま、ただひたすら絵に後悔を塗り込める源左衛門。自分をどこの馬の骨とも分からぬと言い放ったお清。あの何もかもがどんよりと淀みきった枡源。そのすべてが、腹立たしくてならなかった。

敷石にぶつけた臀《しり》がじんじんと痛む。お志乃は明復の手を断って立ち上がり、首一つ分背の高い弁蔵をきっと見上げた。

「性根が腐ってると思わはるのは、弁蔵はんの勝手どす。そやけどそない口に出さはるんは、一度、兄さんの絵を見てからにしとくれやす」

「なんやと。そんなん、余計なお節介や。だいたい源左衛門はんの絵やったら、枡源にいた時分に何度も見たわい」

「いま兄さんが描いてるんは、そんな生易しい絵やありまへん。うちの兄さんはきっと、坊主になって暮らすよりももっと険しい道を行くために、絵に向き合うてはるんどす。

少なくともうちは、そう信じてます。ええから、一緒に来とくれやす」

常はおとなしいお志乃の豹変に驚いたのだろう。強く摑まれた手を、弁蔵は振り払わなかった。

四

一向に人の減らぬ錦小路を大股に過ぎ、お志乃は彼を引きずるようにして、枡源の裏木戸をくぐった。成り行きでついて来た明復が、周りをうかがいながら戸を閉める。

座敷では思いがけぬ話を聞かされた親族たちが、まだ源左衛門に詰め寄っているのだろう。三人を見咎める者は誰もいなかった。

申し合わせたように無言で下駄を縁の下に押し込み、こっそり箱階段を上がる。

源左衛門の部屋に踏み込むなり、窓を塞ぐように建つ土蔵に、弁蔵は一瞬、その場に棒立ちになった。

そしてすぐに八畳間の中央に広げられたままの梅の絵を見おろし、うめくように呟いた。

「これが源左衛門はんの絵かいな。昔とは全く違うてるやないか」

彼に見せたかったのはそれではない。お志乃は次の間に続く襖を、両手で力いっぱい跳ね開けた。

その途端、溢れんばかりの色彩が視界を塞いだ。

ひゃあ、と素《す》っ頓狂《とんきょう》な声を上げたのは明復だ。隣の六畳間には、壁いっぱいに何幅《なんぷく》もの絵が掛けまわされていたのである。

盛りを過ぎ、花弁が茶色く変じ始めた百合、松の梢《こずえ》で四囲を睥睨《へいげい》する白鷹……軸の上に別の軸を重ねているせいで、室内は目の奥が痛くなるほど濃厚な色に満ちている。その中の一幅を、お志乃は目で指し示した。

「見とくれやす、弁蔵はん。これでも兄さんは、お三輪はんを思うてへんと言わはるんどすか」

そこには山茶花《さざんか》が群れ咲き、雪の下に水仙の花咲く初春の湖畔が、精緻な筆で描き出されていた。春はまだ名ばかりらしく、湖面に張り出した梅の枝は分厚い雪で覆われ、水仙の葉はところどころ霜に当たったかのように枯れている。

しかしそれらの花々よりも目を惹くのは、画布の中ほどに描かれた一羽の鴛《えん》であった。雪の積もった岩の上に立つ彼の眼は、湖面に浮かぶ鴦《おう》に向けられている。だが鴦の側はといえば、顔を水に突っ込んで魚を追うのに懸命で、雄の眼差しにはまったく気づいていない。

鴛鴦《おしどり》は古来、夫婦和合の象徴。さりながら普通の鴛鴦が寄り添って描かれるのに比べ、この二羽は完全に水陸相隔てている。夫婦の情愛めいたものは何一つなく、まるでこの世とあの世、異なる世に暮らすかの如き距離が、彼らの間にはあった。

木の間を遊ぶ小鳥、咲きしきる山茶花の色が鮮やかであればあるほど、鴦に顧みられぬ岩上の鴛の哀しみがひしひしと伝わってくる。このような鴛鴦図がかつてあったであろうか。

ぺたり、と腰が抜けたように、弁蔵がその場に座り込んだ。

「そればかりやありまへん。これも、この絵も、兄さんが描かはる鳥たちは、みんな夫婦が別々に過ごしてますのや」

弁蔵は大きく目を見開き、部屋のぐるりを見廻した。

左手に掛けられた画幅《がふく》は、紫陽花《あじさい》の下に立つ雄雌の鶏を描いたもの。一見仲睦まじげとも映る二羽だが、よく見れば花の真下に立つ雌鶏は葉叢《はむら》の陰に身をひそめ、己の羽に顔を隠そうとしているかにも映る。そして軽く片足を上げてそんな雌の顔をのぞき込む雄は、思いがけぬ雌の姿に羽を逆立てているかのよう。二羽の間に漂う緊張感が、澄明な初夏の光景を険しく引き締めていた。

かと思えば次の絵では、何もかもを覆い尽くすほどの雪の中、一羽の雄鶏が餌をついばんでいる。ただただ白く広がる雪が孤独な鶏の心中を偲ばせる、ひどく寒々しい一幅であった。

そう、所狭しと掛け廻された鮮麗な絵には、一つとして生きる喜びが謳われていない。そこに描かれるのは、いずれ散る運命に花弁を震わせる花々、孤立無援の境遇をひたすら噛みしめるばかりの鳥たち。身の毛がよだつほどの孤独と哀しみが、極彩色の画軸から滔々と溢れ出していた。

「これでも弁蔵はんは、兄さんの絵が道楽やと言わはるんどすか。好きこのんで、こんな絵を描いてると考えはるんどすか」

重なり合った軸を指差し、お志乃は喚いた。いつの間にか濡れるものが頬を伝っていることにも、気付かぬままであった。

自分とお三輪の姿を狂おしいほど濃密な絵に仮託することで、源左衛門は自らの罪に向き合い続けている。この華やかな墓地に生きながら身を埋める兄が、哀れでならなかった。

「もうええですやろ。止めなはれ、お志乃はん」

明復から留められ、彼女はようやく自分が髪を振り乱し、大声で叫び続けていることに気付いた。

「弁蔵はんも、これで分からはりましたやろ。こないな絵を描かはる源左衛門はんやからこそ、大典さまも隠居の相談に、『そのほうがええかもしれませんなあ』とうなずかはったんどす」

そうか。大典もまた、自分と同じものを兄の絵から嗅ぎ取っていたのか。激しい虚脱を覚え、お志乃は弁蔵と向かい合うように膝をついた。

「……んや」

がっくりとうなだれていた弁蔵が、このとき微かな呻きを漏らして顔を上げた。

何を言ったのか聞き返す暇もない。次の瞬間、彼は傍らの孔雀《くじやく》の絵を引っ摑み、それを両手で一気に二つに引き裂いた。絹の裂ける甲高い音が、悲鳴のように高く部屋に響いた。

「こんな、こんな絵がなんや。どないな絵を描いたかって、姉さんは戻ってきいへん。わしは、わしはだまされへんで」

「なにをしはるんどす、弁蔵はん」

しがみつく明復を振り払い、彼は壁にかけられた絵を次から次に引き破いた。掛け緒が千切れ、ばさっと音を立てて軸が落ちる。あっという間に畳の上には、色とりどりの画幅が山のように積もった。

「どんな絵を描いてたかて、わしは源左衛門はんを許さへん。それにこんな絵ぐらい、わしかて簡単に真似してみせるわい」

いくら絵を引き裂こうとも、軸の下からはまた新たな軸が出てくる。何かに憑《つ》かれたように次々それを破きながら、弁蔵はお志乃を見下ろした。

「どうせ描くんやったら、あいつは死んだ姉さんの絵でも描いたらええんや。それを鳥や花ばっかり描きおって。所詮あいつは、絵の中に逃げてるだけの臆病者や。こないな絵が何になるねん」

物音に気付いたのだろう。階下が騒がしくなり、階段を駆け上がる足音がしたかと思うと、「なんやお前ら、何してんねん」という新三郎の怒声が響き渡った。

「お志乃、これはどういうこっちゃ」

「やかましいッ」

弁蔵は引き裂いた絵を握りしめたまま、新三郎に飛びかかった。

彼を突き飛ばし、そのまま転がるように箱階段を降りる背を、お志乃はなすすべもなく見つめた。

「こらッ、待たんかッ」

その後を追う三兄の声が、ひどく遠いものの如く聞こえた。

弁蔵の怒りは、源左衛門の悔恨よりもなお深く、暗い。もしかしたら彼は義兄もさることながら、絵そのものにも激しい憎悪を向けているのではないか。

そうだとすれば、自分は弁蔵の怒りを一層駆り立ててしまったのか。お志乃は呆然と周りを見回した。

引きちぎられ、踏みにじられた絵が散乱し、六畳間には足の踏み場もない。壁に掛けられた軸も大半が傾き、よじれている。その中のとある絵に、お志乃の目は釘づけになった。

松樹の上で鳴く鶴と、波の上を飛ぶ鶴を描いた二幅対であった。

「鳴鶴図《めいかくず》どすな」

彼女の眼差しを追って、明復がぽつりと呟いた。

「うちのお寺にある、明の文正《ぶんせい》の作の写しどす。源左衛門はん、こんな絵も描いてはったんどすな」

「そやけどうちは、これは初めて見ます。兄さん、いつの間に描かはったんやろ」

源左衛門の作品すべてを知っていると思っていただけに、お志乃は意外な思いで二幅を見比べた。

画面いっぱいに描かれた鶴は力強く、胡粉《ごふん》を盛り上げた羽は、今にも絵の中から飛び出しそうな生気を漲らせている。

そして何より奇妙なことに、ここには源左衛門の絵に漂う奇矯や陰鬱さがなかった。余白をたっぷり取った構図は穏やかで、のびのびと飛ぶ鶴は楽しげですらある。なぜ陸と水中に隔たった鴛鴦でも互いの歩み寄りを拒む鶏でもなく、鶴なのだ。戸惑うお志乃に、明復が静かな声を投げた。

「お志乃はんは、鳴鶴、陰《いん》に在り、という詩を知ってはりますか」

「いいえ、存じまへん」

首を横に振る彼女の隣に、明復はよっこいしょ、と腰を下ろした。

「易経《えききょう》いう、儒家の古い経典に出てくる詩どすけどな。鳴鶴、陰に在り。其の子、之に和す。吾に好《よ》き爵《さかずき》有り。吾、爾《なんじ》と之を靡《とも》にせん、と言いますねん」

鶴が鳴く、物陰。雄が鳴けば雌も応じる。吾にはよい酒がある。いざ君とともに飲もう……と詩の意を簡単に述べ、彼はふうと息をついた。

「鶴が仲良く鳴くいうのは、夫婦仲がええことの譬《たと》えどす。見たところこの二幅は、表具も特別みたいどすなあ」

言われて見直せば、なるほど他の絵が地味な綾で表具されているのに比べ、鶴の二幅の表具裂《ひょうぐぎれ》はいかにも由来ありげな緞子《どんす》。さぞ名のある名物裂が使われているのに違いなかった。

源左衛門は仕上がった絵には無頓着で、裏打ちすら施《ほどこ》さぬことも珍しくない。だからこそ美々しく表装された双幅の鶴図に、お志乃は目を惹かれたのだ。

「利いたふうな口を叩きますけど、気を悪うせんといておくれやす。源左衛門はんはお志乃はんと弁蔵はんに差し上げはるおつもりでこっそり、これを描かはったんと違いますやろか」

鴛鴦の絵が源左衛門の後悔の表れとすれば、この鳴鶴図は、彼が失った夫婦の姿そのものというわけか。

裂かれた絵の山を探り、二つに裂けた鴛鴦図を膝の上でつなぎ合わせる。陸と湖中、異なる場所に佇む鴛鴦たち。真円の黒々とした鴛の目が、深い井戸の底を思わせる兄のそれに重なった。

義弟の恨みの深さは、源左衛門とて承知していよう。だからこそ彼は、弁蔵を跡取りに選んだ。そうして自分たちが得られなかった幸ある日々を義弟とお志乃に与えることで、源左衛門は自らの重い悔いをわずかでも軽くしようとしたのに違いない。

「祝言の席にこの二幅を掛けたら、そらさぞお似合いどしたやろなあ」

幼い自分が弁蔵に寄せていた淡い思慕を、源左衛門は察していたのか。――いや、そんなことは最早どうでもよい。所詮、源左衛門の望みは無に帰し、逞しい雄鶴は一声も鳴かぬままに飛び去った。

弁蔵は生涯、源左衛門と枡源の人々を憎み続けるだろう。お三輪の影が今なお黒々と落ちるこの家には、やはり幽明界《さかい》を異にする鴛鴦が相応《ふさわ》しいのだ。

こほん、と軽い咳払いがして振り返れば、敷居際に源左衛門がたたずんでいる。引き裂かれた絵には顔色も変えず、いつもと同じ平たい声音で言った。

「お志乃、お客も帰らはったし、また顔料を作ってんか。さっき持ってきてくれたんは、もう乾いてしもうたやろ」

「――へえ、ただいま」

源左衛門の目の底には、何か見たか、と問う色が浮いている。お志乃は両の拳を気付かれぬように握りしめ、息を整えた。

そう、自分は何も見てはいない。己が手に入れられなかった幸せを、源左衛門が自分に託そうとしたことも。美しくも寂しく、暗い絵を一人描き続けながら、兄が心のどこかでお三輪に許しを求め、己の罪に耽溺《たんでき》し続けていることも。自分は、何も知らない。

開け放たれたままの障子戸から射し込む陽が、源左衛門の足元に輪郭の濃い影を曳いている。箱階段を伝い、不可思議な形に歪んだ影は、まるで兄の複雑な思いそのもののようだ。

何の道楽も持たず、絵にしか思いを託せぬ源左衛門。その不器用さと不幸がひどく哀れで、同時に愛おしかった。

明復が源左衛門と自分を交互に眺め、どうしたものかと目をしばたたいている。彼をゆっくり振り返り、お志乃は小さな笑みを頰に浮かべた。

「明復はん、よかったら膠を煮るのを手伝ってくれはらしまへんか。うちは胡粉を擂《す》ってきますさかい」

「膠いうんは、粥を炊くような感じで煮たらええのんどすか。それやったら、慈雲院で嫌ほどやってますけど」

わざと声を明るませるお志乃に、明復もぎこちなく顔をほころばせた。

うなずきあって階下に降りれば、暗い走り庭の果てで、白梅が今が盛りと花弁を輝かせている。その向こうにそびえたつ土蔵にちらりと目を投げ、駒下駄をつっかける。

鴉か、それとも土鳩であろうか。狭い庭を鳥の影がよぎった。まばゆいほど晴れた春空の果てで鶴の声が響いた気がして、お志乃はふと足を止めた。

また一陣の風が過ぎ、日が翳《かげ》り始めた土間に、梅の香がゆっくりと漂って来た。

芭蕉の夢

一

十日越しの五月雨《さみだれ》は、今日も止む気配がない。二階の画室から見下ろす錦高倉《にしきたかくら》市場の客足も、普段より随分減っているようだ。

朋友の池大雅《いけのたいが》が降りしきる雨をついて茂右衛門《もえもん》の隠居所にやってきたとき、茂右衛門は画室の軒下にずらりと並べた小壺を一つ一つのぞきこんでいた。細筆で壺の中身をかきまわすたび、激しい腐臭が鼻を刺激する。

壺に入っているのは、五日前に磨《す》った墨汁。墨に含まれる膠《にかわ》を腐らせて雁皮紙《がんぴし》に塗ると、思いもよらぬ奇妙な濃淡が生じる。この半月あまり、茂右衛門はそんな腐墨の特徴を絵に生かせぬかと、様々な試みを繰り返していた。そのせいで狭い画室はもちろん、隠居所中に悪臭が満ち、妹のお志乃《しの》が露骨に眉をひそめる有様だった。

「若冲《じゃくちゅう》はん、いてはりますか」

野太い声とともに階段を上がってきた大雅は、腐墨の臭いなど意にも介さず、画室の中央に広げたままの絵のそばにどっかと胡座《あぐら》をかいた。

口髭と顎鬚《あごひげ》を生やしているわりに額が広く、目の間隔が開いてえらの張った顔は、どこか蛙を思わせる。年は茂右衛門より七つ下の三十七歳。しかし特徴のある顔立ちと天真爛漫な物言いのため、実際の年よりずいぶん若やいで見える男であった。

「へええ、また面白い絵を描いてはりますなあ。若冲はんは彩色画がお得意とばかり思うてましたけど、水墨もなかなかええやないですか」

いましも絵枠に張られているのは、風に揺れる竹を描いた墨竹図。弧を描いてしなる竹の葉と太く盛り上がった節を、短い線の連続で捉えた小品であった。

急いで茶の用意を整えたお志乃が、丸盆を持って二階に上がってくる。差し出された茶をがぶりと飲み、大雅は小脇に抱えた油紙の包みを解いた。

「お志乃はん、これは吉野で求めてきた葛粉《くずこ》どす。ほんの少しどすけど、葛湯でも拵《こしら》えとくれやす」

「おおきに、いつもお気遣いいただきましてすんまへん」

「なんや、また吉野に行ってはったんどすか。確か大雅はんは昨年の春も、あっちにお出かけやったんでは」

茂右衛門の言葉に、へえ、と大雅は照れたように顔をほころばせた。

「実は去年も一昨年も行きましてん。旅はええもんどっせ。ことに吉野の桜は他の山では見られへん風情がありますわ」

池大雅、通名・池野秋平《いけのしゅうへい》は文人画を得意とし、名だたる知僧や学者から絶大な人気を博する絵師である。

文人画は大陸では南宗画《なんしゅうが》（南画）とも呼ばれ、士大夫《したいふ》と称する知識層が己の生き方の理想を絵に託したもの。本邦では各絵師が個性を発揮する画風が、かの国への憧れを表すとして流行した。

銀座役人の子として洛北に生まれた大雅は、幼少時から禅僧や儒学者と交わり、書家としての名声も高い。だが、生来のきさくな気性ゆえであろうか。彼は己の名望なぞ一向に鼻にかけず、元慈雲院住持《じうんいんじゅうじ》の大典《だいてん》和尚に引き合わされたのをきっかけに、月に一、二度は今日のように隠居所を訪れ、あれこれ他愛のない話をして行く。お志乃と通いの小女《こおんな》以外、ほとんど人と関わらぬ茂右衛門にとって、いわば唯一、朋友と呼び得る人物であった。

「ちょっとこれを見とくれやす。この間、吉野で描いた作なんどすけど」

言いながら大雅は、油紙包みの中から平筥《ひらばこ》を取り出した。中に収められているのは、花盛りの山々を、陽気な大雅自身を思わせる大らかな筆致で捉えた扇面画。

余白に記された癖のある手蹟《しゅせき》を、茂右衛門は声に出して読み上げた。

「就中《なかんずく》、芳野の春の深きを好む　最も好む山花の我が心を得たるを　幾度看《み》来たり又看て去る　今年望む処は去年尋ねたるに――」

「そう、そうなんどす。今いるところは去年も来たはずと承知しとっても、吉野の桜は見ずにはいられまへんのや。なあ、若冲はん、次は一緒に行きまへんか」

「わしはご免どす。洛中《らくちゅう》から出るだけでも、大儀やさかい」

「そない出不精やから、この春、大典さまが誘うて下さった梅見も、お流れになってしもうたんやないですか。よろしい、来年はわたくしがまず梅見にお連れ致します。その上で吉野に出かけるかどうか、決めとくれやす」

かつての四代目枡屋《ますや》源左衛門《げんざえもん》が家督を弟に譲り、すでに四年。本宅にほど近い帯屋町《おびやちょう》の別墅《べっしょ》を隠居所に定めた彼は、名を茂右衛門と改め、描絵三昧の日々を送っていた。大典和尚の後押しもあって、近年、茂右衛門こと伊《い》藤《とう》若冲なる画人の名は、京の内外にじわじわと広まりつつある。

京でもてはやされる絵は、何と言っても幕府御用を務める狩野派《かのうは》と、大和絵の流れを汲む宮中絵所《えどころ》預《あずかり》の土佐派《とさは》の作。それらの門より出た石田《いしだ》幽汀《ゆうてい》や渡辺《わたなべ》始興《しこう》といった画家に比べれば、茂右衛門の作は生写《しょううつし》を基としながらも、奇矯の気が強い。

そんな他に類を見ない強い個性が、かえって珍しがられたのだろう。最近では絵を買いたいという人物も稀に隠居所を訪れるようになったが、枡源《ますげん》から毎月有り余る隠居扶持が与えられているだけに、茂右衛門は絵の売買にはあまり乗り気ではなかった。

とはいえわざわざ客を断るのも憚《はばか》られ、求められるまま絵を切り売りしていた矢先、思いがけぬ仕事が大典から持ち込まれた。

長らく白襖のまま放置されている、鹿苑寺《ろくおんじ》（金閣寺）大書院の障壁画を描けというのである。

相国寺《しょうこくじ》の末寺である鹿苑寺は、足利義満《あしかがよしみつ》の発願に成る名刹。公家四辻《よつつじ》家出身の禅僧、龍門承猷《りゅうもんしょうゆう》が第七世住持として入寺することが決まり、その祝いを兼ねて障壁画制作が企図されたのである。

普通であれば京狩野や土佐派の画家が任じられるのが当然の大任の上、描くのは大書院の四間及び狭屋之間《さやのま》の床壁と襖、併せて十一面。絵を生業《なりわい》としているわけでもない茂右衛門にとっては、想像もつかぬ重責であった。

「そないな大仕事、わしにはとても果たせまへん。どうか他を当たっとくれやす」

「なにを言わはりますのや。かように晴れがましい機会を、よそに譲ってどないしはります。これは是非若冲居士《こじ》に命じてくだされと、拙僧が粘り抜いて請け合うてきた依頼。今更断られたら拙僧の立つ瀬がありまへん。ここは何としても、やりおおせて下されし

絵を学ぶに際して、大典にはひとかたならぬ世話を受けた。その恩に報いねばと渋々承諾したものの、やはりどうにも気が進まない。

いま描いている墨竹図は、障壁画の習作を兼ねたもの。画面の半ばを埋める竹の葉と、それを支える竹の幹の出来はよいのだが、何度描いても土坡《どは》の部分に不満が残る。あまりに停滞する己の筆に、茂右衛門は己が思いのほかこの仕事を厭《いと》うていると感じずにはいられなかった。

（そりゃそうや。わしの絵は、人さまに見せるためのものやあらへん。ましてや金と引

き換えにしたり、他人さんのおうちの床を飾るような品やないんやさかい）

眼を閉ざせば、陽春の日差しを受け、白い脛《はぎ》をゆらゆらと揺らしていたお三輪《みわ》の姿が眼裏《まなうら》にぼんやり浮かんでくる。

慌てて強く頭を振って、それを無理に脳裏から追い払い、茂右衛門は大きく息をついた。

絵に没頭するあまり家業をないがしろにし、そのために妻を追い詰めた自分。だからこそこの身は死ぬまで、絵を描き続けねばならない。お三輪の死からすでに十余年を経ながら、いまだそう心に決め続ける茂右衛門にとって、絵とはすなわち自らの罪の権化。それだけに自分の作が売買の対象になり、寺社や富家から染筆《せんぴつ》を請われるなど、彼には想像も出来ぬ話であった。

加えて早くに師を失い、名画の臨模《りんも》などで独習を重ねてきた茂右衛門は、襖絵や屛風絵などの巨画が苦手であった。

画家にはそれぞれ得意な大きさがあり、彼の得手は幅二尺、長さ五尺程度のもの。扇面画のような小品は小品で、画題をどう絞り込むべきか分からず、こういう時だけは独学の限界を思い知らされる。

その点、大雅は素晴らしい。扇面画や画帖などから屛風・襖絵まで、苦手とするものは一つもなく、果ては篆《てん》・隷《れい》・楷《かい》・行《ぎょう》・草書《そうしょ》を巧みに書き、篆刻《てんこく》までやってのける。

世間には稀に天賦の才に恵まれた人物がいるが、まさしく彼はその一人。心に一片の迷いもなく、ひたすら己の才を発揮し続ける陽気な友に、茂右衛門は時に気おくれすら覚えていたのであった。

「いやいや、今日はこんなんをお見せするのが目的やなかった。若冲はん、今、急ぎの仕事はおありどすか。実はこれからちょっと、わたくしにご同行いただきたいんどすわ」

「今からどすか――」

茂右衛門は顔をしかめた。

外出は嫌いだ。気のせいなのは分かっている。だが一歩外に出た途端、道行く人々がみな、自分のかつての行いを知っているのではと思われてくる。あれが妻を死なせた枡源の四代目と囁《ささや》かれているのではと考え、足がすくんでしまうこともあった。

中魚屋町《なかうおやちょう》の本宅からこの隠居所に移ったときは、お三輪が首を吊った土蔵から離れられ、正直ほっとしたものだ。

とはいえ考えてみれば、それで己の過去が消えるわけではない。

この四年で、茂右衛門の絵は更に奇異の度を深め、独特の画風を形成するに至っている。しかし当人からすればそれは、自らの罪を吐露する先が絵以外になくなっただけの話。日毎に独自性を増す茂右衛門の筆は、彼がますます裡《うち》へと籠《こも》りつつあることの表れでもあった。

「はい、これからどす。幸い、雨も少し小降りになった様子。さあさあ、急いで参りまひょ」

茂右衛門の躊躇《ちゅうちょ》などお構いなしに、大雅はひょいと立ちあがった。

こうなると彼に勝てる者は、まずいない。渋々身支度を整えて従ったものの、往来はそこここがぬかるみ、歩きにくいことこの上ない。油紙で包んだ扇面画の箱を小脇にしっかり抱え、水たまりをぴょんぴょん跳ねて避ける大雅に、茂右衛門は小さな息をついた。

「それで大雅はん、いったいどこに行かはるんどす」

「へえ、すぐそこどす」

高倉通をまっすぐ北上した大雅は、二条通を過ぎ、九条《くじょう》家の屋敷を望む界隈まで来ると、道を一本東に変えた。そのまま軽い足取りで堺町御門《さかいまちごもん》をくぐろうとする襟髪を、茂右衛門は慌てて摑んだ。

「ひょっとして、向かう先はお内裏《だいり》どすか」

「はい、その通りどす。けど、心配は要《い》りまへん。うかがう先は、とあるお公家はんのお屋敷。それはそれは気さくなお方やさかい」

この当時の京の人々は、禁裏御所《きんりごしょ》や仙洞《せんとう》御所、大宮《おおみや》御所と、その周囲を取り巻く公家及び宮家の屋敷町を全て合わせて「内裏」と呼んでいた。

四方に築地塀《ついじべい》と溝が巡らされているが、町衆の内裏への出入りは原則自由。このため出入りの商人はもちろん、子どもや散策の老人がその辺を始終うろうろしている。そして広大な内裏の中でも特に禁裏御所は、主上《おかみ》（天皇）の御座所であると同時に、京きってのの観光地でもあった。

今日も足元が悪いにもかかわらず、塗笠《ぬりがさ》姿の数人の侍が、物珍しげに界隈を見回している。おおかた京屋敷に出向くより先にご禁裏を遥拝しようと思い立った、京詰めの藩士に違いない。

公家が参内《さんだい》時に通る宜秋門《ぎしゅうもん》のかたわらでは、煮売り屋が床几《しょうぎ》を出し、そんな見物人に酒や肴を売っている。

その賑わいから半町（約五十メートル）も歩けば、そこは大小の邸宅が建ち並ぶ公家町。この雨にもかかわらず、そここを流れる用水では、町人の子とも公家の子とも判別できぬ裸の少年たちが、網を手に魚を追いかけていた。

それを横目に路地を抜けた大雅は、やがて門を堅く閉ざした屋敷の前で足を止め、くぐり戸をほとほとと叩いた。

「ごめんやす。前《さき》の少弁《しょうべん》さまの許《もと》に参じました。真葛原《まくずがはら》の池大雅でございます」

待つまでもなく戸が開き、腰の曲がった老爺が慇懃《いんぎん》に二人を迎え入れた。

実直なその物腰は、如何にも公家に仕える家従にふさわしい。だが導かれた邸内はしんと静まり返り、まったく人の気配がなかった。雨に四囲を降り込められ、濡れた廊下に薄い黴《かび》が生えた様は、およそ内裏の真ん中とは思えぬ陰鬱さであった。

ふと見れば、巨大な芭蕉《ばしょう》の木が、庭の中央で濡れた葉を重たげにたわめている。あちこちを風に破られ、そそけだった葉の寂莫《せきばく》とした風情が、昼なお暗い屋敷に更なる翳《かげ》を落としていた。

葉ばかりで幹を持たぬ芭蕉は、古来、儚《はかな》い人間のたとえにも用いられる植物。そのためかこれを庭に植えると祟りがあるとも伝えられ、庭忌草《にわきぐさ》の異名を有しもしていた。そんな縁起の悪い木をわざわざ植えるとは、この屋敷の主は何者だろう。いや、それ以前にこの人気《ひとけ》のなさはどういうわけだ。背に薄ら寒いものを覚えながら、茂右衛門がこっそり周囲をうかがった時である。

縁下で雨宿りしていた黒猫が、こちらを見上げ、ぐぁ、としゃがれ声を漏らす。その啼き声に、茂右衛門は思わず先を行く大雅にしがみついた。

「た、大雅はん。ここはいったい、どなたのお屋敷なんどす」

「しっ、後でちゃんとご説明しますさかい」

やがて案内されたのは、鋲《びょう》の打たれた分厚い板戸の前であった。

老僕が廊下を引きかえしていくのを待って、大雅が再び板戸を叩いた途端、

「――大雅か」

と、思いがけぬ近さから、低い声が返ってきた。

「へえ、今日はお慰みに吉野の山桜を描いて参りました。長雨のつれづれにご覧いただければと思いまして」

「足音が多かったようじゃが、連れがおるのか」

「いま京で評判の、伊藤若冲はんをお連れしました。少弁さまがこないだ、会うてみたいと仰られてましたさかい」

若冲、と繰り返してから、声の主は小さな含み笑いを漏らした。

「前から申しておるが、少弁さまと呼ぶのは止めい。こなた（自分）はもはやただの隠居じゃ。まあ、とにかく近う参れ」

大雅が低頭して、重い板戸をぎぎ、と押し開ければ、そこは六畳ほどの薄暗い板間であった。太い角材を組んだ格子窓が一つだけ穿《うが》たれ、その向こうに先ほどの芭蕉が見える。

縫の小袖を肩に打ちかけた男が、窓下の二月堂机の前から二人に向き直った。

「ほほう、そもじ（そなた）が若冲か。大雅から、かねがね噂は聞いておるぞよ」

まだ若い。せいぜい二十歳を三つ、四つ越えたばかりであろう。ほっそりとした瓜実《うりざね》顔《がお》といい形のいい切れ長の目といい、およそ隠居とは思われぬ青年であった。

狭い室内にはほうぼうに書籍が山積みにされ、足の踏み場もないほど散らかっている。適当に本を寄せた大雅が、空いた場所に勝手に腰を下ろした。

「少弁さま、ちょっとおうかがいせえへん間に、また本が増えたんと違いますか。これを全て、読まはるんどすか」

「少弁と呼ぶなと申すに。その職は蔵人《くろうど》及び氏院別当《うじのいんべつとう》とともに辞し、今のこなたはただの裏松《うらまつ》家の厄介者じゃ」

「う、裏松の少弁さまでございますと」

声を筒抜かせる茂右衛門を、若者は底光りする眼で見やった。

「ふむ、若冲はこなたが何をした男か、存じているようじゃのう。されば昼日中からかような一間に押し込められているわけは、説き明かさずともよいな」

「は、はい――」

額にじんわりと汗がにじんでくる。大雅は何という人物に、自分を引き合わせるのだ。何しろ目の前の彼は、朝廷より蟄居《ちっきょ》を命じられた天下の罪人。大雅はしばしば彼の元を訪れているようだが、これが表沙汰になれば、どんなお咎めが下るか知れたものではない。

早くも粘りつきはじめた掌を、茂右衛門は膝でこっそり拭った。

「まあ、さよう堅くなるな。大雅がここに出入りしていることは、関白や他の公家たちも承知じゃ。何せこの男は当初日野《ひの》の右中弁《うちゅうべん》の名代として、見舞いを届けに来たのじゃからのう。その品はすぐに棄《す》ててやったが、誰であれ客が訪《おとの》うてくれるのはありがたい。何しろこの先何年、いや何十年続くか知れぬ幽閉の日々じゃ。かような気散《きさん》じでもなければ、さっさと首《みくび》を吊ってしもうた方がどれだけ楽かしれぬ」

正五位下、元左少弁裏松光世《みつよ》は端正な顔をにやりと歪めた。

一年に及ぶ蟄居生活のせいだろう。肌の色は透き通るように白いが、声音には上ずったような奇妙な張りがある。

そういえば公家町では彼以外にも多くの公卿が、それぞれの屋敷に押し込められているはずだ。一旦そう気づくと、格子窓の隙間からのぞく低い雲が、彼らを世から隔てる牢獄の如く思われてくる。

雨はいつしか再び激しさを増し、格子窓の桟に撥《は》ねた飛沫《しぶき》が、二月堂机の端を冷たく濡らしていた。

二

大納言徳大寺《とくだいじ》公城《きんむら》を筆頭とする公家二十名に蟄居が命ぜられたのは、昨年の七月のことであった。

当今遐仁《とうぎんとおひと》（桃園天皇）の近習《きんじゅ》であり、垂加《すいか》流神道の学者である竹内式部《たけのうちしきぶ》の下で『日本書紀』や四書五経などを学んでいた彼らは、これより前、尊王を旨とする師の学説に傾倒。幕府が朝廷を管理する現状に不満を抱き、主上に竹内学説を進講するばかりか、軍学兵法の学習、果ては剣術の稽古まで内々に行っていた。

このようなことが幕府の耳に入っては、どんな疑いをかけられるか知れたものではない。事態を憂えた関白の近衛内前《このえうちさき》は、竹内の追放を断行。門下の公卿を悉《ことごと》く免官、謹慎に処し、一切の禍根を断ったのである。

後に「宝暦事件」と呼ばれるこの騒動は、公卿による公卿断罪という点から、都雀たちの耳目を集めた。

裏松光世は当時、二十三歳。処分を受けた中でも頭抜けて若い、聡明な公家であった。そんな彼に下った「出仕遠慮」――体のいい蟄居命令がいつ解かれるかは、誰にも分からない。万事、江戸の顔色をうかがう関白たちが、死ぬまで彼を邸内に幽閉し続ける恐れは充分にあった。

そういえばもうすぐ鹿苑寺の住持となる龍門承猷の弟である四辻公英《きみひで》は、この騒動後、急遽裏松家の養子に迎えられ、光世の跡を継いだと聞く。

公家はもともと養子のやり取りが多く、光世自身、烏丸《からすまる》家から裏松家に来た身。だが、それからわずか数年で無理やり家督を譲らされるとは、なんと気の毒な話だろう。茂右衛門は思わず、光世の眼差しを避けてうつむいた。

「まあ、さような面《おみかお》を致すな。こなたたちのまことの敵は江戸の大樹（将軍）ではなく、素知らぬ顔でこなたたちの動向を探っておった奴ら。今にして思えば、裏切り者どもに気付かなんだ己がおいぼいぼ（愚か）じゃったのよ」

二月堂机に置かれていた湯呑みを手に吐き捨てる光世を、大雅がまあまあと宥《なだ》めた。

「そないなお言葉は禁物どす。今はひたすら身を慎《つつし》まれる時期。そうしてはったらきっとそのうちどなたさまかが、関白さまたちに御前《ごぜん》さまの御身を取り成してくれはります」

「ふん、さような者がどこにおる。それに仮に今更参内が許されたとて、禁裏には最早、こなたの戻る場所などないわい」

いつの間にか光世の双眸《そうぼう》には、ぎらぎらと油をこぼしたような光が宿っている。甘く漂う酒の匂いに、茂右衛門はようやく湯呑みの中身が茶ではないと気付いた。

「それとも何か、大雅は日野の右中弁がこなたを憐れみ、取り成し口を利くとでも思うておるのか。ふん、それこそおいぼいぼしい望みじゃ」

湯呑みをぐいと呷《あお》り、光世は両の手を高く鳴らした。ぱたぱたと軽い足音が響き、先ほどの老爺が盆に別の湯呑みを載せてきた。

「御前さま、今日はこれで五杯目でございます。さよう聞こし召さはってはお身体に――」

「ふん、こなたがさっさと隠れ（亡くな）れば、裏松家の親類どもはさぞ喜ぼう。あやつら、この家にとんだ養子を迎えてしもうたと舌打ちをしておるからの」

新しい湯呑みをひったくり、光世はそれを一息に飲み干した。

「言うておくが大雅、まかり間違っても日野の右中弁に、こなたの恩赦なぞ願い出るではないぞ。あやつの情けにすがるぐらいなら、こなたはこの狭い座敷で舌嚙み切って果てた方がましじゃ」

「へえへえ、よう承知しております」

「若い時分より、日野家に出入りしていたそもじじゃ。右中弁には何かと恩もあろうが、あの男はそもじに見舞いの品を運ばせ、こなたの様子をうかがわんとした臆病者。それでそもじを知ったのは幸いじゃが、こなたがあの者の見舞いを受け入れると考えておったかと思うと、胸糞悪うてならぬわい」

　このとき大雅が、ちらりと茂右衛門を振り返った。誰の話か分かってはりますか、と問う色がその眸《ひとみ》に浮かんでいる。茂右衛門は光世に気付かれぬよう、小さくおとがいを引いた。

（分かってます。御弟君の日野資枝《すけき》さまが、ご同門たちを裏切って関白さまに一部始終を密告しはった件を、前の少弁さまはいまだ恨んではるんですやろ）

（その通りどす。そやからほんまは日野さまのお名前は、少弁さまの前では禁物なんどす）

　日野資時《すけとき》の養子であり、少壮の歌人として知られる右中弁の日野資枝は、本来は正二位内大臣の地位にある烏丸光栄《みつひで》の末子。同じく烏丸家から裏松家に養子に出た光世には、実の弟に当たる。

　年の近い公家に誘われて竹内式部の私塾に通っていた資枝は、摂関家の高卿が同門の動向に目を光らせていると知るや、早急に一門を離脱。門弟たちの動向を、つぶさに関白に伝え、自分は難を逃れたのである。

　つまり資枝は先の騒動の功労者にして、最大の裏切り者。なるほど光世がいまだ強い恨みを抱くのも、理解できぬではなかった。

「そやけど、血は水よりも濃いと申します。いざというとき頼りになるのは、結局血のつながった親兄弟。右中弁さまをお恨みしたかて、何の得にもならん気がするんどすけどなあ」

「血がつながっているからこそ、かえって恨みが深まる道理がわからぬか。それにしても大雅、そもじは右中弁に甘いのう。やはり人に憎まれている者はお互い、どこか相憐れむ気持ちがあるのじゃろうか」

「はて、わたくしは人から憎まれる覚えなど、とんとあらしまへんけど。御前さまは誰のことを言うてはるんどす」

「とぼけるでない。それ、そもじが先日持って参った絵の作者、与謝蕪村《よさぶそん》とやらの話じゃ」

いつも明るい彼にしては珍しく、その言葉に大雅は明らかな困惑を顔に浮かべた。

「困りましたなあ。若冲はんもちょっと、口添えしてくんなはれ。御前さまはこないだから、わたくしが蕪村はんに憎まれていると言うて聞かはりまへんのや」

「憎まれておらぬわけがあるまい。なにしろ大雅はこの京、いや日本《ひのもと》きっての画人じゃ。蕪村なる男、こなたは顔も知らぬが、同じ南宗画を描く者として、そもじを嫉《おたけ》るのは当然じゃわい」

江戸の俳人夜半亭宋阿《やはんていそうあ》の弟子、与謝蕪村が京に住みついたのは、一昨年の秋であった。以前から俳句の世界で名を馳せていた彼は、それに飽きたらず文人画にも挑戦。色彩の華やかな人物画や皴法《しゅんぽう》の細やかな山水画を盛んに手がけ、京の町衆の間で名を知られつつある最中であった。

「若冲、そもじは蕪村の絵を目にしたことがあるか」

「はい、つい先だって、他ならぬ大雅はんに見せて頂きました。旅の坊さんが柳の下で水を飲んではる絵どす」

不意に話の鉾先《ほこさき》を転じられ、茂右衛門はあわてて背を伸ばした。

見せられたのは、粗末な表具の掛幅。知り合いの茶人が所有していた作に惚れ込んだ大雅が、無理やり譲り受けてきた人物図であった。

(見なはれ、この柳ののびやかさ、流れる水の美しさ。直《じか》に顔を合わせたことはありまへんけど、この蕪村という御仁はきっと、京でも屈指の絵師にならはりますわ)

あの折、大雅はわが事の如く誇らしげに蕪村の絵を激賞していた。

「わたくしも出来のええ絵やと思いました」と付け加えた茂右衛門に、光世はうむ、とうなずいた。

「こなたも同じ作を見て、これはいずれ大雅と肩を並べる男じゃと思うた。聞くところによれば、蕪村とやらは元は摂津《せっつ》毛馬《けま》村《むら》の村長の家に飼われていた水呑み百姓。西国が飢饉に見舞われた享保壬子《きょうほうみずのえね》の年、出奔して江戸に赴き、艱難辛苦《かんなんしんく》の末、夜半亭の門人として名を成したのじゃそうな」

「皮肉なことに、あの年、関東は大豊作。江戸に行けば何とかなると、逃げだしたお人は仰山《ぎょうさん》いはりましたからなあ」

大雅がぽつりと呟いた。

「かようにして立身した蕪村にとって、俳句や絵は日々の糧を得、この苦界を生き抜く手段じゃ。生まれもよく、若き頃より名人の名を恣《ほしいまま》にしておる大雅には、何をしてでものし上がろうとするその胸裡は分からぬであろうのう」

茂右衛門はもう一度、蕪村の作を思い起こした。風にそよぐ柳の葉を緑の濃淡で丁寧に表し、その下に水を飲む僧侶をあしらった作は、どこかうら寂しい気配を漂わせていた。

京は先進性と保守性が相半ばする都市。五年前に六角獄舎で本邦初の腑分け（解剖）が行われたように、最先端の学識を進んで取り入れるかと思えば、他面では頑なに古い因習を守り通す。遠来の者に対してもそれは同様で、蕪村の如き他国の人物には、表向きは耳触りのよい言葉でもてなしながら、その実は明確に一線を画した扱いをするのが常であった。

茂右衛門がどれだけ奇妙な絵を描いてもこの街でそれなりに受け入れられるのは、彼が錦小路の生まれであるため。もし蕪村が似たような作を手がけたならば、京の人々は見向きもしなかっただろう。

柔らかな絹にも似た京の拒絶――関東からやってきた蕪村がその前に立ちすくみ、都一の画人である大雅に競争心を抱いているとの光世の推測は、あながちありえぬ話ではない。

ましてやそれが、己の才によって身を立ててきた男であればなおさら。かような人物の目には、生まれながら全てに満たされた大雅は、さぞ憎らしい男と映るだろう。いや、ひょっとしたら蕪村はそんな反感を己が糧として、今の地位を築き上げたのかもしれない。

このとき突然、刺すような眼差しが茂右衛門の脳裏を過《よ》ぎった。全身を激しい怒りに滾《たぎ》らせた青年の姿が浮かび、すぐに追憶の彼方にかき消える。

（弁蔵《べんぞう》――）

死んだお三輪の弟である弁蔵は、枡源を譲ろうとした自分を拒絶した挙句、奉公先から逐電して消息を断った。あれからもう四年。生きていればちょうど、目の前の光世と似た年頃だ。

世が憎む者と憎まれる者に分かれるのであれば、間違いなく自分は後者に属する。だが蕪村から故なき憎悪を注がれる大雅と異なり、己には目の仇にされるだけの――いや、そうされねばならぬ理由がある。

弁蔵はきっと今もどこかで、自分を憎悪しているのだろう。もしかしたら顔も知らぬ与謝蕪村の如く、その感情を生きる糧としているのかもしれない。

そんな思いに捕われていた茂右衛門は、光世が机の下から一本の掛け軸を取り出したことにすぐには気付かなかった。

「若冲、その絵を掛けてみよ。矢筈《やはず》はここにある」

見れば地味な表具を施された画幅が、膝先に置かれている。よほどの安表装なのか、取り上げるとごわごわとした糊の固さが指先に伝わってきた。

「御前さま、また八坂門前の壺中屋《こちゅうや》に持ってこさせはったんどすか。あそこは京の道具屋の中でも、とびきり品の悪い店。お出入りを許すんは、賛成できまへんのやけど――」

小言を言いかけた大雅の口が、あんぐり開きっ放しとなった。いや、言われるがまま広げた花鳥図に目を奪われたのは、茂右衛門も同じであった。

雪の積もった岩の上で、一羽の鴛《えん》が羽を休めている。その眼差しの先では、鴦《おう》が魚を獲るべく水に潜り、雪を載せた梅の枝が複雑にからみあって、彼らの頭上を覆っていた。山茶花《さざんか》が群れ咲き、雀が賑やかに飛び交っているにもかかわらず、その絵には妙に寒々しい気配が満ちていた。そしてその湿気を帯びた寒々しさは、嫌と言うほど肌に馴染んだものだ。

背に氷を差しこまれるにも似た衝撃が、茂右衛門の全身を貫いた。

「これは……若冲はんの鴛鴦《えんおうず》図どすか」

大雅がぎょろりとした目で、床の絵を矯《た》めつ眇《すが》めつした。

なるほど絵の構図は、茂右衛門がたびたび描く雪中鴛鴦図に瓜二つ。筆運びも酷似し、画面の左中央には彼が数年前から愛用する「若冲居士」印が捺《お》されている。しかし――。

「ち、違います。これはわしの絵やありまへんッ」

茂右衛門は、光世の御前であることも忘れて叫んだ。

一幅の彩色画を描くにも、茂右衛門は一壺五両、十両という高価な顔料を惜しげなく用いる。だからこそ完成した作は、万人が眼を見張る鮮やかな彩色画となるのだが、そんな顔料は並みの町絵描きがおいそれと手を出せるものではない。そして実際、目の前の鴛鴦図は全体に色調が暗く、「若冲」独特の溢れるばかりの鮮やかさに欠けていた。

「なんやて。それはほんまどすか」

「へえ、この絵は確かに、わしの絵によう似せてあります。そやけど使うてる顔料はそこらへんで買える安物ですし、印かてわしのものとは違うてます」

茂右衛門は赤々と捺された印章を指差した。左上の印枠に接する「居」の一部が、半《はん》分《ぶ》（一・五ミリメートル）ほど欠けている。これは偽印だと告げ知らせるかのような、あまりにはっきりとした欠け方であった。

「ほな、これは贋作どすか。そやけどこれだけふんだんに色を施してたら、いくら安物でも、顔料代がかさみますやろなあ。どうせ偽物を作るんやったら、石田幽汀さまやわたくしみたいな絵にしとけば、手間も顔料代もうんと少しですみますやろに」

大雅が納得できぬという面持ちで、掛幅と茂右衛門を見比べた。

宋元の絵画、または俵屋宗達《たわらやそうたつ》や狩野探幽《たんゆう》といった画人の贋作は、京には山の如く溢れている。近年の画家なら石田幽汀や尾形光琳《おがたこうりん》などの作が人気だが、偽物描きは別に買い手をだますつもりで、贋物を作るわけではない。

彼らはあくまで「宗達風」「探幽風」の絵を描き、本物を持てぬ者を満足させるのが仕事。そのため落款や印章に明らかに偽物と分かる細工を施すのが、彼らの仁義であった。

その点から言えばこの絵も「若冲」印に欠けを施している点、贋物作りの道義にかなっている。だがこの絵に横溢《おういつ》する、およそただの偽物とは思えぬ寂寥感はどういうことだ。

「壺中屋の主によれば、それは店に長年出入りする偽物描きの弟子の作。近年めきめき腕を上げてきたのはよいが、どれだけ文句を言うても若冲の作を好んで描く変わり者だそうな」

「御前さま、若冲はんに会いたいと仰せられたのは、この絵をご本人に見せるためどしたのか」

それには答えず、光世は薄い唇をわずかにほころばせた。

「されど実に不審じゃ。これほどの腕があれば、何も贋作など手がけずとも、絵師として世に現るることも出来ように。それをわざわざ金も手間もかかり、名もさほど高からぬ画家の偽物を描くとは。——のう、若冲。そもじはこの絵師に、何か恨みを買《こ》うておるのではないか」

その瞬間、冷え切っていた茂右衛門の背にかっと熱いものが走った。こちらを凝視する焔《ほのお》の如き眼差しが、ふたたび脳裏によみがえった。

(まさか——)

いや、間違いない。弁蔵だ。ここまで自分の絵に迫ろうとする者が、他にいるはずがない。

弁蔵は茂右衛門がお三輪と距離を置き、画技に没頭していたことを知っている。そんな自分を苦しめんがために、彼はあえて茂右衛門の作と瓜二つの絵を描く贋作師になったのではないか。

「その偽物作り、名は何といわはるんどす」

「君圭《くんけい》、市川《いちかわ》君圭と名乗っておるそうな。年はこなたと同じぐらい。近江醒《さめ》ヶ井《い》の生まれで、なかなか苦味走ったいい男じゃとか。のう若冲、おぬし、この者との間にいったいどのような因縁があるのじゃ」

大雅と光世のやりとりが、ひどく遠くに聞こえた。

近江国醒ヶ井は、お三輪や弁蔵の実家のある宿場町。市川君圭なる贋作者が弁蔵であることは、もはや疑いようがない。

行方を晦《くら》ましてから、丸四年。彼は自分への怨念だけを糧に、絵の修業を重ねたのか。ひょっとしたら自分がこれまでに手放した絵のうち幾幅かは、今、弁蔵の許に置かれているのかも知れない。

茂右衛門にとって絵は、己の罪と向き合うと同時に、何者にも蹂躙《じゅうりん》されぬ唯一の安息の場。今、そのたった一つの平安の地に、弁蔵が迫り来ようとしている。

この世でもっとも憎む男の絵を手本に、彼はもっとも厭う技に手を染めたのか。言葉にならぬ恐怖に全身を鷲摑みにされ、茂右衛門は激しい眩暈《めまい》を覚えた。

目の前の鴛鴦図が、くらりと歪んだ。慌てて目をしばたたけば、視界いっぱいに雪の湖畔が広がり、山茶花の花が雪片を散らすが如く舞っている。凍てつくような寒さが爪先に沁《し》み、見上げれば降りしきる花弁の向こうで、何かが重たげに揺れていた。あれは——。


「若冲はん、若冲はん、どないしはったんどすか」

肩を強く揺さぶられた茂右衛門は、自分が裏松家の門前で傘も差さずに立ちすくんでいることに気付いた。

一向に止む気配のない雨が、全身を隈なく濡らしている。懐から手拭いを取り出し、大雅は茂右衛門の鬢《びん》から肩に滴り落ちる雫を手早く拭った。

「いきなり光世さまのお部屋を飛び出し、声をかけても振り返りもしはらなんだんどす。あの絵にそないに驚かはったんどすか」

驚いたという程度ではない。長年かかって築いてきた己だけの絵の世界。弁蔵は怨憎だけを手立てに、その中に土足でずかずかと踏み込んできたのだ。

このままでは遠からぬ将来、己の絵は弁蔵に蹂躙され、完全に乗っ取られてしまうのではないか。そんな怖れが胸を塞ぎ、どう答えればいいのかもわからない。

言葉の拙《つたな》い子どもの如く、ただこくこくとうなずく茂右衛門の手に、大雅は傘を押しつけた。

「深い事情がおありなんやろし、わたくしは何もお聞きしまへん。けど恨まれる側からすれば、人の恨みいうのは何や理不尽で恐ろしいもんどすなあ」

いかつい肩がすぼむほどのため息をつき、大雅は言葉を続けた。

「わたくしと御前さまの関わりは、例の騒動の三月後。以前からお出入りを許されていた日野の右中弁さまに頼まれ、見舞いの熊野蜜をお届けしたんが始まりどす。そやけど御前さまはわたくしの目の前で、その蜜壺を縁先から蹴落として割ってしまわはりましたんや」

紀州熊野で採れる蜂蜜は、薬に等しい貴重な品。それをあっさり蹴り捨てた光世は、「こなたの前で、二度と右中弁の名を口にするでない」と吐き捨てながらも、大雅に時折、自邸を訪れるよう命じたという。

「けど右中弁さまはなんで大雅はんに、見舞いの品を託さはったんどす」

後になって光世の身を案じるのであれば、そもそも裏切りなど働かねばよかろうに。思わず問うた茂右衛門を、大雅はちらっとすくい上げるように見た。

「そら、何やかんや言うても、同じ血を分けあったご兄弟。幽閉の御身を案じるのは、当たり前どっしゃろ。そやけどそんな右中弁さまのお計らいが、御前さまのお心をますます頑なにしたんでっしゃろなあ」

芭蕉の葉が雨に打たれているのであろう。築地塀の向こうから聞こえてくる雨音は、奇妙なほど高かった。

「さっきのお部屋に置かれてた本。あれはみんな御前さまが、縁故を頼って借り集めはった古書旧典の類なんどす。御前さまはあれらを全て読み通し、内裏の故実やこの京の歴史などにまつわるご本を書かはるおつもりなんやとか」

「内裏の故実どすか」

「へえ、ご禁裏の殿舎の沿革や構造などに関する故実書は、度重なる火事のせいで案外残っていいしまへん。そやさかい御前さまはご自分で万巻の書を紐解き、新たな書物を作らはると決めてはるんどす。おそらく誰にも真似できぬ本を記すことで、ご自分を幽閉した朝廷と右中弁さまを見返すおつもりなんどっしゃろ」

憎しみは何も生み出さないとは大嘘だ、と唐突に茂右衛門は思った。

わずか四年で自分に比肩する技量を身に着けた弁蔵がそうであるように、激しい憎悪は時に人をして、余人には真似できぬ力を発揮させる。

蕪村や弁蔵が恨みや嫉妬を糧に這い上がってきた如く、光世は己の不遇を踏み台に、壮大な著作を残そうとしている。常軌を逸した彼らの力が、恐ろしくてならなかった。

「でもそんな真似をしはっても、憎しみはますます募るばかり。ご自身の心を腐らせる一方と思うんどすけどなあ」

そう哀しげに呟く大雅と別れて隠居所に帰れば、締め切った画室には腐墨の臭いが濃く籠っていた。絵枠に張られた書きかけの墨竹図が、薄暗い室内にぼんやり浮かび上がっている。茂右衛門はその前に、がっくりと膝をついた。

驚くべき画力で、茂右衛門に迫ろうとする弁蔵。そんな彼に対し、自分はどう抗《あらが》えばいいのだ。

表立った嫌がらせをするでも、金をせびるでもなく、ただ京のどこかでひたすら若冲の偽物を作り続けることで、弁蔵はこの身をじわじわと苦しめんとしている。先ほど目にした贋作がこの身を責める笞《むち》とも思われ、茂右衛門は畳に爪を立てた。

(に、逃げなあかん。このままでいたら、わしは弁蔵に飲み込まれてまう――)

さりながら、絵より他に取り柄のない自分が、それ以外の手段でどうやって弁蔵に手向えよう。

「あの、兄さん。灯りを持ってきましたけど」

お志乃の遠慮がちな声に応えもせず、彼は画中になる竹を凝然と見つめ続けた。

どこか遠くで入相《いりあい》の鐘が鳴り、降りしきる雨に余韻を残して消えた。

三

次の日から、茂右衛門は凄まじい勢いで絵を描き始めた。描きかけだった墨竹図を半日で仕上げ、葡萄図、群鶏図と次から次へと新たな作に挑んだ。

しかしどれだけ絵筆を走らせても、脳裏からはあの弁蔵の鴛鴦図が消えない。絵に向き合えば向き合うほど、弁蔵がこの作にも迫ってくるのではないかとの恐怖に付きまとわれ、茂右衛門は寝食を忘れて作画に打ち込んだ。大雅が遊びに来ても追い返し、お志乃に小言を言われすらした。

いつしか茂右衛門は頭の片隅で、あれほど嫌でならなかった鹿苑寺大書院の障壁画の構図に思いを馳せるようになっていた。

そうだ。かような大仕事をやってのければ、一介の贋作者に過ぎぬ弁蔵など、彼我の差に驚き、偽物作りを辞めるに違いない。弁蔵を突き離すためにも、何としてでも自分はあの大任を果たさねばならぬ。そんな焦燥に追い立てられ、筆はいつにない速さで紙の上を滑り続けた。

大典和尚がふらりと茂右衛門を訪ねてきたのは、そんな矢先。長雨がようやく上がり、炒《い》りつけるような日射しの訪れとともに、蟬がそこここで鳴き始めたある日であった。

「大雅はんから聞きましたえ。なんや、えろう頑張ってはるそうどすな」

この春、大典は相国寺慈雲院を辞し、今は洛北の鷹《たか》ヶ峰《みね》で詩作の日々を送っている。とはいえ本山はいまだ彼の退隠を惜しんでおり、帰山を求める声もしきりとの評判であった。

「ほほう、墨絵どすな。ということは、大書院の絵の思案も少しは付かはりましたか。どれ、ちょっと拝見」

画室の隅に丸めて放り出されていた葡萄図を、大典は無造作に開いた。大小の葉をつけた葡萄の蔓が、わずかな風にそよぐ様を描いた作である。

彼はしばらくの間、無言で葡萄図を見つめていた。やがてゆっくりとそれを巻き、居住まいを正して茂右衛門に向き直った。

「若冲はん、これはあきまへん。こないな絵を描かはるんやったら、拙僧は鹿苑寺の執事たちに、他の絵師を探すよう進言せななりまへん」

「なんでございますと――」

思いがけぬ言葉に、茂右衛門は大典が巻いたばかりの絵を急いで開いた。

弁蔵への憂懼《ゆうく》に急《せ》かされたせいもあって、確かに筆は荒く、普段の細やかさには欠ける。だがそれにしたところで、かように厳しく非を咎められるほどの駄作ではないはずだ。激しい混乱が彼を襲った。

「今の若冲はんの絵には、なんやとげとげしたものばかりにじみ出てます。拙僧があんたはんの絵を善しとしたのは、己の裡《うち》へ裡へと潜ろうとする有りように、これはいずれ泥仏不渡水《でいぶつみずをわたらず》の境地を得る絵やと思うたからどす」

土で作った仏が水の上を渡れないように、形ある物はいずれ滅び去る。目に見える存在ではなく、己自身の裡に仏を見出せという禅語を引き、大典は何やら哀しげな目をした。

「けどこの絵には、今の己を見捨て、外へ外へと向かおうとする我心が透けて見えます。何がありましたんや。こないな絵、若冲はんらしくありまへんえ」

指摘されてみればここしばらく、茂右衛門は誰にも真似できぬ絵を描こうと躍起になっていた。なるほどそれは、お三輪への後悔を塗り込める普段の絵とは異質。されどそれを若冲らしくないと貶《けな》されては、いったいどうすればいいのだ。

開け放した障子の向こうで鳴く蟬の声が、茂右衛門の頭を更にかき乱す。葡萄図の両端を握りしめた両手が、わなわなと戦《おのの》いた。

「――なあ、若冲はん。あんたはんにとって、絵とは一体なんどすか」

大典は不意に、それまでの毅然とした声を和らげた。

「拙僧は若冲はんの身の上にかつて何があったか存じまへんし、知ろうとも思いまへん。ただあんたはんの裡なる懊悩《おうのう》は、絵を描き続けることで少しでも薄らぐんやないかと思うたさかい、拙僧はこれまでの手助けをさせてもろうてきたんどす」

ですが、と大典は茂右衛門を真直ぐに見つめたまま続けた。

「この数年――正確に言うたら、ご隠居の身分にならはってからこの方、あんたはんはずっと絵の中に籠りっぱなしどした。悩み苦しみを絵に託すのは結構。それで、ええんどす。そやけど人は何事にも慣れてしまう生き物。そないなことばかりしていては、いつか作画そのものに心を奪われ、絵を描く理由を忘れてしまいます」

絵を描く理由という、当然承知しているはずの一言に、茂右衛門ははっと目を見開いた。脳天をがつんと何かで撲《なぐ》られるにも似た思いであった。

自分にとって絵は、お三輪への懺悔《ざんげ》の表れのつもりだった。だが果たしてそれは正しいのだろうか。完成した絵を進んで売りもせず、ただ画室に放りっぱなしにしていた自分は、いつしか絵に耽溺し、己の罪から目を背けていたのではないか。

枡源の主の座を捨てた我が身は、絵より他、何の得手もないただの男。そうか、本当ならば自分は、枡源から隠居扶持をもらうのではなく、絵によって自らの糧を得るべきだったのだ。

「だから……そやから大典さまはわしに仕事を持って来はったんどすか」

声をわななかせた茂右衛門に、大典はこくりとうなずいた。

「大勢の方々に己の絵をさらけ出して初めて、若冲はんの作画には意味が出てくるんやないですやろか。そう、あんたはんはもっともっと多くの御仁に、絵を見てもらわなあきまへん」

「わしの絵を多くの人に――」

錦高倉の枡源は、洛中屈指の青物問屋。伊藤若冲がその枡源の隠居であり、早くに妻を死なせた男と知る者は、京には少なくないはずだ。そんな見知らぬ人々に、己の絵をさらけ出す。そう考えた途端、これまで感じたことのない震えが茂右衛門の身内に走った。

恐怖ではない。未知の隘路《あいろ》に踏み入る己を鼓舞するが如き、武者震いにも似た不可思議な感覚であった。

「裡に籠る絵は余人に見られることで初めて、裡に向かう意味を持ちます。そして数多《あまた》の目にさらされれば、他人がどないな絵を描いたとて、気にならへんのと違いますか」

茂右衛門は弾かれたように、大典の顔を仰いだ。その視線をゆっくりと避け、大典は絵枠に貼られた描きかけの鶴図に目をやった。

「先月の裏松家さまでの一件、大雅はんから聞きました。ああ、大雅はんを怒ったらあきまへんえ。あのお人は若冲はんにえらいもんを見せてしまったようやと、気に病んではるんやさかい」

「怒るやなんて、とんでもない」

「それやったらええんどすけど、若冲はん。人を憎んで描いた絵と、己の罪を悔いて描く絵はまったく別物どす。君圭はんとやらから逃げようとして、その御仁と同じになったらあきまへんで」

茂右衛門はっと、大雅の子どもじみた笑みを思い出した。彼の天賦の才を妬《ねた》む者は、世に蕪村一人ではなかろう。さりながら大雅は周囲のやっかみにも悪口にも素知らぬ顔で、己の技だけに打ち込んでいる。あの飄然《ひょうぜん》とした態度は、自らの道を往かんがための鎧《よろい》なのだ。

（弁蔵――）

茂右衛門は両の拳を堅く握りしめた。

そうだ。彼が自分を憎むのであれば、憎み続ければいい。贋作を作るのなら、そうすればよい。それでも自分は己の罪を塗り込めた絵を描く。描き続け、それを余人の目に晒すことが、絵によって妻を死なせたこの身が受けるべき罰なのだ。

そのとき初めて、茂右衛門は己が絵を描く意味と真に向き合った気がした。

蝉が鳴き止み、風の絶えた室内に静寂が訪れた。

茂右衛門の眼裏に唐突に、裏松家で見た芭蕉の木が浮かんだ。そしてそれはすぐに一幅の巨大な墨絵に変じ、目の前に在るものの如く迫ってきた。

険阻《けんそ》な岩に根を押さえられた芭蕉に、満月の光が白々と降り注いでいる。荒涼たる夜の野面に、ただ月の光だけが明るく、生きる物は芭蕉以外に何一つない。吹きすさぶ風に翻弄されながらも、ひたすら月に向かって葉を伸ばす芭蕉。それは偶々《たまたま》人身を受け、この無常の世に苦しみながら仏の慈悲を願う人の姿であると同時に、求めても得られぬ許しを請い続ける茂右衛門自身でもあった。

「……芭蕉を描こう、と思います」

かすれた呟きに、大典は小さくうなずき、『維摩経《ゆいまぎょう》』の一節を呟いた。

「この身は芭蕉の如く、中は堅なるもの有ること無し――どすな」

「へえ、そうどすけどそないな芭蕉にかて、きっと生きる意地はあるんどす」

過ぎ去った過去を悔やむためだけではない。弁蔵の憎しみを受け止めるためにも、自分はひたすら絵を描き、それを通じて更なる苦難を受けねばならぬ。そうしていればいつか遠き月の光が、己の元にも降り注ぐのだろうか。――いや、それはきっと、吹く風に容易《たやす》く破られる淡き夢だ。

茂右衛門は堅く双眸を閉ざし、眼裏に浮かぶ芭蕉のさまを強く記憶に焼き付けようとした。

窓の際に止まっていた蝉が、じじ、と振り絞るような声を出し、ぽとりと音を立てて庭に落ちた。

四

本山に寄ると言い残して大典が去ると、茂右衛門は日が傾くのを待って、内裏に出かけた。京広しといえども、芭蕉を庭に植えている家は皆無に等しい。大書院の障壁画に着手する前にもう一度、裏松家の芭蕉を見ておきたかった。

夕刻にもかかわらず、町辻はじっとりとした熱気に包まれ、一向に暑さの去る気配がない。すでに公卿が退出したせいだろう。内裏内に見物の人影はなく、煮売りの屋台もとうに店仕舞いしている。朱色の西日を背に街路を折れた茂右衛門は、裏松家の門前を見やり、おや、と首を傾げた。

客と思しき二人の男が、裏松家の老僕とくぐり戸をはさんで何か話している。茂右衛門の足音に気付いたのだろう。客人の片方が振り返り、驚き顔でこちらに駆け寄って来た。池大雅であった。

「これは、若冲はん。こないなところで何してはるんどす」

「へえ、裏松さまにお願いがあって参じたんどす。大雅はんこそ、どうしはりました」

「それが――」

「おやめくださいッ。どれだけお頼みなされても、わしはこれを受け取れまへん」

大声に目を転じれば、老僕が青竹の手籠を客の男から受け取るまいと抗っている。何が入っているのだろう。蓋代わりに乗せられた笹の下からはぽたぽたと水が滴《したた》り、青臭い匂いを四方に漂わせていた。

「無理は承知の上じゃ。鮎《うのはな》が叶わぬのであれば、せめてこれだけでも兄様に具進してたもれ」

籠に挿されていた短冊を引き抜き、男はそれを老爺の手に押し付けた。年はまだ二十歳前後。言葉遣いや品のいい十徳《じっとく》姿から、一目で公家と知れる青年であった。

「こ、困ります。何と仰せられたとて、受け取るわけには――」

老僕が狼狽して身体を引いた拍子に、二人の足元に短冊が落ちた。手籠からの雫を受けてぬかるんでいた泥が、その端を見る見る汚した。

「とにかく、今日のところはお戻りください。御前さまにこれが知れたら、わしが大目玉を食らいます」

青年を強引に押しやるや、老爺は手荒にくぐり戸を閉ざした。閂《かんぬき》を下ろす音に続いて、ばたばたと門から駆け去る音が、塀の向こうから響いてきた。

大雅は素速く青年の側に駆け戻ると、短冊を拾い、袂で泥を拭った。青年が握りしめたままの竹籠にそれを挿し、周囲を憚るように声をひそめた。

「これで御前さまの頑なさが、ようお分かりにならはりましたやろ。これ以上、ここにいはっては人目に付きます。ひとまずお屋敷に戻りまひょ」

「大雅……兄様は何故、こなたをお許しくださらぬのじゃ」

青年は薄い唇を震わせ、堅く閉ざされた門を見上げた。

憔悴に目を窪ませたその横顔は、裏松光世と驚くほど似通っている。我知らず声を上げそうになるのを、茂右衛門はかろうじて堪《こら》えた。

「ごり押ししたらあきまへん。いま右中弁さまに出来はるんは、ただひたすら待つことだけどす」

「そこな男は誰じゃ。大雅の存知よりの者か」

大雅の言葉を封じるように首を巡らせた日野資枝に、茂右衛門は無言で頭を下げた。直視が憚られるほどの痛々しさが、若き公家の全身ににじみ出ていた。

「はい、伊藤若冲はんといわれる絵描きはんどす」

「伊藤とな。ではそもじが近々、鹿苑寺の大書院の障壁画を描くと噂の町絵師か」

なぜか資枝ははっと顔付きを改めた。足をふらつかせながら茂右衛門に近づくや、手にしていた籠を投げ出し、

「頼むッ」

と、その場に膝をついた。

「な、なにをしはるんどす、右中弁さま」

大雅が血相を変えて資枝を立ち上がらせようとする。それにはお構いなしに、彼は茂

右衛門に向かってがばっと頭を下げた。

「兄様に、兄様に口添えをしてたもれ。じきに鹿苑寺に入寺する龍門承猷どのは、兄様の猶子《ゆうし》となった四辻公英どのの実の兄。なんとか龍門承猷どのより、取り成していただけるよう計ろうてくれッ」

「いい加減になさいませ、右中弁さま」

呆然とする茂右衛門をよそに、大雅は無理矢理、彼を立たせた。

「右中弁さまのお悩みは分からんでもありまへん。そやけど人の恨みいうのは、ちょっとやそっとでは解けしまへん。誰に仲立ちを頼んだところで、今はかえってご憂憤を募らせるだけ。放っといて差し上げる方が御為になることかて、世の中にはようけありますのや」

「されど……されどこなたは決して兄様たちを陥れるために、関白どのの元に走ったのではないのじゃ。ただ兄様たちが為そうとしていることがあまりに恐ろしく、どうにかしてそれを止めたいと思っただけなのじゃ」

何かに浮かされたように、資枝は大雅の袖を強く握った。

「それは兄様とて、ようご存知のはず。官職を召し上げられる直前、禁裏で見参《げざん》した折には、『よう分かっておる。気にするな』と笑うてくださったほどじゃ」

それなのに、と目の前にいるのが光世その人であるかのように、資枝は血走った眼を大きく見開いた。

「蟄居を命ぜられてからというもの、兄様はわしを遠ざけ、一度も面会《おめもじ》くださらぬ。せめて滋養のあるものをと、そなたに具進させた熊野蜜を足蹴になさったのは、いったい何ゆえじゃ。何故、何故、兄様はこうもわしを嫌われるのじゃ」

資枝が投げ出した籠から、小ぶりの鮎が数匹、地面に転がり出ている。捕えられたばかりなのか、鱗《うろこ》をぬれぬれと光らせる魚を拾い上げ、大雅は、

「わたくしは御前さまやないさかい、詳しいことは分かりまへん」

と小さく首を横に振った。

「ただ一つだけ言えるんは、御前さまはいま、誰かを恨まな耐えられへんほどのお苦しみの中にいてはるいうことどす。そら、あないな若さで隠居を迫られ、これから何年、いえ何十年もの間、狭い一室で過ごさはるんどす。神さまか仏さまでもない限り、色々なもんを憎んだり恨んだりせな、苦しくて苦しくて生きていけへんと思いまへんか」

「こなたを――こなたを恨めば、兄様は楽になられるのか」

大雅はそれには答えなかった。

泥にまみれた鮎を籠に一匹一匹丁寧に収め、その端にもう一度短冊を挿しなおして立ち上がった。

「右中弁さまを心底嫌うてはるんやったら、最初にそのお使いで参じたわたくしを、以降もお屋敷に出入りさせはらへんのと違いますやろか」

唇までを青ざめさせた資枝に、大雅は無理やり手籠を握らせた。

「御前さまはおそらくわたくしを通じて、右中弁さまがどう過ごしてはるか、様子をうかごうてはるんどす。心ならずも憎み、恨みをぶつけることになったにしても、御前さまは血のつながった弟君を、この上なく案じてはるんどすわ」

「兄様がこなたを案じてくだされていると――」

資枝の青白い顔がくしゃりと歪んだ。

今や京では、日野資枝の名は卑怯者と同義。蟄居を命ぜられた公家に、掛け値なしの同情が寄せられる一方で、日野家や摂関家を「江戸の走狗《そうく》」と蔑む者は多かった。さりながら関白の措置は、あくまで事を穏便に処理せんがためのもの。もし幕府に全てが露見していれば、光世たちへの処罰はあの程度では済まなかったであろう。

そして日野資枝もまた、兄の罪が少しでも軽くなればと考え、関白の元に走った。そう、彼はただ兄を救おうとしただけだったのだ。

とはいえどんな理由があるにせよ、資枝の行為は明らかな造反。まだ若い身で裏切り者の汚名を着ることとなった弟を、光世はあの暗い一室でそれなりに気にかけている。しかし弟への懸念だけを胸に生きて行くには、光世の境遇はあまりに凄惨すぎた。

「御前さまにとって怨恨は、幽閉の身を過ごす唯一の友。そしてそれをぶつけることが出来るのは、弟君たる右中弁さまだけなんどす」

このとき籠の中から、短冊がするりと滑り落ちた。再び泥濘《でいねい》に濡れたその表には、一首の和歌がしたためられている。震えるような繊細な文字に、茂右衛門の目は吸い寄せられた。

——帰りての　宿の暑さのおもはれて　更《ふ》くるも知らず　遊ぶ川面《つら》
子どもたちが屋敷の暑さを思いながら、日が暮れるまで遊ぶ内裏の小川。そのせせらぎの音が聞こえてくるが如き、清澄な一首であった。

「若沖とやら、その歌はこなたと兄様がまだ烏丸家にいた時分、共に小川で魚《まな》を獲ったときの様を思い出して詠んだものじゃ。あの夏の日、こなたたちを隔てるものなど何一つなかった、童《わらわ》の頃に戻れれば——」

資枝の語尾が無残に震えた。手籠の鮎はひょっとして、彼が手ずから獲ってきたものなのか。水草の青臭い匂いがまたしても、茂右衛門の鼻をついた。

「……帰りまひょ。いつかきっと、お二人の仲が元に戻る日が参りますさかい」

静かな大雅の声に、茂右衛門は自分と弁蔵の身を思った。

大雅の如く、桎梏《しっこく》に捕われた二人を見守ってくれる者は、自分たちの間にはいない。

ましてやこの兄弟の如き甘やかな厚情も、己と弁蔵には縁なきものだ。

弁蔵はただ自分を恨んで絵を描き、自分は我が身への罰として、描いた絵を人目にさらし続ける。それが絵を挟んで向き合う二人の前に延べられた、暗く凍てた道なのだ。

（わしを恨むなら恨め、弁蔵——）

更に日が傾いたのだろう。焔の如き陽射しが、茂右衛門の視界を焼いた。

いつしか絵に逃げていた自分は、弁蔵の恨みによって真の画人となる。そう、もはや自分は枡源の隠居の茂右衛門ではない。大典和尚に「世に二つとない絵を描く」と評された画人、伊藤若冲だ。

己にその自覚を与えたのが弁蔵であるという事実が、腹の底に錘《おもり》のように沈んでいる。

細く長く続く資枝のすすり泣きを聞きながら、茂右衛門は西日に染まる築地塀を見上げた。

破れ、そそけ立った芭蕉の葉の鳴る音が、かすかに聞こえた気がした。

栗ふたつ

一

昼日中から閉め切った襖の縹色《はなだ》が、部屋の四方にどんより沈んでいる。枡源《ますげん》の家内はこんなに暗かったろうかと記憶をなぞりながら、お志乃《しの》は詰めていた息をこっそり吐いた。

視界ばかりか胸裏まで暗く塞がれているのは、先ほど目にした三兄の寝姿が、あまりに無惨だったためだ。それゆえか、茶を運んできた女子衆《おなごし》の面差し、義姉のお駒《こま》の小柄な姿すら、いまだ現実味が乏しく映る。

実り多き秋のただ中とあって、正午前の錦高倉《にしきたかくら》市場はいまだ客足が絶えない。店先から響く売り声をぼんやりと聞きながら、お志乃はお駒の顔を素早く盗み見た。

看病疲れであろう。化粧っけのない頰はこけ、唇にも血の気がない。知らぬ者が見ればこちらが病人と思うだろうが、隣の部屋に臥す三兄の新三郎《しんざぶろう》の病状はその比ではなかった。

（新三郎兄さんが、あない痩せてしまうやなんて——）

彼が病床についたとの知らせが、帯屋町《おびやちょう》で暮らす茂右衛門《もえもん》とお志乃のもとにもたらされたのは、吹く風が日毎に涼しさを増す八月晦日であった。

「病とはまた大袈裟やなあ。新三郎は幸之助《こうのすけ》同様、頑健なんが取り柄の男。おおかた夏の疲れが、今になって出ただけやろ」

絵筆に丁寧に顔料を含ませながら、茂右衛門は顔も上げぬまま言い放った。

湿度の高い京都の夏は、絵師には不自由極まりない季節。絵絹に置いた顔料はなかなか乾かず動く上、煮た膠《にかわ》は一日と保たず腐敗する。それだけに朝晩過ごしやすくなってからというもの、茂右衛門は長らく温めていた素案を絵絹にぶつける勢いで、仕事に励んでいた。

今も檜の台が渡された画布の中から、太い足を踏ん張った黒鶏がこちらを睥睨《へいげい》している。その頭上では鶏を荘厳する天蓋の如く、南天が朱色の実をたわわにつけた枝を重たげにたわませていた。

「そやけどわざわざ知らせてきはったんやさかい、相当具合が悪いんと違いますやろか」

「さてどうなんやろなあ。いくら隣の町内に住んでるとはいえ、先に新三郎と顔を合わせたんは、確かおばば様の五十回忌。もう二年も前になる。まあ、わしが五十を超したんやから、あいつも四十路に踏み込んだ理屈や。悪い所の一つや二つ、出てきて当然かもしれん」

興味の薄い声で言い、茂右衛門は黒鶏の白目を黄土で塗りつぶし始めた。

真っ赤な南天と漆黒の雄鶏、そしてその背後に咲き乱れる白菊の対比は眼に痛いほど鮮やかで、およそ秋の閑寂とは程遠い。しかし茂右衛門はこの六年間に、似たような奇抜な花鳥画をすでに二十数枚描き溜めており、それらすべてを目にしてきたお志乃からすれば、この南天雄鶏図はまだおとなしげな作とも思われた。

花弁の上に更に花弁を打ち重ねた牡丹と、わずかな花の隙間に顔をのぞかせる小鳥。梢に重たげに降り積もる雪を、不安げに見上げる錦鶏……茂右衛門が画室の長櫃《ながびつ》に無造作に投げ入れている花鳥画は、いずれも息詰まるような濃彩と、髪一筋の弛《たる》みも許さぬ精緻な筆に埋め尽くされている。

描き上げた後の扱いがおざなりな割に、顔料は手に入る限りの最高級品を買い集め、絵絹に至っては祖母の実家である西陣の織屋、金忠《かねちゅう》こと金田《かねだ》忠兵衛《ちゅうべえ》に特別に機《はた》を組ませ、幅二尺余という稀に見る幅広のものを織らせる熱の入れよう。もし売却すれば、一枚百両でも足が出るに相違なかった。

六年前、茂右衛門が大典《だいてん》の仲介で描いた鹿苑寺大書院障壁画は、あっという間に京中の評判となり、以来、彼の元には作画の依頼が引きも切らない。だが茂右衛門は仕事の間に必ず気ままな時間を作っては不可思議な花鳥画を描き、どんな客にもそれを見せようとしなかった。

「何せこの手の絵はあまりにけばけばし過ぎ、床にかけたら見ている側が疲れてしまうわ。しかもそれが一枚や二枚でないとなれば、いくらわしの絵を好いてくれるお人でも、ちょっと買うには二の足を踏まはるやろ」

「そやったら兄さん、なんのためにあんな手間暇かかる絵を描いてはるんどす」

お志乃の問いに、茂右衛門は答えなかった。その無言にお志乃はかえって、兄が何を考えているのか漠然と分かった気がした。

大書院の障壁画制作を機に、茂右衛門は変わった。そもそも依頼者の求め通りの絵を描き、代金を受け取るなど、以前からは到底考えられぬ所業。しかもそうやって描かれた絵はいずれも他人の目を意識した作で、彼と絵絹しかこの世に存在せぬかのようなかつての閉鎖性は薄い。

だがそうやって画業で収入を得ながらも、兄はいまだ消えぬ悔悟《かいご》に胸を痛めているのだろう。だからこそ仕事のかたわら、昔から変わらぬ奇矯と陰鬱が入り混じった絵を描き、そこに己の心を遊ばせているのに違いない。

(遊ばせてはるのか、逃げてはるのか知らんけど)

如何に絵師として名を挙げても、妻のお三輪《みわ》を自死に追いやった自責の念が、容易に晴れる道理がない。結局茂右衛門にはまだ、彼だけの絵の世界が必要なのだ。ならばどれほど道楽じみた作画であろうとも、兄の成すことには何も言うまい。お志乃はそう、心に決めていた。

三兄の容体は心配だが、茂右衛門のそっけない態度を見ていると、それ以上の口出しも憚《はばか》られる。義母のお清《きよ》への苦手意識もあり、ずるずると見舞いの相談を延ばすうち、今度は次兄の幸之助が、口をへの字に結んで隠居所に押しかけてきた。

「こないだ、新三郎の具合が悪いと知らせましたやろ。何を悠長に構えてはりますのや」

さすがに知らぬ顔も出来ず画室から出てきた茂右衛門に、幸之助は忙しげな口調で嚙みついた。

「すまん、悠長にしてる気はなかったんや。それにしても新三郎の病はそないに篤《あつ》いんか」

この春、知命を迎えた割に、茂右衛門の長い顔はのっぺりと皺も少なく、小作りな目鼻立ちとあいまって年齢不詳の感がある。それに比べると幸之助の面にはあちらこちらに染みが浮き、いかにも商人然とした風情。でっぷりと肉のついたその顔を、彼はあからさまにしかめた。

「そやなかったら、わざわざ丁稚《でっち》を寄越しますかいな。何しろ梅雨の頃からほとんど食い物を受け付けず、いまや身体は骨と皮だけ。以前に比べたら、まるで別人みたいな有様ですわいな」

「お匙（医者）は誰に来てもろうてるんや」

「四条の源洲《げんしゆう》先生どす。先生によれば、悪いのは胃の腑。このままでは春まで保たへんいう話どすわ」

「なんやて――」

さすがの茂右衛門が、言葉を失った。

四条堀川に医院を構える源洲は、本道（内科）を専《もっぱ》らとする老医。枡源との付き合いも長く、よもや診立て違いとも考え難い。

「兄さんも一度ぐらい、見舞いに来てやっとくれやす。目と鼻の先の帯屋町に住んどきながら、殺生どっせ。奉公人や隣近所の手前も、ありますさかいなあ」

幸之助はそう言い置いて去ったが、一方的に自分の用だけまくし立てて行った弟に、茂右衛門は苦々しい顔を隠さなかった。

そもそも幸之助は画業に打ち込んだ末、家督を捨てた長兄を快く思っていない。とはいえ兄弟不仲と噂されるのも不本意で、仕方なく彼を呼びに来たのだろう。要は何気なく付け加えた一言こそが、本心というわけだ。

入れ直した茶を茂右衛門の膝先に進め、お志乃は次兄の座っていた座布団をそっと押入れに仕舞い込んだ。

「兄さん、何やったらうちが、新三郎兄さんの見舞いに行ってきまひょか」

お三輪の死以来、茂右衛門は人の死に過剰な怯えを抱いている。五十男を指して怯えと称するのが妙であれば、忌避感と呼んでもよかろう。

精密な花鳥画や風狂な水墨画を得意とする新進画人の姿は、あくまで表向き。本当の兄はいまだ罪の意識に囚われ、彼岸と此岸の間にかかる橋の上に、ぼんやり佇んでいるのだ。それだけにお志乃は、彼をお三輪が死んだ枡源にあまり行かせたくはなかった。

「ええのか、お志乃」

その声には案の定、わずかな安堵がにじんでいる。へえ、とお志乃はうなずいた。

「別に急ぎの用もあらしまへんし、構いまへん。では明日にでも、さっと行って参ります」

だがいざ見舞いに赴けば、幸之助は町の寄合で留守。その連れ合いのお勝《かつ》も義母のお清とともに知恩院に参詣しており、新三郎の妻のお駒が一人、暗い顔でお志乃を出迎えた。

「最近はずっとうつらうつらしてて、一日中、ほとんど目を覚まさはらへんのどす」

なるほど枕頭《ちんとう》から呼びかけても、新三郎は皆目反応を示さない。げっそりこけた頰もさることながら、堅く閉ざされた瞼の青黒さにお志乃は胸を衝かれた。

(この月末は宝蔵寺さまで、お父はんの二十七回忌を営むはず。けどこの様子では、兄さまは法事にも出られへんやろなあ)

病間《びょうま》を辞して隣の間に移ると、お駒が小さな顔を思いつめたように強張らせて後を追ってきた。年はお志乃より四つ下。昨春、伏見の小間物屋から枡源に嫁いできたばかりの若い嫁である。

一つ屋根の下に暮らす義姉のお勝は、お駒よりはるかに年上。それだけに年の近いお志乃に訴えたいこともあるのだろう。

しかたがない。今日は愚痴の一つも聞いて帰るかと腹を決めたのを待っていたかのように、

「あの、お志乃はんは茂右衛門はんとご一緒に、帯屋町にお住まいやと聞いてますけど」

と、お駒がおずおずと話しかけてきた。

「へえ、そうどす」

「そやったら、お願いがありますのや。新三郎はんが亡《の》うならはったら、うちを帯屋町の別宅に置いてもらえまへんやろか。うち、何でもします。飯炊きでも水汲みでも平気どす」

「なに阿呆なことを言わはりますのや。新三郎兄さんの嫁はんに、そんな真似させられまへん。それにまだ、兄さんは死ぬと決まったわけやないですやろ。気をしっかり持っとくれやす」

お志乃は驚いてお駒をたしなめたが、彼女は両の眼を潤ませ、でも、と食い下がった。

「新三郎はんが亡うならはったら、うちはきっとこの店を出されてしまいます。うちの実家は、こないだ姉さんが婿を取ったばかり。うち、枡源の他、頼るあてがあらしまへんのや」

「勝手に決め込んだらあきまへん。だいたい誰が、義姉さんを追い出すんどす」

「だってこの春、お勝はんは男の子を産まはり、次の枡源の主はあの子に定まったも同然。そやったら新三郎はんの後家なんて、この店には邪魔なだけどっしゃろ」

お志乃ははっと息を呑んだ。

お駒の推測は、的を射ている。そもそも幸之助が枡源を継いだ時点で、新三郎はいずれ別家を立てるとの約定が交されていた。それが果たされぬまま彼が死ねば、寡婦のお駒は枡源には厄介の種でしかない。追い出しこそせぬまでも、あのしっかり者のお清が、伝手《つて》を頼ってお駒をどこかに再嫁させることは充分ありえる話であった。

商家の者にとって、店を安寧に保つことは最大の責務。大事な幹を健やかに育むためには、邪魔な枝葉を切って捨てることなど躊躇《ちゅうちょ》しないものだ。

嫌な想像を押し殺し、お志乃は明るい声をつくろった。

「お駒はんまでが病人みたいやと思うたら、そないな心配をしてはったんどすか。けど今は先のことを案じてても、しかたありまへん。まずは新三郎兄さんがよくなることだけを考えまひょ」

お清や幸之助の非情さは、自分がよく知っている。お駒の懸念は遅かれ早かれ、現実のものとなろう。ますます暗澹《あんたん》たる気分で、お志乃が膝の上に揃えた手に目を落とした時である。

「なんや、お志乃。来てたんか」

羽織姿の幸之助が座敷に顔を出し、太い眉をひょいと跳ね上げた。

「お前一人かいな。兄さんはどないしたんや」

「へえ、仕事の手が離せへんと言わはったさかい、うち一人で見舞いに参じました」

「ああ、さっきの寄合でも、沢治屋《さわじや》はんや柴屋はんから、兄さんご活躍ですなあと言われたわ。なんやこないだは、讃岐の金刀比羅宮の障壁画を描いたんやとか。いったいいつの間に、讃岐まで行かはったんや」

「いいえ、あれは絵を入れる部屋の寸法とご要望だけうかがい、帯屋町で描いてお送りしはったんどす。なんやあちらではえろう評判になってるとかで、兄さん、ほっとしてはりました」

「なんや、そうやったんか。えろう手抜きな話やな。まあ、あの出不精の兄さんが、わざわざ讃岐まで行くわけないわな。絵師いうんは、楽な商売で結構なこっちゃ」

　幸之助の声には、微かな棘《とげ》が含まれている。それだけでも、茂右衛門がここに来なくてよかったというものだ。

　ともあれ、これで義理は果たした。

「ほな、兄さん、お駒はん。うちはこれで去《い》なせていただきます」

　と、腰を上げかけたお志乃を、幸之助は慌てたように引き留めた。

「お志乃、ちょっと待ち。お前に少し相談があるんや。昼飯は食ったんか。わしもまだやさかい、よかったら一緒にどうや」

「相談、相談て、なんどす」

「そう一口には言われへん。まあ、腰を据えて話そうやないか」

幸之助は昔から兄弟の中で、お志乃に最も冷淡である。その彼のいつにない猫撫で声に、警戒の念が黒雲のように湧いた。

とはいえ、向かい合わせに飯を食ってまで持ちかけたい相談とはいったい何か。先ほどのお駒の話も気がかりで、しかたなくお志乃は首を縦に振った。

「分かりました。ほな、うかがいます」

「そうか。そやったらお駒、誰ぞに飯の支度を言いつけてんか」

どうやらお駒には聞かせたくない話らしいと推測しながら、別間に移る。箱膳を前に膝を揃えたお志乃をよそに、幸之助は「ああ、今日の寄合は大変やったわ」とぼやきながら、どっかりと胡坐《あぐら》をかいた。

「お志乃は知ってるか。この春先から錦天満宮の床下に、みなしごの兄弟が棲みついてなあ。供え物はくすねるわ、境内の木を折って焚火をするわ、宮司はんにえらい迷惑をかけてるのや」

「そんなんで火でも出されたら、大変どすな」

「とはいえ犬の仔みたいに叩き出しもできへんし、ええ策がまったく浮かばへん。そら、番屋に渡したら話は簡単やけど、そない夢見の悪い真似もしとうないしなあ」

そういえば通いの小女《こおんな》がそんな噂をしていたと思い返しているうち、女子衆《おなごし》とお駒が食事を運んできた。二人が膳を整えて去るや、幸之助はおもむろに居住まいを正し、あのな、といきなり本題に入った。

「実はお前に縁談があるのや。悪い話やないと思うんやけど、どうやな」

一瞬、言われた意味が分からず、お志乃は幸之助の顔を正面から見詰めた。それを異論があると取ったのだろう。到来物らしき奈良漬を齧《かじ》りながら、

「ええ話やと、わしは思うんや」

と、幸之助は繰り返した。

「お相手は五条問屋町の明石屋《あかしや》半次郎《はんじろう》はんいうご同業でな。年は三十。昨年、お店《たな》さま（女主）が子を産まはらへんまま亡うなり、後妻を探してはるんや」

五条問屋町は天正年間に開設された常設蔬菜《そさい》市場の一つ。錦魚市場に付属する形で発生した錦高倉市場より歴史が古く、奉行所から得た定札を楯に、独自の株制度を敷いていた。

「明石屋はんは五条問屋町の中でも、代々町年寄を仰せつかるほどのお店や。後妻いうのがちょっと何やけど、それを差っ引いてもまたとない良縁やないやろか」

枡源を追い出されてしまう、と訴えたお駒の声が脳裏でこだまする。冷たい手がすうっと背を撫で上げた気がして、お志乃は口に入れていた飯を大急ぎで呑み下した。

「後妻もなにも、うちは縁づく気なんて、さらさらあらしまへん」

この程度の反駁《はんばく》は予想していたのだろう。幸之助は飯をかきこみながら、

「まあ、そう言うと思うたわ」

とあっさりうなずいた。

京の商家の食事はどこも質素で、枡源では朝晩は茶漬けと漬物が一皿。昼はそれに汁と煮物が付くと決まっている。

仕入れの際、撥ねられた品であろう。形の悪い里芋の味噌煮にちらりと目を落とし、お志乃は唇を嚙んだ。

五条大橋の東に店を連ねる五条問屋町の商いは、仲買人のみに蔬菜を卸すという昔ながらのもの。目と鼻の先の場所で、仲買人のみならず魚市場帰りの個人客をも相手にしている新参者が目障りなのだろう。錦高倉の店々を「下衆《げす》の商い」と謗《そし》り、目の仇にしていると聞いた覚えがある。

幸之助は利に聡い男。明石屋と姻戚になることで問屋町からの反発を避け、枡源の商いを拡大する腹に違いなかった。

枡源に引き取られたときから、自らの境涯に諦念めいたものを抱いていたお志乃は、これまで自分が人並みに嫁ぐ日が来るなど、考えたこともなかった。己はこのまますっと長兄の面倒を見、年老いてゆくのだ。兄たちも義理の母もこれまで長らく、自分をそのように遇してきたではないか。それがいきなり店のため嫁に行けと言われ、得心できようものか。

(それに——)

鰓《えら》の張った顎に、意思的な大きな口。もう十年も前に姿を晦《くら》ませた懐かしい人の姿が、水泡の如く胸底から浮かび上がってくる。

弁蔵《べんぞう》は今、どこでどうしているのだろう。自分より三つ年上だから、生きていればもう三十。世帯を持ち、子どもの一人や二人、いても不思議ではない。

だがそう諦めをつけながらも、お志乃はいまだ彼の面影を心の中から消せぬままでいた。

「よう考えとうみ。世間の常識で言うたら、お前は立派な嫁き遅れや。兄さんの世話を任せ、その年まで放りっぱなしやったのは悪いと思うてる。だからこそわしは、この縁談はお前にもってこいやと考えてるんや」

別に幸之助たちに命じられたから、兄を手伝ったわけではない。まだ源左衛門《げんざえもん》と名乗っていた頃の手伝いも、家督を捨てた彼に従っての帯屋町への家移りも、最後は自分で決めたこと。それに見て見ぬふりをしながら、今になって自分を商いの道具に使おうとする次兄に、腸《はらわた》が煮えくり返るほどの怒りがこみ上げてくる。

（そやけど――）

お駒の泣き顔が、熱を帯びた頭を冷した。

この件はすでに仲人を通じて、明石屋にも伝えられているはず。もしここで自分が否と言えば、幸之助はいずれお駒に、この話を持ちかけるのではないか。

だとすれば、ここで無下に断わるわけにもいかないとうつむいたお志乃の態度に、手ごたえを覚えたのだろう。

「まあ、すぐに分かりましたとも言えへんやろ。返事はゆっくりでええし、よう考えてみるこっちゃ」

もっとも、と幸之助は粘りつくような声で付け加えた。

「兄さんはそういう話には、とんと役立たへんやろけどなあ。何か相談があったら、うちのお勝にしたらええ」

とにかくこの家を一刻も早く後にしたい。無理に口に詰め込んだ里芋の味噌煮は、砂を嚙むような味がした。

二

もう一度お駒と話を出来ぬかと機をうかがったが、膳を下げにきたのは二人の女子衆であった。

誰の見送りも受けずに枡源を辞し、お志乃は人通りの絶えぬ錦小路の真ん中で、どうしたものかと立ちすくんだ。

嫁に行く気はさらさらない。かといって、縁談を断れるとも思えぬ。

茂右衛門はあれで案外、他人の顔色をうかがうところがある。このまま帯屋町に帰っては、すぐに何かあったと気取られよう。

しかたがない。祇園社にでも参詣し、少し心を落ち着けてから帰ろう。ひょっとしたらそうこうするうちに、何かいい思案が浮かぶやもしれぬ。

そう腹を決めて、錦小路を東に歩き出したときである。

かたわらの路地から飛び出してきた小さな影が、お志乃の脇腹にどんとぶつかった。

あっと叫ぶ暇もない。お志乃が濡れた石畳に尻餅をつくのと、

「この餓鬼ッ」

という怒声が響いたのはほぼ同時だった。

ふり仰げば十歳前後の童《わらべ》が二人、人混みをまっしぐらに逃げて行く。ぼさぼさの蓬髪《ほうはつ》と泥塗れの素足が、ひどく鮮明に眼を射た。

あまりのことに呆然としていると、目の前の青物屋から駆け出してきた店主らしき男が、ちっと激しい舌打ちをした。

「畜生、やられた。混雑に紛れて、叺《かます》の栗をそのままひっ担いで行かれたわ」

「あれは、錦天神に棲みついてる子らやな」

「町役たちがどないかせなと言うてた矢先に、この始末かいな」

ほうぼうの店から出てきた男女が、がやがやと話している。そのうちの一人がお志乃を振り返り、気遣わしげに眉根を寄せた。

「大丈夫か。怪我はあらへんか」

「へ、へえ、おおきに。平気どす」

己の姿を顧みれば、無様に尻餅をついた上、裾が乱れ、脛《すね》まであらわになっている。首まで真っ赤にして立ち上がれば、ぶつかったときに叺から飛び出したのだろう、形の

よい大ぶりな栗が二粒、置き忘れられたかのように足元に転がっていた。

「あの、この栗はそちらさまのやおへんか」

差し出した栗を見るなり、青物屋の主は白髪の目立つ頭をやれやれと振り、「ええわ、もう」と吐き捨てた。

簡素な店構えから察するに、個人客のみを相手にする小店らしい。蔬菜の渋で黒ずんだ手で、彼はお志乃の腕を押し戻した。

「二粒ばかし残っても、売り物にならへん。餓鬼どもに突き飛ばされた厄払いや。あんた、持ってきやす」

「そやけど、うちがいただくのも何や妙どす」

「返してもろうてもええけど、ちょうど二ついうのんが、なんやあの餓鬼どもみたいで、忌々しくてかなわんわ。やっぱりあんた、もろてんか」

確かに黒光りする二粒の栗は、きかん気の少年たちを思わせぬでもない。主がお志乃の手の中の栗を憎らしげに睨み付けたとき、黒い影がすっとそこに落ちた。

「ほう、見事な栗ですな。丹波栗でございますか」

振り返れば脇に小籠を抱えた青年が一人、二粒の栗に目を注いでいる。年はお志乃より少し下であろうか。裁《た》っつけ袴に筒袖姿。柔和な面差しと相まって、錦小路よりも医者たちが闊歩する二条薬種街が似つかわしげな風体であった。

盗られたとはいえ、売り物への賛辞が嬉しかったのだろう。店の主は怒りにひきつっていた頬を、わずかにゆるめた。

「へえ、お目が高い。その通りどす。今年は夏の暑さがひどかったせいか、栗も松茸も不作。そんな中ようやく仕入れた栗やったのに、えらい目に遭いましたわ」

「それではそなたさまの店には、もう丹波栗はありませぬのか」

青年はひどく折り目正しい言葉遣いで、主に尋ねた。わずかに訛《なま》りがあるものの、どこか宮仕えの衆を思わせる穏和な声音であった。

「うちにはありまへんなあ。どうしてもご入用なら、それ、そこの枡源はんに聞かはったらよろし。あちらは、丹波から直《じか》に買い入れをしはるほどの大店やさかい」

まだ枡源にいた頃、お清はお志乃を滅多に人前に出さなかった。それだけに縁戚の一、二軒をのぞけば、彼女の顔を知る者は、錦高倉市場に案外少ない。

突然出てきた枡源の名に、お志乃は妙な居心地の悪さを覚えた。そうだ。こんなところをうろうろして、お清と顔を合わせでもしたら、また何と言われるか知れたものではない。

「ほな、うちはこれで」

だが栗を握りしめてその場を離れたお志乃は、錦天神の社殿を望む辻まで来たとき、

「すみませぬ。お待ちくだされ」

という背後からの声に足を止めた。見れば先ほどの筒袖の男が、少々狼狽した面持ちで佇んでいる。その腕の中の籠には、零余子《むかご》や木通《あけび》、柿、大小の茸などが少しずつ収め

られ、鮮やかに色づいた紅葉が一枝、挿頭《かざし》のように添えられていた。

「あの、突然申し訳ありませぬが、その栗をお譲りくださいませぬか」

「この栗を、どすか」

驚いて問い返したお志乃の鼻先にふと、ひどく馴染みのある匂いが漂ってきた。独特のつんと鼻を衝くそれは、顔料の滲みを止める礬水《どうさ》の匂いだ。

おや、と目を移せば、男の節張った手指には様々な色が染み付き、右の中指に大きな胼胝《たこ》まで出来ている。

(このお人、兄さんとご同業や)

目をしばたたいたお志乃を見下ろし、男は慌てたような早口で言った。

「それがしは宝鏡寺のご上臈《じょうろう》、蓮池院《れんちいん》尼公にお仕え致す絵師で、円山左源太《まるやまさげんた》と申します。尼公より種々の秋の実りを描けと仰せ付けられ、錦小路に画材を求めに参ったのでございます」

上京《かみぎょう》の宝鏡寺は代々、院主を皇室より迎える門跡寺院。多くの公家の娘が上臈として出仕しており、彼女たちのつれづれを慰めるため、絵師や能役者など風雅を生業《なりわい》とする人々が、大勢出入りしていた。

お志乃は絵師といえば、兄とその朋友である池大雅《いけのたいが》しか知らない。茂右衛門が人付き合いが苦手な偏屈者である一方、大雅は反対に常に陽気で如才のない男。さりながら目の前の円山左源太は、身形といい立ち居振る舞いといい、そのどちらとも随分異なっていた。

絵に没頭するあまり、どんな上物を身につけても薄汚く見える茂右衛門たちに比べ、左源太が着ているのは粗末な紬《つむぎ》。しかし縫い目が白むほど着古した着物をまといながらも、その背はしゃっきりと伸び、襟元には汚れ一つ見当たらない。放っておけば十日でも二十日でも肌着を変えぬ兄とは、雲泥の差であった。

（さすがご門跡のお出入りや。同じ絵描きはんでも、ずいぶん違うんやなあ）

「絵の材とするには、なるべく見目麗わしき品を選ばねばなりません。柿や茸、蝦蔓《えびづる》なぞは存知よりの青物屋に整えてもろうたのですが、よい栗が見つからなんだと言われ、困り果てていたのです」

先程お志乃が持っていたのは、まさに自分が求めていた栗そのもの。差し支えなければ売ってもらえぬかとの左源太の弁に、お志乃はそうどしたか、とうなずいた。

「おやすいご用どす。うちにとっては、これはただの栗。どうぞお持ち帰りください」

「かたじけのうございます。ただそれがしは、絵師としてはまだ未熟者。日々の顔料にも事欠く有様にて、お礼は些少しか差し上げられませぬが――」

「そんな、お礼なんか要りまへん」

門跡出入りともなれば身拵《みごしら》えにも気を配らねばならず、日々入用な金も馬鹿にならぬのだろう。首を横に振るお志乃に、左源太はあからさまにほっとした顔になった。

「それはありがとうございます。ところで先ほどはひどい騒動に巻き込まれ、お気の毒でございましたな。あの子らはいったい、どこの童でございます」

「何でも、そこの天神社に住み着いているみなしごやそうどす。お供え物を盗んで食うてると聞きましたけど、最近はかっぱらいもしてるんどすなあ」

「孤児でございますと――」

左源太はなぜか、眉間に深い皺を寄せた。それまでの温厚な気配にそぐわぬほど、険しい表情であった。

「もっと幼い童ならばともかく、あの年ならその気になれば、働き口はいくらでもありましょう。それを盗みで食うておるとは、実にけしからん了見でございますな」

少年たちが去った方向を振り返り、ううむ、と左源太は腕を組んだ。

早くも今日の荷を売り切ったと覚しき棒手振《ぼてふり》が、朸《おうこ》（天秤棒）の前後に空の籠を下げ、御幸町《ごこまち》通を上がってくる。

薄汚れた頰かむりを取り、社殿に向かってぴょこんと頭を下げる姿が、左源太の肩越しに見えた。

幾度も礼を述べる左源太と寺町の角で別れると、ちょうど誓願寺の鐘が八つを告げた。帰宅があまりに遅いと、また別の心配をされかねない。仕方なく思案のつかぬまま隠居所に戻れば、茂右衛門は相変わらず乗り板の上で、雄鶏図に筆を加えていた。

彩色画を描く際、下手な絵師は同じ個所に幾度も色を塗り重ねるが、茂右衛門は決して塗り直しをせず、ただ一筆で色を決める。薄塗りでも彩色が際立つのは、顔料の質が優れておればこそ。だが同時に彼の思い切りのよさがなければ、こうまで色は冴えぬであろう。

しかも茂右衛門は迅速な筆運びをする一方、構図には呆れるほど入念な検討を重ねた。一枚の絵を描くにも何十枚もの下絵を描き、その中からもっとも優れた線のみを選び出す。その上で何十色もの色をどの順で塗るべきかを吟味し、綿密に支度を整えた上で絵絹に対峙するのであった。

「さっき、幸之助がまたやって来おってなあ」

戻りましたと告げるなり返ってきた言葉に、お志乃は息を呑んだ。そんな妹にはお構いなしに、茂右衛門は絵絹に目を落としたまま、普段と変わらぬ訥々とした口調で続けた。

「お前にええ縁談があるんやと、まくし立てて帰ってったわ。お志乃、お前が嫁ぎたいんやったら、行ったらええ。行きたくないんやったら、断ったらええ。どっちにしても、幸之助やお母はんの言うことなんぞ気にせんでよろし」

彼の傍らの丸盆には、空になった絵皿が幾枚も重ねられている。茂右衛門はそれを片手で、お志乃にひょいと渡した。

「すまんけど、顔料を溶いて来てんか。この絵、今日中に仕上げてしまいたいのや」

「へえ、分かりました」

嵐が近いのか、いつしか空は灰色に濁り、隣家の庭に植えられた桐がばさばさと音を立てて揺れている。

土間の下駄をつっかけ、走り庭の隅に設《しつら》えられた棚から顔料を取り出す。皿の汚れから類推して色を選ぶうち、外の風に誘われたように、お志乃の胸に不穏な漣《さざなみ》が立った。自分に無断で、茂右衛門に全てを伝えた幸之助への怒りだけではない。

（兄さんは勝手なお人や）

嫁ぎたいなら嫁げ、行きたくないなら断れとはどういう言い様だ。茂右衛門はおそらく、かつて自分が弁蔵に寄せていた思慕を知っているはず。それなのに何故、「嫁になど行かなくてよい」と言ってくれぬのだ。兄に心配をかけまいとあれこれ気を配った自分が、ひどく愚かしく感ぜられた。

幸之助の言う通り、茂右衛門はこういうとき全く役に立たない。枡源に斟酌《しんしゃく》無用との弁は有り難いが、妾の子である自分が彼らに逆らえぬことぐらい、元より承知しているはずではないか。

桶に浸けてあった膠《にかわ》を小鍋に移し、火にかける。茶色の固まりが湯の中でゆるやかにほぐれるのを眺めながら、お志乃はその場にしゃがみ込んだ。

どれだけ嫌と言っても、自分に縁談を蹴る力はない。茂右衛門が彼らに決然と対峙してくれぬ限り、結局は言われるまま明石屋に嫁ぐしかないのだ。

（うちが嫁に行ったら、誰が顔料を溶き、胡粉《ごふん》を擂《す》ると思うてはるんやろ。お駒はんが

代わりに手伝えるわけもなし、困るのは兄さんやのに）
あの兄にとって、世の雑事はすべて疎ましいことでしかないのか。
お三輪の死以来、一家の持て余し者となった茂右衛門と、妾腹として疎外されてきた自分。枡源の異端同士として、自分たちの間には強固な絆があると思っていたのは、勝手な思い込みだったのか。
いつしか小鍋の中の膠はすっかり溶け、粘りのある薄茶色の液が微かな湯気を上げるばかりとなっている。晒《さらし》でそれを濾《こ》しながら、お志乃はふと天井を見上げた。暗い吹き抜けの向こうで、茂右衛門がこの世のものとは思えぬ極彩色の花鳥を前に、浮世から逃れる術を考えているように思われてならなかった。

三

しかしお志乃が心を決めるより先に、枡源の家内は縁談どころではない事態となった。見舞いから三日後、新三郎の病状が急変し、明日をも知れぬ容体に陥ったのである。

「源洲先生が首を横に振らはり、すぐにお身内を集めなさいませと仰いました」

息せき切った枡源の丁稚からそう告げられては、知らぬ顔も出来ぬ。急いで茂右衛門と共に店に駆け付けると、奥の間にはすでに親類縁者が詰めかけ、足の踏み場もない有様であった。

「おお、茂右衛門はんとお志乃はんや。みな、通してあげなはれ」

親族から座を譲られれば、病人の枕上ではお駒がすでに頬に涙を伝わらせている。

室内に獣じみた唸りが低く響いているのは、新三郎が病んだ身をよじって悶えているからだ。あまりに苦しげなその様に、お清が源洲に嚙みついた。

「先生、どないかならへんのどすか。こんなん、殺生やわ」

「どうにか致したいのは山々だが、わしにも最早手がないのじゃ」

新三郎が息を引き取ったのは、それから半日後。まともな遺言すら残せず、最後まで苦しみ続けた三男の死は、お駒はもちろん、幸之助にも大きな衝撃を与えたらしい。

慌ただしく葬式を済ませ、親戚縁者も引き上げて行った夜、枡源の兄弟と嫁たち、それにお志乃とお清が残った座敷で、

「明後日はお父はんの回忌法要のはずやったけど、それどころやないなあ」

と呟いた茂右衛門に、

「なにが法要や。兄さんはいつも、死んだ者の年ばっかり数えてからに。まったくたまには生きてる者にも、もう少し気を配ってんか」

と眉を逆立てたのも、その証左に違いなかった。

死んだ者の年――それが兄弟の父である三代目源左衛門を指しているわけでないのは、明らかである。さっと顔色を変えた茂右衛門に、幸之助は更に険のある声を浴びせかけた。

「だいたい兄さんは結局一度も、新三郎の見舞いに来いへんかったやないか。あちこち

の寺社仏閣に絵を納めてるそうやけど、自分の嫁や弟にもまともに接しられへん者に、そないな資格があるんかいな」

「幸之助、やめなはれ」

傍らのお清が、幸之助の羽織の袖を引いた。しかし彼はそれをさっと振り払い、ただでさえ大きな目をぎろりと剝いた。

「お母はんかて常々、そう愚痴ってるやないか。他に道楽のない人やから、ちょっとやそっとの気儘《きまま》は仕方ないと、わしかて思うてたわ。だからといって枡源をこうまで蔑ろ《ないがし》にされたんでは、もう黙ってはいられへん」

「別に蔑ろにしてるわけやない。そもそも十年前、店のことは全て、お前に任せると言うたやないか。もうわしは死んだものと思うて、放っておいてくれへんか。隠居のわしがおらんかて、枡源の商いにはこれっぽっちも障りはあらへんやろ」

「そういうわけには行かへん。枡源はわしで五代目になる老舗《しにせ》。奉公人はもちろん、何十人という仲買人たちが、この店にはぶら下がってるんや。その枡源の先代が、自分の嫁に続いて弟の死にまで知らん顔をしたとあっては、先祖代々の暖簾に傷がつくやないか」

「なんやて――」

その途端、茂右衛門の白目の目立つ双の眼に、剣呑な光が宿った。

「もう一度、言うてみい、幸之助。わしが何やと」

「ええ、何度でも言うたるわ。兄さんはお三輪はんを見殺しにし、新三郎の病にまで知らん顔を決め込んだ薄情者。そんなお人が兄やなんて、わしは情けのうてならへんわ」

びしっ、と音を立てて、茂右衛門は手にしていた箸を箱膳に叩きつけた。

平べったい顔は怒りに青澄み、唇の端が小さくわなないている。袴を大きくさばき、彼は幸之助にひと膝詰め寄った。

これまで誰も目にしたことのない長兄の豹変ぶりに、お清とお駒が顔色を失っている。幸之助もまた、一瞬、しまったと言いたげな狼狽を頬に走らせたが、一度口から出た言葉は取り消しようがない。

「な、なんやねん。わしは誤りは言うてへんで。兄さんは確かに絵師としては、優れてるかもしれへん。そやけど枡源の店から言うたら、厄介者以外の何者でもないわ」

駄目だ。お志乃は小さく呻いた。

それ以上、茂右衛門を責めてはならない。平生、かろうじて繕っている古傷をこんな場所で暴けば、彼はますますこの世から遠ざかるばかりだ。

幸之助の目には、兄はお三輪のことを忘れ果て、絵師として安逸に暮らしていると映るのだろう。しかし茂右衛門の胸裡には、未だ自責を遥かに超えた、暗い感情が沈んでいる。それを忖度《そんたく》せぬまま、店や血縁を楯に彼を責め立てるのは、茂右衛門のこの十年を土足で踏みにじるに等しかった。

誰もが固唾を呑む中、茂右衛門は今にも幸之助に摑みかかりかねぬ形相で、弟の顔を睨み据えた。そして突然、袴から扇子を抜き、それを顔の前で真っ二つに叩き折った。

ばきっという激しい音に、お駒がひっと悲鳴を上げて首をすくめた。

無残に折れた扇子の骨は、野晒《のざらし》を思わせるほど白々と乾いている。膝先にそれを置き、茂右衛門はゆっくり背筋を伸ばした。

肩が上下するほど大きく息をつき、押し殺した声をゆっくりと絞り出した。

「――幸之助、お前の腹はよう知れた。それに気付かんと、十年もの間、隠居所でのうのうと暮らしてすまんこっちゃ」

要《かなめ》で傷つけたのだろう。掌からこぼれた血が、茂右衛門の袴を汚している。それにはお構いなしに、幸之助の面上にひたと目を据えた彼の体軀からは、揺らめく火炎にも似た怒気が立ち昇っていた。

「そやけどさっきのお前の言葉で、ようやく腹が定まったわ。やっぱりわしは死んだもんと思うてもらわなあかん。ええな、今後、わしは枡源と他人や。帯屋町の家だけはもらうけど、それ以外はすべてお前の好きにしたらええ」

言うなり茂右衛門は立ち上がり、大股に座敷を出て行った。

後には真っ二つに折られた扇子が、骨を晒して打ち捨てられている。それをひったくって胸に抱き込み、お志乃は転げるように茂右衛門の後を追った。

「どういう意味やの、兄さん。死んだもんて、なんどす」

お志乃の声に振り返りもせず隠居所に戻るなり、茂右衛門はまっすぐ画室のある二階へ駆け上がった。羽織すら脱がぬまま、長櫃の蓋に手をかける。丸められた彩色画が一枚、また一枚と取り出されるにつれ、殺風景な画室の中に鮮やかな花が開く。それらを丁寧に並べながら、彼はようやく敷居際のお志乃を顧みた。

「明日、伏見の大典さまのところに使いをやってんか。至急、わしのところまでおいでいただきたいとお伝えするんや」

「大典さまに、どすか」

まさか彼を師に得度するつもりか。しかしそれに対する茂右衛門の答えは、あまりに予想とかけ離れていた。

「そうや。あの方に、わしの墓の碣銘《けつめい》を書いていただくさかい」

「墓、兄さんの墓ってどういうことどす」

「わしは枡源の墓に入るんは、ご免や。そやさかい菩提寺さまとは違うどっか別の寺に、自分の墓を建てさせてもらうわ。ああそれと、描き溜めてきたこの彩色画は、相国寺さまに寄進するさかいな」

「確か二十四枚ありますけど、それをすべてどすか」

「そうや。前に下京のお寺はんから請け合うた釈迦三尊像、あれは表具だけ済ませて、まだお納めしてへんかったな。お寺はんにはまた別の絵を描くさかい、あの三尊像と併せて寄進させていただくとしよか」

最後の一枚、描き上げたばかりの南天雄鶏図を壁際に置き、茂右衛門はその前につくねんと膝をそろえた。

何か言わねばと思うのに、かける言葉が見つからない。薄い肩をすぼめるように座る薄い背に、お志乃はただ小さく首をうなずかせた。

太い首をねじって背後を見つめる雄鶏が、周りのもの皆を拒む兄自身の姿の如く思われてならなかった。

四

若冲が喜捨《きしゃ》を決めたのは、絵だけではなかった。

翌日、彼は帯屋町の年寄を集め、自分の死後、隠居所の土地と建物を町内に引き渡すと宣言。その代わり毎年の己の忌日に、供養料として青銅三貫文を相国寺に納めてくれるよう依頼したのである。

「こっちにはありがたいお話やけど、宝蔵寺はんという代々の菩提寺がありながら、ご自分のお墓を他所に拵えはるんどすか」

「へえ、そうどす」

さすがの茂右衛門も町役たちの前で、「弟たちと同じ墓に入りたくない」とは口に出さなかった。しかしそれでも突然の話に、悶着の気配を嗅ぎ取ったのだろう。年寄たちは用心深げな顔つきで、互いに目を見交わした。

「茂右衛門はんがそれでよろしいなら、わしらに文句はありまへん。けど後になって、どっかから難癖を付けられても厄介どす。念のためわしらと茂右衛門はん、それに相国寺はんとの間に証文を作りとうおすけど、かましまへんな」

後日、枡源から横槍を入れられてはたまらぬと案ずるのは当然の話である。碣銘の相談のため帯屋町にやってきた大典も、そのやり取りを聞かされるなり、

「町役がたの申し条、なるほどごもっともじゃ」

と形のよい禿頭をつるりと撫ぜてうなずいた。

「なればわしから相国寺に、こちらに使僧を寄越すよう伝えましょう。それにしてもこれらの作には驚きましたわい。鶏に小鳥、いや虫や種々の貝も仰山《ぎょうさん》おりますな。精緻さ、筆の運び、ただの花鳥画と呼ぶには、実に惜しい。何かこう連作として、名を付けたいものじゃのう」

お志乃の介添えを受けながら、大典は手早く二十余枚の絵を繰った。

曲がりくねった梅の枝に遊ぶ鶯、粟穂を目指し、空の果てから続々と舞い降りる雀の群……表ばかりか絵絹の裏からも丁寧な彩色を施したそれらをつくづくと眺める目は、感嘆の色に満ちていた。

「動物に植物、それにこの五色の綾の如き美しさ——おお、そうじゃ。動植綵絵《どうしょくさいえ》、動植綵絵という総題は如何でござる」

「動植綵絵どすか。なるほど、実に言い得て妙な名や思います」

他人事のようにうなずく茂右衛門に、大典はわずかに眉根を寄せた。

「されど若冲はん、本当によろしいのか。これほどの作、もう一度描けと言われたとて、おいそれと出来るものではなかろうに」

「へえ、かましまへん。わしは元々これを、自分の道楽で描いておりました。そやけど自分が死んだ後、これらがどうなるんやろと思うたら、このまま手許に置いておくのが恐ろしゅうなったんどす」

茂右衛門は淡々とした声音で続けた。

「わしはこの絵に、己の持てる限りを全て注ぎこみました。どうかそれを嘉《よみ》して、お寺にお納めくださいませ」

「持てる限り全て、のう――」

膝先に重ねた絵に、大典は細い目を落とした。一番上に乗せられているのは、あの南天雄鶏図であった。

「そのお言葉は本心でございましょう。されど真に自分のためだけであれば、なにもこうまで細やかな絵を描かずともよかろうと思うのは、拙僧の勘ぐりかのう」

朱色の鶏冠《とさか》を昂然と上げた雄鶏を、大典は節くれだった指の先でそっと撫でた。傷ついた《いた》獣を労わるかのような、優しげな動きであった。

「若冲はん」

「――へえ」

「あんたはん、この絵を最初っから相国寺に喜捨するおつもりどしたな。裏打ちだけして、わざと表装せえへんかったんは、寺に入れたらどうせ仏画表具に変えると承知してはったからどっしゃろ」

その言葉に、二人の傍らにひかえていたお志乃は思わずえっと声を上げた。

しかし茂右衛門は無言のままお志乃をちらりと見やると、重ねられた花鳥画の中ほどから一枚の絵を引き出した。

薄墨に塗りこめられた画面を、雪の降り積もった柳の枝が、氷のひび割れの如く断ち割っていた。池中に潜る鴦《おう》の頭上に枝垂《しだ》れる凍てついた細枝は、まるで鴦を捕えんとする檻のよう。そしてそんな雌をじっと見つめるのは、画面右端の岩に止まる鴛《えん》。その雄の真円の目の、何と無表情で哀しげなことだろう。

昔から幾度も描いている鴛鴦図を畳に広げ、

「……この絵を見せたい者が、おますのや」

と、茂右衛門は呟くように言った。

「自分で言うのも何やけど、これほどの絵、相国寺はんに寄進しましたら、きっと方丈にそろって掛け回される折もありますやろ」

「さよう。役僧どもは、是非そうさせて欲しいと頼みましょうな」

大典の言葉に、茂右衛門はどこか満足げにうなずいた。

京の大寺は毎年曝涼《ばくりょう》と称して、寺宝の公開を行う。相国寺では六月十七日に修される閣懺法《かくせんぼう》の際、方丈に名だたる名画を掛けるのが年中行事の一つとされていた。

宋や元、明の名画を多数所有する相国寺の曝涼は、絵を志す者にはまたとない学習の機会。その中に茂右衛門の絵を含めるとはすなわち、京に暮らす数多《あまた》の画人たちに彼の作を開陳する行為でもあった。

「わしが絵を見せたい相手は、この世にたった一人。絵師となると決めてからずっと、わしはその男に突きつけるためだけに、この花鳥画を描いてきたんどす」

男、と茂右衛門は言った。ならばそれは、すでに死したお三輪ではあるまい。また唯一の友である大雅なら、そんな回りくどいことをする必要はない。お志乃の指先が、すっと冷たくなった。

「大典さまは怖いお人や。道楽いうんは偽りやと、すぐに見通してしまわはるんやさかい」

その言葉に、大典がぼそっと何か呟いた。あまりに小声ゆえ明確ではなかったが、お志乃にはそれが、「怖いんは若冲はんの方や」と聞こえた気がした。

「いわばこの絵はわしの覚悟の現れ。自分が絵師としてどれほどの器なのか。それをそいつに思い知らせる手段《てだて》なんどす」

――こんな絵ぐらい、わしかて簡単に真似してみせるわい。

激昂した声が耳朶《じだ》の底に甦った。

この十年、茂右衛門と彼の話をしたことはない。だが兄はあの男がいま何をしているのか、ちゃんと承知していたのだ。

（弁蔵はん――弁蔵はんは今、絵を描いてはるんか）

京の町衆は茂右衛門の絵をもてはやす一方、狩野派やそこに学んだ絵師たちの作こそが絵画の王道と考えている。このため買われていった茂右衛門の作は普段、家々の奥深くに仕舞われ、時々床の間に掛けられはしても、客人をもてなす席に出されることはない。

鹿苑寺大書院の障壁画とて、実際に見ることが出来るのは、寺僧やほんの数人の旦那衆のみ。茂右衛門、いや伊藤若冲という画人の名が幾ら高まったところで、その作を実際に目にし得る場は限られている。だからこそ彼は、多くの人の目に触れる手立てとして、相国寺への寄進を考え付いたのだ。

（ひょっとして――）

お志乃ははっと目を見開いた。

（兄さんはどこかで、弁蔵はんの絵を見てるんやないやろか。だからこそ弁蔵はんの絵に応えるためにこれらの絵を描き、それを確実に突きつけられる場を探さはったんやないか）

それはいったい、いつだろう。茂右衛門が最初の一枚を描き始めたのは、鹿苑寺の仕事が終わった直後。だがあの頃の彼は障壁画制作のためしばしば外出しており、記憶を探っても、いつどこでとは推測がつかなかった。

「その御仁、若冲はんの絵を見に来はりますかいな」

「来ると思います。いや、来いへんはずがありまへん」

そう、茂右衛門をあれほど憎んでいた弁蔵であれば、必ずや彼の絵を見るため、相国寺に足を運ぼう。そして茂右衛門から突きつけられた答えに、再び何かしらの返事を寄越すはずだ。

あまりに濃密な数々の絵は、茂右衛門の罪を塗り込めたものでも、ましてやこの世からの逃避でもなかった。それらは彼が絵師として生き、弁蔵と戦うための武器。そう、お志乃が知らぬうちに、絵は茂右衛門の中でかつてと全く異なる存在に変じていたのだ。南天の下に佇む雄鶏の姿が、茂右衛門に——そして弁蔵に重なった。憎悪という桎梏《しっこく》に囚われ、画業を事とした二人。彼らの画技を磨き、研ぎ澄ますものが憎しみだとすれば、この動植綵絵はまさにその凝《こご》りなのに違いない。

だが弁蔵に立ち向かうためでありながら、どうして兄が描く花々は今を盛りと咲き誇り、鳥たちは今にも絵絹を抜け出しそうな命の輝きに満ちているのだろう。

もし茂右衛門という男を知らなければ、これらを見る者は皆、彼が生きとし生ける物を愛する情け深き人と思うに違いない。

(それとも絵いうんは、心に悲しみを抱いてへんと描けへんもんなのやろか)

大典は長い眉を寄せて、雪中鴛鴦図を眺めていた。しかしやがてほうと大きく息をつき、静かに茂右衛門に向き直った。

「委細承知いたしました。寄進の件も、先に内々に拙僧から役僧に申し伝えまひょ。幸いわしの行者（従僧）やった明復《みょうふく》が今、慈雲院《じうんいん》におりますでな。あやつがきっと、お力になるはずどす」

「おおきに、どうぞお願いいたします」

「それにしても、若冲はん。余計な口出しをしますけど、そないなことしはって、若冲はんが亡うなった後、お志乃はんはいったいどうならはりますのや。己の死後を案じはるんはええけど、妹はんの身の上も忘れたらあきまへんえ」

「へえ、それはよう弁《わきま》えてます」

茂右衛門はまっすぐ背筋を伸ばし、きっぱりと言った。その揺らぎのない背中が視界に入った途端、「わしは死んだもんと思うてもらわなあかん」という声が、お志乃の耳の底に甦った。

（そうか）

うちの兄さんはもうとっくに死んではるんや、との思いが、胸の中にことりと音を立てて落ちた。

枡源の隠居、茂右衛門という男は、既にこの世にいない。存在するのはただ、奇矯の絵を描く伊藤若冲なる絵師だけなのだ。

この世に弁蔵がいる限り、兄は絵師として生き続ける。いわばお三輪の死とそれに伴う弁蔵の怨憎だけが、彼を生かし、絵を描かせる糧。そう、枡源を――弟たちを捨てた彼にとっては、もはや妹である自分すら不要な存在なのだ。

(うちは、ここから出て行かなあかんのやな)

嫁ぎたくなければ行かずともよい、と兄は口にした。しかしそれは気心の知れた妹を手離したくないという、若冲としての我意。絵師として生きる彼はとっくに、妹を去らせねばならぬと覚悟を決めているはずだ。

明石屋半次郎とは、どんな男だろう。いやそれ以前に五条問屋町の人々は、枡源の娘である自分を受け入れてくれるのか。

だが若冲の足手まといにならぬため、それでも己はこの家を去らねばならない。なぜなら自分が頼るべき兄は、もうこの世にいないのだから。

哀しみも怒りもない、ただ不思議に清明な気持ちで、お志乃はそう自らに言い聞かせていた。

(うちがいなくなったら、このお人はもっともっと偉い絵師にならはる。きっとそうや)

鶏の頭上を覆う南天の天蓋が、これから自分が潜る新たな門の如く映る。あの赤い門をくぐったその果てでは、何が自分を待っているのだろう。そしてその前に一人佇む若冲は、これからどんな絵を描くのだろう。

伏見に戻る大典を見送るため外に出れば、晩秋の日は早くも濃い茜色に変わり始めている。紫に染まった雲を見上げ、大典は細い目をしきりにしょぼつかせた。

「若冲はんは、ほんまに困った御仁や。なあ、お志乃はん」

「へえ。そやけどうちは、あれでええのやと思うてます」

「そうか。お志乃はんがそう思うてはるんやったら、その通りかもしれへんな」

南に去る彼の影が、通りに長く延びている。それを見るともなく追い、お志乃はおやっと目をしばたたいた。斜め向かいの板塀の前に、二つの小柄な影がうずくまっているのに気づいたのである。

ぼさぼさに伸びた蓬髪には見覚えがある。錦天満宮の床下に棲む孤児たちであった。相変わらず錦高倉市場界隈にいるところからして、結局、町役は彼らに知らぬ顔を決め込むことにしたのだろう。石畳で打った尻の痛みを思い出しながら、お志乃は少年たちの様子をこっそりうかがった。

二人はお志乃には気付かぬまま、肩を寄せ合い、どこかで盗んできたらしき握り飯を貪っている。つんと饐《す》えたような臭いが、鼻を衝いた。

やがて握り飯を食べ終えると、少し大柄な少年が眼を光らせて顔を上げた。彼の眼差しの先を追えば、買い物帰りらしき老婆が、錦小路の方からゆっくり歩いてくる。その手の中には、団子か魚の蒲焼きでも入っていると思しき竹皮包みがあった。

だが彼らがゆっくり立ち上がり、野犬の如く老婆に飛びかかろうとしたその時である。

「またしてもおぬしらかッ」

突然険しい声が響き、木戸脇から飛び出してきた人影が、年嵩の童の腕を摑んだ。彼をひきずったまま、逃げようとするもう一人に駆け寄り、むき出しの脛を足で払う。なおも逃げようとする腹を下駄の足で蹴り上げてから、空いた手でその襟髪を引きずり起こした。

「人のものを盗むなどと横着をしよってッ。来いッ。番屋に突き出してくれるッ」

「ま、円山さまやあらしまへんか」

驚愕の声を上げたお志乃を振り返り、おお、と円山左源太は目を見開いた。

相変わらず小ざっぱりした身拵えだが、その面差しには思わずたじろぐほどの憤怒が含まれている。形のよい眉は吊り上がり、涼しげな目も完全に据わっていた。

「これは奇遇。ちょうどよろしゅうございました。細引などお持ちであれば、お貸しいただけませぬか。こやつらを番屋に連れてまいりますゆえ」

「あ、あんたはん、どないしはりましたんや」

「まだ子どもやおへんか。そない手荒をしたらあきまへん」

お志乃が応えるより先に、往来の人々が口々に左源太に声をかける。それをじろりと見やり、

「ええい、おためごかしは止められよッ」

と、彼は人が変わったような野太い声で怒鳴った。

「まったくどいつもこいつも、口先ばかりの親切で物を言いよってッ。よいか、おぬしら。盗みは天下の大罪。これより番屋に突き出し、厳しいご詮議を受けさせるゆえ、覚悟せよ」

「ご、ご詮議やて」

年嵩の少年が汚れた顔を上げ、怯えたように頬をひきつらせた。

「そうじゃ。おぬしらが今しようとしたことは、まぎれもない罪。それ以外にも店先の栗を盗んだり、かっぱらいをしたり、多くの悪事を犯しておろうが」

「だ、だってしかたないやんか。そうでもせな、わしら食っていかれへんのやさかい」

「そうや。わしらには家も金もあらへん。盗みでもするより他、ないやろな」

弟と思しき少年が兄の尻馬に乗った途端、左源太のこめかみに太い青筋がふくらんだ。

「つべこべ申すなッ。家がなければ働き口を探し、金がなければ稼ぐ手段を考えるのが世の道理。おぬしらはまだ子どもじゃが、それですべてを許してくれるほど世の中は甘うない。孤児であればなおのこと、己の身を立てる術をしかと考えねばならぬのじゃッ」

雷鳴の如き怒声に、子どもたちはもちろん、往来の男女までが驚いたように身動きを止めた。

左源太の恫喝が画室まで届いたのだろう。珍しく若冲が下駄を突っかけ、門口から顔をのぞかせた。

「いったい何事やな」

その間に左源太は懐から引っ張り出した手拭いを歯で裂き、兄弟の手首を素速く縛り上げた。逃げられぬよう二人の手を結びあわせ、襟首を摑んで歩き出す。

「それッ、さっさと歩かぬかッ」

左源太のあまりの剣幕に、通りの人々はみな彼らを遠巻きにするばかりである。だが慌てて道を開ける人々の間を突っ切って、三人の姿が四条通に消えたとき、

「思い出した。あれは、玩具屋の尾張屋に奉公してた丁稚やがな」

という声が、見物の間から漏れた。

「丁稚って、あの餓鬼どもがかいな」

「違う、違う。餓鬼を引っ張って行った背の高い男の方や。少し面変わりしてるもんの、あの四面四角な態度は変わってえへん。あれはかれこれ十年も昔、尾張屋で眼鏡絵を描いたり、人形に胡粉を塗ったりしてた下働きの丁稚や。手先の器用さを買われて石田《いしだ》幽《ゆう》汀《てい》さまの門弟になり、今はご門跡出入りの絵師に納まってると聞いたことがあるわ」

四条富小路の尾張屋は、人形やびいどろ道具など高価な玩具を扱う店。中でも箱の中に描かれた細密画を、凸形に削った硝子を通して見る「覗きからくり」は、西洋から中国を経て日本に伝わったばかりの最新の遊具であった。

「へえ、玩具屋の奉公人がご門跡出入りになあ」

「それにしても、たかが子どものかっぱらいに、あない血相を変えんでも。おとなげないなあ。ほっといたらええのに」

野次馬たちがそう言い交わしながら、三々五々散って行く。

しかしそんな中で若冲だけは、どうしたわけか門口からなかなか動こうとしなかった。

細い目を彼らが去った通りの果てに投げ、血の気の薄い唇でぽつりと呟いた。

「尾張屋の丁稚――ほなあれが、いま評判の円山左源太かいな」

「ご存知なんどすか」

「一度大雅はんから、名前を聞いただけや。なんでも狩野派の生写《しょううつし》の技法を踏まえながら、元や明の柔和な絵に似た作品を描く男なんやとか」

対象を観察して描写する生写は、素人目には単純な画技と映るが、その実は対象の姿はもちろん、その生命感や大きさをも画面の中に捉えねばならぬ点、風俗画や風景画より熟練が要る技術であった。

「元は丹波の百姓の子で、口減らしのため尾張屋に奉公に出されたんやそうな。田舎の出と聞き、どないな奴やろと思うてたけど、そうか、ああいう男やったんか」

そやけど、と若冲は瞬きの少ない目を夕陽の照らす小路に向けたまま続けた。

「貧しい百姓の子が、絵筆一本でご門跡出入りにまでなったんや。あの男、きっとわしには思いもよらん苦労をしてきたんやろな」

その言葉に、あ、とお志乃は小さな声を上げた。二粒の大きな栗の重さが、唐突に掌の中に甦った。

十歳やそこらで故郷を離れ、単身、京にやってきた左源太。画才だけを頼りに今の地位を得た彼にとって、あの孤児たちはかつての己そのものだったのではないか。

先行きを考えず、野放図に生きるのは容易。されどいつまでもそれに溺れていては、真っ当な暮らしからは遠ざかる一方である。まだ幼い少年たちだからこそなお、左源太は彼らを厳しく戒め、正しい道を歩ませんとしたのだ。

京の者は自分の手を汚すのを嫌う余り、しばしば他人の行いに見て見ぬふりを決め込む。そんな大人に揉まれて絵師となった彼に、二粒の丹波栗はあの孤児たちであるとともに、丹波の山奥から出てきたいつかの自身の姿でもあったのだ。

「いつか、あの男の絵を見たいもんやな。小さいときから苦労を重ねた末、ご門跡出入りを許されたほどの人物や。きっと温和で平明な——それでいてえろう太い芯のある絵を描いてるに決まってるえ」

「そうどすな。うちも是非見てみとおす」

左源太はあの二粒の栗を、どのように描いたのだろう。そして傍らの若冲なら、弁蔵なら、同じ栗をどのように描き表すのか。

男たちはみな、心の底に沈む鬱屈を美しい絵として紡いでいる。ならば自分はせめて、絵に込められたその思いを過《あやま》たず汲むよう努めよう。

相国寺の広い方丈に、二十四幅の動植綵絵がぐるりと掛け巡らされた様が思い浮かぶ。人の姿は一つもなく、ただ花と生きとし生けるものだけが戯れる、あの美しい絵。あまりの色鮮やかさと精緻さに息苦しさすら覚える絵図に囲まれた若冲の背は、きっと哀しいほどの寂寥《せきりょう》に満ちているだろう。

自分がいなくなった後の兄の身が、気にかからぬわけではない。されど伊藤若冲を浮世の柵《しがらみ》から解き放ち、その画業を全うさせるためにも、自分はここにいてはならぬ。

いつしか日は西山の稜線にかかり、夕闇がひたひたと小路に漂い始めている。吹く風も心なしか冷たさを増したようだ。

（そうや。嫁に行くときはこのお人に、生《な》り物尽くしの絵を描いてもらお）

首をすくめて踵を返す若冲を追いながら、お志乃は胸の中でそう呟いていた。

つくも神

一

その男が若冲《じゃくちゅう》を訪ねてきたのは、暮れも迫った師走二十日の夕刻であった。

三年前に刊行された京の著名人目録、『平安人物志』。その画家の項で大西酔月《おおにしすいげつ》、円山《まるやま》応挙《おうきょ》に次ぐ第三座を得た若冲の元には、染筆《せんぴつ》を請う客が日夜引きも切らない。だがその中でも大晦日も目前に飛び込んでくる客となれば、まず急ぎの注文と見て間違いなかろう。

階下に響いた訪《おとな》いの声に、若冲が「やれ面倒な」と溜息をついていると、応対に出ていた若演《じゃくえん》が、困り切った顔で二階の画室に上がってきた。

「どうせ、急ぎの仕事やろ。お前も知ってる通りの忙しさで、飛び込みの仕事は受けられへん。帰っていただきなはれ」

若演は若冲の門弟の中で、最若手。住みこみで師の世話をしつつ修業を重ねている青年で、あまりに数が増えすぎ、松原材木町の別墅《べっしょ》に移す羽目になった鶏の世話も、一手に引き受けている。

元々、若冲は弟子を取る気などなかったが、『平安人物志』に名が載り、入門希望者が続々と押しかけ始めては、そうも言ってはおられない。手伝いをしていた異母妹のお志《し》乃《の》が折しも嫁いだこともあり、しかたなく何人かを家に入れてみたが、若冲の諦めとは裏腹に、彼らはすぐに一人二人と姿を消した。

絵の師とは本来、画技の伝授のみならず、弟子の身のふり方まで世話するもの。そんなことに頓着せず、ただ淡々と絵の添削をするばかりの若冲は、筆で身を立てんとする若人にはあまりに物足りぬ師だったのである。

結局これまでに残ったのは、若演を含めた四人のみ。しかも他の三人は、折あらば他の師匠に就こうと目論んでいる気配がある。

そうした世知を持たぬ若演は、時に愚鈍に映るほど実直な質《たち》。通いの小女《こおんな》も断り、毎日黙々と絵ばかり描く若冲の世話を懸命に焼いている。

五十も半ばを過ぎ、さすがに鬢《びん》に白いものが混じり始めた若冲の顔を見上げ、それが、と口ごもった。

「わしではお断りしづらいんどす。お師匠はん、お願いできしまへんやろか」

「なんや、どういうことやな」

「お客はんいうのが、ご禁裏の口向《くちむき》役人さまですのや。わし、どうやったら上手く断れるか分かりまへん」

「口向役人さまやて――」

口向とは天皇の食費や日用雑貨、年中行事の費《つい》えなど、禁裏の私的財政を預かる勘定方。出入り商人からの付け届けが多く、低位の公家が就く卑官の割に、うまみの多い役目と評判であった。

「どないしましょ、お師匠さま」

京生まれの若冲の心底には、帝への崇敬がどっしり根を下ろしている。面倒な、と内心舌打ちしながらも、そう聞いてしまうと無下なあしらいはしがたかった。

「しゃあないな。ほな、お通ししなはれ」

へえっとうなずいて階下に駆け降りた若演は、すぐに三十歳前後の十徳《じっとく》姿の男を案内してきた。

満月を思わせる丸顔と、常に笑っているかに見えるおちょぼ口。白菊人形（御所人形）の如く福々しい身体を縮め、男はぴょこんと頭を下げた。

年に似ぬ、少々子どもじみた身のこなしであった。

「こなたはご禁裏賄方《まかないかた》を務める、関目貢《せきめみつぐ》と申しまする。実は若冲どのに是非屛風絵をお願い致したく、罷《まか》り越した次第でございます。期日は明年の二月末。二曲一双の品にて、菊の花など描いていただければと」

「屛風どすか――」

何とか都合をつけてもいいがと思っていた算段が、その途端に消し飛んだ。

若冲は屛風絵が不得手なため、どうしても描かねばならぬ場合は、押絵貼など各曲が独立した構図を選ぶ。さりながら二曲一双の小品では、そんな手段も取りづらいと思われたからである。

口向の依頼とは、すなわち禁裏御用を意味するが、絵所預《えどころあずかり》の土佐家ではなく、市井《しせい》の一絵師である己に話が来た点からして、主上《おかみ》（天皇）の寄進といった大任ではあるまい。

申し訳ありまへんけど、と若冲は軽く低頭した。

「ただいま仕事が詰んでおり、二月には到底間に合いまへん。他所《よそ》を当たっていただけしまへんやろか」

「ああ、やはりそうでございますか」

意外にも関目は、若冲が拍子抜けするほどあっさりうなずいた。文机に置きっぱなしにしていた数枚の下絵に目を走らせ、

「京で一、二を争うお絵師ともなれば、さようでございましょうな。こちらこそ無理を申して相すみませぬ」

と丸い顔に、恥じるような苦笑を浮かべた。およそ口向役人とは思えぬ、恬淡《てんたん》とした態度であった。

「そないお急ぎやったら、四条麩屋町の円山応挙はんに頼まはったらどないどす。あちらは出来のええお弟子もようけいはりますし、きっと仕事も早おすやろ」

かつて円山左源太《さげんた》と名乗っていた宝鏡寺門跡の御用絵師が、応挙と号し始めたのは五年ほど前。それと前後して三井寺円満院門主の知遇を得た彼は、その格調高い筆致から、あっという間に京屈指の絵師に登り詰めた。

穏和で実直な人柄が、その人気に拍車をかけたのか。三十六歳の若さで『平安人物志』に取り上げられた直後には、四条奈良物町に広大な画室を構え、今では多くの弟子を門下に抱えている。

だが若冲の助言に、関目は笑いながら、いやいや、と首を横に振った。

「ああいった絵を描く絵師は、禁裏にも大勢出入りしております。今回は少々違った趣向の絵を望んでいるのですが、こうなるとやはり市川《いちかわ》どのに頼むしかありませぬな」

頭をがつんと殴られた気がして、若冲は目を見開いた。およそ口向役人が口にするはずのない男の名であった。

「市川――それはもしや、市川君圭《くんけい》いう絵師どすか」

「ああ、ご存知でしたか。さよう、若冲どのの贋作作りを得意としている君圭どのです」

画室の隅には、若演が生真面目な顔で控えている。年若い弟子に、自分と君圭の相剋《そうこく》を知られたくはない。努めて平静を装う腹の底で、真っ黒な石が一つ、ことり、と音を立てた。

（弁蔵《べんぞう》……あいつ、京にいてたんか）

自分の前から姿を消して、十六年。異母妹のお志乃と娶《めあわ》せようとした男は、すでに三十半ばになっていよう。

六年前、若冲が相国寺《しょうこくじ》に寄進した動植綵絵《どうしょくさいえ》及び釈迦三尊像計二十七幅は、その翌年から毎年閣懺法《かくせんぼう》の日に方丈に飾られるようになった。一昨年には遅れて寄進した六幅も加わり、見物人は年々増える一方。依頼者から、「動植綵絵のような絵を」と注文されることも目立って多くなっていた。

義兄である自分を脅かすべく、絵師となった弁蔵。彼ならば必ずや、若冲が渾身の力を込めたあの作に、何かしらの返答を寄越すはずだ。

しかしあちこちの道具屋にそれとなく目配りしたにもかかわらず、弁蔵――いや市川君圭の手になる動植綵絵の贋作は、一向に若冲の前に現れなかった。

ひょっとして彼は動植綵絵の緻密さ鮮麗さに打ちのめされ、絵筆を投げ捨てて大坂か郷里の醒《さめ》ヶ井《い》にでも立ち去ったのでは。そんな淡い期待すら抱いていただけに、関目の言葉はまさに青天の霹靂《へきれき》であった。

「この春、出入りの商人《あきんど》が、市川どのの絵を新年の祝いに賄所に持って参りまして。梅に鶯をあしらったありがちな作でしたが、佐藤なる同役がひどくそれを気に入ったのでございます」

他の絵はないかと商人に尋ねた数日後、当の君圭が二本の軸を抱えて詰所を訪ねてきたとの言葉に、若冲は我にもなく身を乗り出した。

「それらを目にした際の驚きはお分かりでしょうか。あの動植綵絵をそっくりそのまま写す御仁が世の中にいるとは……。しかもそれが三十三幅揃いと言うのですから、まったく魂消《たまげ》てしまいました」

（三十三幅、全てやて――）

激しい眩暈《めまい》が、若冲の視界を歪ませた。

動植綵絵が人々の観覧に供せられたのは、これまでに五回。すべて閣懺法の日、年にわずか一日のみの公開である。

そのたった五度で、君圭はあれほど精密な絵の全容を記憶し、そっくりそのまま再現したというのか。ありえぬ。いや、そんなことがあってなるものか。

「見せてもろうたのは芍薬の花の上を大小様々な蝶が飛び交っている絵と、白い孔雀が牡丹の花を踏まえている画軸。そのあまりの華麗さ美々しさに、賄所の中にはこれは実は本物ではと言い出す者まで出るほどでした」

楽しげに語る関目は知るまい。

絵は余白が少ないほど、均整を欠きがちとなる。動植物をあれほど密に描きこみながらわずかな弛みもない画面を形作るのは、まさに至難の業なのだ。加えて、彩色画は色数に比例して手数が増えるため、ともすれば本来の筆の勢いは鈍り、生気の乏しい絵となることも珍しくない。

いわば動植綵絵は、それら二つの難点を克服した奇跡の如き作。それを君圭はたった五回見ただけで、細部まで写し取ったという。嫉妬に似た何かを懸命に押し殺しながら、若冲は関目の福々しい顔を凝視した。

「そんな折、賄頭さまより、屏風を始め幔幕《まんまく》、御簾《みす》などの調度を因幡薬師《いなばやくし》に寄進せよとの御命が下されました。当初、我らは屏風を市川どのにお願いしたのですが、いくら上手に描けていようと、わしの絵は所詮贋作と固辞なさいまして。どうせなら伊藤若冲どのに注文なされませと仰られたのを受け、こうしてこなたが伺った次第です」

下京の因幡薬師は正しくは平等寺と号する寺院。一条帝の御世に創建された古刹ではあるが、皇室に確たる所縁があるわけではない。だが何故そんな寺に寄進をと疑う余裕は、今の若冲にはなかった。

（あいつがわしを推したのやと――）

記憶の中の君圭の顔はまだ若く、精悍さに溢れている。それが自分ににやっと笑いかけたかに思われ、若冲は唇を強く噛みしめた。

あの男が、親切心から仕事を譲るわけがない。一時期とはいえ、一つ屋根の下に寝起きしていた君圭は、自分が大画を苦手とするのを知っている。きっとあえて不得手な屏風を描かせ、完成した作を嘲笑《あざわら》わんとしているのだ。その手には乗るものか。だいたいこちらは彼とは違い、飛び込みの仕事を受けるほど暇ではない。

知らず知らず丸まっていた背を、若冲はゆっくりと伸ばした。

「そういうわけどしたか。ですが先に申し上げました通り、今は大変仕事が詰まっとりまして。このたびは何卒ご容赦しとくれやす」

「あい分かりました。どうぞお気になさらないでください」

何も気づかぬ関目の能天気さに、軽い苛立ちすら湧いてくる。それをどうにかなだめ、ところで、と若冲は話の矛先を変えた。

「その動植綵絵の贋作は、どなたかが買い求めはったんどすか。どれほどの出来か、わしも一度拝見したいもんどす」

「それが同役の佐藤どのが買おうとなされたのですが、揃いでなければ売れぬと言われ、驚くほどの高値をふっかけられたとか。まああれほどの作、我らにはまず手が届きますまいなあ」

愉快そうに笑って、関目は帰って行った。

見送りを若演に命じて目を転じれば、障子の隙間から差し込む冬陽が、畳を白々と温めている。

文机に置かれた下絵は、先日着手した彩色版画集のもの。掌ほどの大きさに描いた鸚哥《いんこ》が、螺鈿《らでん》の止まり木に爪をかけ、ぽっかりと黒い目で己の足下をのぞき込んでいる。

(君圭——)

彼の手になる動植綵絵。それは本当に自分の絵と見まごうほどの傑作なのか。見たい。いや、見なければならぬ、と思うその端から、「それでどうなる」という弱さが鎌首をもたげる。

君圭が筆を折ってくれればという思惑は、通じなかった。やはり彼はどこまでも、自分を責め立てる腹なのだ。

（それやったら、わしかて負けてられへん。動植綵絵以上の絵を、どこかで描くまで や）

若演が戻ってきたらしい。階段を上る足音が、落ち着かねばと思う胸をかえってかき乱した。

「若演、もっと静かに上がって来んかいな」

思わず声を荒げて振り返ったのと、障子が乱暴に開かれたのは同時。だがそこで肩を大きく上下させていたのは、朴訥な門弟ではなかった。

血の気の失せた唇が半開きになり、鉄漿《かね》に光る歯がその間にのぞいている。

「あ、兄さん、大変どす。うちの人が、うちの人がえらいことを――」

「お、お志乃。急にどないしたんや」

驚いて膝立ちになった若冲を見るなり、異母妹のお志乃はへなへなとその場にくずおれた。一瞬の沈黙の後、堰を切ったように泣き伏した背の向こうで、若演が戸惑った顔で、呆然と立ち尽くしていた。

二

除夜の鐘の試し撞《づ》きか、小雪舞う町筋に、時ならぬ鐘の音がこだましている。

さりながら外の寒さとは裏腹に、十数人の男たちが窮屈そうに膝を詰め合った錦高倉《にしきたかくら》市場の会所は、むっとするほどの熱気に包まれていた。その表情はみな申し合わせたように堅く、ささくれ立った畳や隅に丸まった埃を気にする者は皆無であった。

「どう考えても、納得がいかへん。わしらの商いが奉行所からご許可を得てへんやなんて、いちゃもんにも程があるわい」

錦高倉市場は、貝屋町・西魚屋町・帯屋町《おびやちょう》・中魚屋町の四町から成る。怒りのあまり、首筋まで真っ赤に染めた一人の声に、西魚屋町の町役が気弱な声で反論した。

「そやけどその昔、認可を賜った際の書き付けは、宝永の火事の折、焼いてしもた。お奉行所にも写しがないとなったら、官許を示す証拠はどこにもあらへんがな」

「阿呆、そない気弱やから、今になって錦高倉市場がもぐりやと謗《そし》られるんや。そもそもこれは、わしらの店を潰そうとする五条問屋町が、奉行所にあることないこと吹きこんだ挙句の話。あっちの企みに負けたらあかんわい」

「五条問屋町を煽っているのは、明石屋《あかしや》の半次郎《はんじろう》。禁裏御用を仰せ付かるほど小才のある奴やけど、よもやこないな真似までするとは思わなんだわい。それにしても枡源《ますげん》はんもえらいお人に、妹はんを嫁がせはりましたなあ」

貝屋町の町役の声で、居並ぶ人々の視線が会所の隅の若冲に集中した。

非難、好奇心、詮索……様々な感情が入り混じった眼差しに身をすくめても、起きてしまった事実は変わらない。四町のとりまとめ役、中魚屋町の町年寄である沢治屋《さわじや》伝兵《でんべ》衛《え》が、全員の気持ちを代表するかのようにゆっくりと若冲に向き直った。

「そのお志乃はんはご亭主の企みを知るやいなや、明石屋はんを飛び出してきはったそうどすな。枡源で寝込んではると聞きましたけど、具合はいかがどす」

「おおきに。源洲《げんしゅう》先生は気の疲れやと言うてはりました。少し身体を休めたら、よくなりますやろ」

「まあ一番気の毒なんは、お志乃はんや。こないな形で実家と婚家の板挟みにされるとは、ほんまに気苦労なことどすわ」

（それにしてもいきなり訴えを起こすとは、半次郎はんもえらいことをしてくれたもんや）

あまりに大事すぎて、かえって怒りが湧いてこない。己の膝先に眼を落とし、若冲は内心大きな吐息をついた。

明石屋半次郎を筆頭とする五条問屋町の店々が、東町奉行所に錦高倉市場の営業差し止めを求める願い書を提出したのは三日前。官許を持たぬ市場にこれ以上好き勝手を許しては、同業のこちらが迷惑すると騒ぎ立てられては、奉行所も放置はできぬ。すぐさま錦高倉市場四町の町役が招集されたが、市立ての正当性を示す書き物は六十年前の火災で焼失している。「証拠がなければ市の営業は認められぬ」という冷徹な言葉を奉行所で浴びせられた直後だけに、若冲と枡源が非難を受けるのもしかたなかった。

本来この場には、枡源の当主たる幸之助《こうのすけ》が出席すべきだが、彼は訴えを起こした首謀者が義弟と知るや、病と偽って寄合を欠席してしまった。枡源と絶縁した今、若冲がその代理を務める筋なぞないのだが、異母妹のお志乃が騒ぎの中心にいるとなっては、知らぬ顔も出来ない。

そもそも彼女が周囲の勧めるまま明石屋に嫁したのは、折しも肉親を捨て、絵の世界に埋没せんと決めた若冲を慮《おもんぱか》ってに相違ない。ならば彼女の今の境涯は、自分のせいでもある。

しかも寝ついた彼女を引き取ろうにも、帯屋町の家は狭く、若演と併せて三人が寝起きする余裕はない。妹に対するそんな数々の引け目が、若冲を珍しく世上の騒動に参与させていたのであった。

「まあ市同士の揉め事と夫婦の仲は、別の話どす。そのうちきっと半次郎はんが、お志乃はんを迎えに来はるはず。そしたら病の方も、自然とよくなりますわいな」

誰からともなくそんな言葉が漏れたが、年が明け、吹く風が日毎に温み始めても、明石屋からの迎えは一向に訪れなかった。

町役たちの調べによると、五条問屋町は奉行所を始め、京都所司代や代官所など関係する役所全てに、錦高倉市場の営業差し止めを請願しているという。錦高倉市場も負けてはならじとばかり、冥加銀（営業免許代）の増額を確約し、市の存続を訴えたが、かえって「吟味中にかようなことを言い出すとは不埒」と奉行所から叱責を受ける始末であった。

現金なもので、そんな状況が噂になるや、錦市場の客足は激減。小路には閑古鳥が鳴き、店先の売り声ばかりが寒々しく聞こえるようになった。

このままでは営業中止のお沙汰より先に、暖簾を下ろす店が出てくるやもしれぬ。そんな悲観的な気配が四町に漂い始めた直後、沢治屋伝兵衛が思いつめた顔で若冲を訪ねてきた。

「こうなったら一日も早く、お上から市立てのお許しをいただかなあきまへん。ついては茂右衛門《もえもん》はんに、頼みがありますのや」

時候の挨拶もそこそこに、伝兵衛は糸のように細い目を若冲に据えて言った。

「市を助けると思うて、帯屋町の町年寄になってくれはらしまへんか。なにしろ茂右衛門はんは京中に名の知れたお絵師。そないなお人が年寄と聞けば、お奉行所もわしらの話に少しは真面目に取り合ってくれはりますやろ」

「わしが年寄て。沢治屋はん、本気で言うてはるんどすか」

町役の長老格である町年寄は、奉行所との折衝や町内の自治を担う大任である。

桝源の当主だった頃ならいざ知らず、今の自分はただの隠居。あまりに唐突な話に、若冲は軽く腰を浮かした。

「へえ、本気どす。どうしても茂右衛門はんやないとあきまへんのや」

双の目を底光りさせ、沢治屋伝兵衛は一語一語区切るように言葉を続けた。

「相手はご禁裏や大寺御用の威光を笠に着て、ありとあらゆる所に布石を打ってます。

それに対抗するには、相国寺はんなどの寺社仏閣に縁故のある茂右衛門はんのお名前が必要なんどす」

「縁故言うたかて、わしはただ絵をお納めしてるだけ。頼み事が出来る立場やありまへん」

「今はそんなご縁にすら、すがらなあかん時節。ご迷惑はかけしまへん。名目だけでええさかい、町年寄になっとくれやす」

伝兵衛が必死になる理由も分からぬではない。もし市の営業が停止と定まれば、錦高倉の店々はもちろん、野菜を売りさばく仲買人までが路頭に迷う。彼らの暮らしを守るためにも、手段を選んでおられぬのは当然であった。

「ほ、ほんまにわしは、何もできまへんで」

「へえ、それでよろしおす」

半ば押し切られて引き受けたものの、年寄ともなれば市の情勢にやきもきしているだけでは済まぬ。上訴手続きは二条界隈の公事宿《くじやど》が代行しているが、寄合や奉行所への出頭など、為すべきことは山ほどあろう。

(わしにそないな真似が出来るんやろか——)

とはいえ市場と枡源が潰れれば、自分とてこの家で安閑と絵を描いてはいられなくなる。そうなった場合、喜ぶのは五条問屋町の店々だけではないと思い至り、若冲は逃げたくなる己を叱咤した。

自分と枡源を心の底から憎む君圭。今頃は彼の耳にも、この騒動は届いていよう。そうだ、自分たちの不遇によって、彼を喜ばせてなるものか。

画室の中央の絵枠には、目止めを施したばかりの絵絹が張られている。少しためらってから、若冲はそれを丁寧に絵枠から外した。若演を呼んで絵皿と筆を洗わせ、文机の上に散らかっていた下絵を重ねて手文庫に仕舞い込んだ。

しばらく画事は中断だ。枡源の隠居、茂右衛門としてではなく、絵師の伊藤若冲として協力を仰がれた以上、自分は出来る限りの力を尽さねばならぬ。

そう腹を括った翌日、若演がしきりに首をひねりながら、画室の敷居際に膝をついた。

「お師匠はん、お客はんどす」

「仕事はしばらくお断りや。誰が来はっても、お引き取り願いなはれ」

若冲の言葉に、若演はいいえ、と首を横に振った。どこか釈然とせぬ表情であった。

「そやあらしまへん。五条問屋町の明石屋半次郎はんいうお方が、折り入って話があるとお越しどす」

「なんやて、半次郎はんが」

慌てて通りを望む障子を開いたのは、お志乃を迎えるため、駕籠を伴っているのではと思ったからだ。

さりながら正午近い高倉通は、春日がうらうらと小路を照らしているばかり。駕籠はおろか、道行く人影もほとんどない。

どういうことや、と階段を降りれば、奥の六畳にいた半次郎が顎をしゃくるような会釈を寄越した。

小さな目と頰高な顔立ちには、商人の生真面目さとそれとは不釣り合いな荒廃が奇妙に入り混じっている。これまで彼と顔を合わせたのは、婚礼の夜の一度きり。差し金を入れたように伸びた背に、妙な冷ややかさを感じたことを思い出しながら、若冲は義弟の前に腰を下ろした。

「大変ご無沙汰して、すみまへん。またこのたびはお志乃がご厄介をかけ、あいすまんことどす」

詫びを口にしながら、半次郎は腰の煙草入れから煙管《きせる》を取り出した。

「今日うかごうたのは、義兄《あに》さんもご存知の錦高倉市場の件。四町の方々は最近血相を変えて、奉行所に通い詰めみたいどすなあ」

ちらりと目を上げたのは、火入を探してであろう。だが若冲が煙草を飲まぬこともあり、この家に煙草盆はない。軽く舌打ちをして煙管をしまう手は、八百屋の主には見えぬほど白かった。

「有体に言うて、そちらはんに勝ち目はあらしまへん。とはいえこのままこの市場が取り潰され、義兄さんや枡源はんが放り出されるのに、縁続きの者が知らん顔するんも妙どす」

そこで、と半次郎は小さく咳払いをした。

「茂右衛門はん、わしを手伝うてくれまへんか。そしたら錦市場がのうなった後も元通り商いが出来るよう、取り計ろうて差し上げますさかい」

その言葉の意味を悟った途端、若冲は自分のこめかみが、ずきんと音を立てた気がした。

「――あんた、わしに四町を裏切れと言うてるんか」

「へえ、そうどす。なんせ枡源はんとうちは親類どすさかい」

五条問屋町は錦高倉市場が市止めになり次第、この地域に店を出す腹づもり。その際には、隣接する錦魚市場との折衝など、界隈の事情に通じた人物の協力が必要となる。

心ならずも敵味方に分かれたが、親類の難儀を見過ごせぬと語る半次郎の唇は、朱を施したかのように赤々としている。それが別の生き物の如く動くのを眺めるうち、若冲の胸に言い知れぬ不快がこみ上げてきた。

「無論、店はそのままでよろしおす。また出入りの仲買人も百姓も、これまで通りにしてもろて――」

「もうよろし、半次郎はん」

半次郎の言葉を、若冲は強引に遮った。

こちらが言うままになると疑わぬ態度も、馴れ馴れしいその巧言《こうげん》も、すべてが耳障りでならない。しかもかような能弁を振りかざしながら、お志乃はどうしていると一言も問わぬ態度が、彼の冷淡さを如実に物語っていた。

商いとは、信用があって初めて成り立つものだ。仮に半次郎の提案を受け入れたとて、枡源に浴びせられるのは裏切り者の汚名。そうまでして暖簾を守っても、店の先行きは見えている。

加えてこれまでの半次郎の卑劣さを思いやれば、いつまた彼が自分たちを裏切るか知れたものではない。甘言に乗る理由なぞ、一つもなかった。

「あんたはんの手伝いをする気は、これっぽっちもありまへん。それは枡源の弟かて同じはず。お志乃はこのまま、こっちに引き取ります。どうぞ帰っとくれやす」

「それは思案の末のお言葉どすか」

「へえ。あんたはんの企みにつき合うぐらいやったら、このまま市止めにされたほうがよっぽど気楽どす」

半次郎は小さな目を、若冲にひたと当てた。やがて苛立ったように鼻を鳴らし、薄い唇を歪めて「分かりました」とうなずいた。

「せめて枡源はんだけは助けたげよと思うたんどすけど、要らん情けやったようどすな」

「市場は決して、潰させまへん。わしが何としてでも守ってみせます」

何の策があるわけでもない。ただ目の前のこの男に対抗するためなら、自分はどんなことでもやってやる。どこか荒《すさ》みを帯びた半次郎の顔が、記憶の彼方にある君圭のそれと重なり、若冲は奥歯を強く噛みしめた。

数日後、奉書紙にしたためられた離縁状が、明石屋から若冲の元に届けられた。元より覚悟を決めていたのだろう。枡源の母屋でそれを渡されたお志乃は、以前より薄くなった膝の上に手を揃え、ただ無言でこくりとうなずいた。

（さて、どないしたもんやろ）

正面から半次郎に啖呵《たんか》を切った手前、どうにか策を講じねばならぬ。若冲は途方に暮れながら、お志乃の折れそうに細いうなじを見つめていた。

四町の町役は自分たちの熱意を理解してもらおうと、年間の冥加銀をかつての倍近い銀二十五枚にする請願書を叱責覚悟で上申したが、奉行所の返事は相変わらず煮え切らなかった。

「噂では五条問屋町は、錦市場の営業を任せてくれたら、銀三十枚を納める言うてるらしいで」

「あっちは明石屋を筆頭に禁裏御用の店も多いさかい、懐具合が違うわな。無理をしたら同じ額は出せんでもないけど、それで果たしてお許しが出るやろか」

寄合に集まる顔は、回を重ねるごとに険しくなってゆく。誰からともなく、内々に五条問屋町に交渉を持ちかけてはとの声も上がったが、では誰が矢面に立つかと問われると、全員が下を向いて押し黙った。

（禁裏御用か――）

それはすなわち、口向出入りを意味する。関目と名乗ったあの口向役人の姿が、ちらりと若冲の脳裏を過ぎった。

狭い禁裏で暮らす彼らは、五条問屋町が仕掛けている悪事などいまだ知らぬままであろう。関目にすべてをぶちまけ、協力を仰ぐ手もないではない。さりながら彼に頼み事をすれば、それはいずれ市川君圭の耳に入るはず。彼にだけは、自分と枡源がそれほどに苦しんでいると、知られたくなかった。

やがて梅、桜と次々に花が散り、長雨が軒を叩く季節を迎えたが、市場を取り巻く状況は一向に好転しなかった。

町役たちと毎日の如く鳩首《きゅうしゅ》しても、良策は何一つ浮かんでこない。無論、絵を描く暇などある道理がなかった。

慣れぬ訴訟沙汰に神経をすり減らしたのだろう。盆を過ぎ、軒先を過ぎる風が涼しさを増す頃には、ただでさえやせぎすの若冲の目方は、更に三貫目も減っていた。

「そやのうても、夏の疲れが出てくる頃合。一度、源洲先生に診てもろうとくれやす」

若演にせっつかれて医院を訪ねれば、老医師の診立てはただの疲労。つまりはお志乃と同じ心労との結論であった。

「とにかくゆっくり身体を休め、滋養のある物を摂らねばのう」

源洲はそう言いながら、長い眉を気の毒そうにひそめた。

「とは申してもかような騒動の最中では、それもなかなか叶わぬわなあ」

「へえ、もし市の商い差し止めが決まれば数百、いや数千人もの人々が難儀します。何とかせなと気ばかり焦り、ほんまに頭の痛いことどす」

「最初の喚問から、すでに半年。まったく奉行所は何を考えておるのじゃろうな。冥加銀の吊り上げが目的ならば、はっきりそう申せばよかろうに」

百味簞笥から生薬を取り出しながら、源洲は忌々しげに吐き捨てた。

彼は元々、河内の生まれ。大坂の寺島良安《てらじまりようあん》の門に学び、妻女の実家に近い四条堀川に開業した本道医である。枡源とは先々代の頃からの付き合いで、その温厚な人柄から錦四町にも多くの患家を有していた。

生薬を薬研《やげん》で擂って調合し、薬包紙に分ける。日に三度、二合の水で煎じて飲むようにと告げた後で、彼はふと声を低めた。

「差し出がましいかも知れぬが、町役衆に引き合わせたい御仁がおるのじゃ。もしかすれば、市場の難儀にご尽力下さるやもしれぬ」

「それはありがたいお話どすけど、いったいどういったお方どす」

「知っての通り、わしは河内樟葉村《くずはむら》の出。そこの郷士の次男坊が、江戸で勘定の任に就き、今ちょうどお役目で上坂しておられるのじゃ。何といっても、餅は餅屋。こういった相談を持ちかけるには、適任ではあるまいか」

勘定とは、幕府財政を一手に掌握する江戸の勘定所の下役。幕領の租税徴収や訴訟など多くの事案に携わる彼らは、この国の根幹を支える有能な官吏であった。

ことに三年前に老中格となった相良城主・田沼意次は、悪化する財政を立て直すべく、多くの勘定を重用。彼らの献案を元に、株仲間の奨励や拝借金制限など数々の改革を断行し、近年は全国の年貢米が集まる大坂の商人相手に、大鉈《おおなた》を振るっているとも仄聞《そくぶん》する。おそらく源洲の存知よりの人物も、そんな老中の意を受けて来坂しているのであろう。

「中井《なかい》清太夫《せいだゆう》さまと仰られ、御年は三十一。姪御がこちらに嫁いでおられるとかで、時折、京にもお越しなのじゃ。一度相談だけでもしてみては如何かの」

源洲の提案を伝えるなり、沢治屋を筆頭とする町役たちは一様に「是非にお目にかからせていただきたい」と口をそろえた。

何しろ勘定所は財政のみならず、幕領の民政にも深く関与している。ひょっとしたら京都代官所を通じ、奉行所に働きかけてもらえるのでは、という期待もあった。

しかしそれから十日後、源洲の案内で錦高倉の会所にやってきた中井清太夫を見るなり、

（こら、あかん）

（茂右衛門はんも源洲先生も、なんて人を見る目がないんや）

と、町役たちはまたしても非難の眼差しで若冲を振り返った。それほど中井の風貌は、貧弱にすぎたのである。

背丈は五尺にも満たぬ癖に、頭の鉢ばかりが妙に開いている。黒い顔とどんより濁った眼は如何にも覇気が薄く、ただでさえ乏しい威厳を更に損じていた。

「今日はお越しいただき、ありがとうございます」

沢治屋伝兵衛はそう言ったなり、ぶすっとした顔で横を向いてしまった。しかたなく若冲が中井の前に進み出て、これまでの経緯を述べる羽目となった。

その間も中井は一間ほど先の畳に目を落としたまま、表情一つ変えない。相槌すら打たぬせいで、本当にこちらの話を聞いているのか、不安になってくる。

だが一通り話を聞き終えるなり、中井は、

「分かりました」

と妙に断定的な口調でうなずき、町役たちの顔を初めてゆっくりと見回した。

改めて窺えば感情のない双眸は斜視気味で、どこを見ているのかよく分からない。戸惑う伝兵衛たちにはお構いなしに、彼は不気味なほど丁寧な口調で続けた。

「お奉行所の裁許が降りぬのは、五条問屋町の提示した上納金が、錦高倉のそれを上回っているため。そしてまた同時にそなたさまたちが、冥加銀の引き上げを安易に申し出たゆえでござろう。何か口実を作った上で額を変ずれば、事はこうも長引かなんだでしように」

「ど、どういうことどす」

はっと顔色を変じた伝兵衛に、中井は一つ小さくうなずいた。

「奉行所からすれば、冥加銀は多いに越したことはありませぬ。さりながら市の正当性を問うや、そなたさまたちがその額をすぐ増そうと言い出したことを、奉行所は利権を得んがための賄賂と受け止めたに違いありませぬ」

「わ、賄賂やなんてめっそうもない。わしらはただ、市立てをお許しいただこうとしただけどす」

「されど奉行所側はそうは取らなかった。とはいえ、新規の五条問屋町に市立てを許すのにも躊躇《ちゅうちょ》していることが、かような煮え切らぬ事態を招いているのでしょうな」

半年以上の硬直状態をあっさりと説き、中井は「されど」と続けた。

「事がかくもこじれた今は、市の正当性を争うより、違う方向から出訴するほうが妥当でござろう。市出入りの百姓は、どこの村より参っておるのですか」

伝兵衛が慌てて差し出した蔬菜《そさい》出荷者の一覧に、中井はうっそりと目を落とした。

「この壬生村《みぶむら》には確か、ご公儀の蔵がありますな。まずはここから代官所に、市で作物が売れねば収入が減り、年貢が納められぬと愁訴《しゅうそ》させましょう。ご公儀には市の難儀より年貢の方が、はるかに大事でございますゆえ」

あまりに迅速な決断に、若冲たちは顔を見合わせた。これまで市側の苦衷《くちゅう》を訴えるのに精一杯で、出荷者である百姓から働きかけるなど、まったく思いも寄らなかったからである。

そんな彼らを、清太夫はひどく血色の悪い顔で眺めている。まるで発案者は別におり、彼はただその人物の提案を代弁しているだけなのではと疑いたくなるほどの無表情であった。

「――この策、お気に召しませぬか」

「い、いいえ。そういうわけではあらしまへん」若沖や他の町役も慌ててそれに倣《なら》った。

真っ先に沢治屋伝兵衛が首を横に振り、若沖や他の町役も慌ててそれに倣《なら》った。


「肝要なのはその上で、錦高倉市場で是非青物を売らせてほしいと壬生村に願い出させることです。あくまで年貢上納のための手段と訴えれば、代官所も知らぬ顔は決め込めぬでしょう」

「しょ、承知致しました。やってみまひょ」

「それがしは常は、大坂今橋たもとの常盤屋なる宿におりまする。何かあらば、今後はそちらにお知らせください。ああついでに参考までに、市の収支を記した帳簿などございますれば、お貸しいただきとうござる」

「へえ、ちょっと待っとくれやす」

いったいあの貧相な姿のどこに、かような知恵が隠れているのか。とはいえ今はそれを訝《いぶか》しむより、市場の存続が先決だ。

翌日、若沖は伝兵衛とともに、壬生村の庄屋の元に出向いた。二条城にもほど近い壬生村は、古来、地味豊かな農村。四十人近い百姓が、錦高倉市場に野菜を卸している。中には市場の軒先を借り、直《じか》に青物を商う者もいた。

伝兵衛の話に、五十がらみの庄屋は大きな口を引き結び、「承知しました」とうなずいた。

「五条問屋町のお店はどこも、仕入れ値は値切るわ、青物の形が悪いと文句は言うわ、正直、商いしづろうて仕方ありまへん。そこに持って来て錦高倉市場がお取りつぶしになれば、わしらの難渋は明々白々。喜んでご協力させていただきまひょ」

「ほ、ほんまどすか。おおきに、おおきに」

「そやけどうちの村は、全て締めても千石余り。どうせならもっと石高のある村からも出訴したほうが、効果があるんと違いますか」

言われてみれば、それももっともである。伝兵衛は早速中井の許可を取り、近隣の中堂寺村及び西九条村にも協力を要請。それればかりか東九条村や上鳥羽村、更には聖護院《しょうごいん》村《むら》、吉田村といった洛東の村々にまで請願参加を呼びかけた。

「伝兵衛はん、大丈夫どすか。洛南の諸村はともかく、洛東の村はうちの市に青物を卸してまへんで」

「そないなこと、お奉行所には分からしまへん。出訴する村は多いに越したことありまへんやろ」

さりながら町役の一部が懸念した通り、代官所は一斉に提出された錦高倉市場存続を求める願書のうち、洛東三村からの上訴を却下。それればかりか出訴した村の各惣代が呼び出され、糾問が行われる事態となった。

「どうやらわしらの動きを察知した五条の奴らが、『錦高倉市場は取引のない村にまで訴願させております』と訴え出たみたいやで」

「ちっ、どこまでも邪魔ばかりする奴らや」

「明石屋の半次郎が、代官所に付け届けに行ったとの噂も耳にしたわいな」

（また半次郎か――）

町役たちが苦々しい顔を突き合わせる中、若冲は腕を組んで天井を仰いだ。

縁故の数も店の格も、錦高倉市場は五条問屋町に及ぶべくもない。ここまで事態が進んだ上は、いっそ京都での解決を諦め、江戸の評定所に訴え出てはどうだろう。

何なら自分が江戸に赴いてもよいが、もしそれが失敗に終われば、咎《とが》は帯屋町全体に及ぶ。ならばいっそ町役を辞し、平《ひら》の身で動いた方が安全かもしれぬ。

上訴失敗を知らされた中井は、実際に取引のある七村だけで願書を再提出するよう、指示を送ってきた。四町に何の所縁もない彼までが、この市場のため奔走してくれている。だとすれば自分もまた、出来る限りの努力をせねばなるまい。

（負けへんで、わしは――）

四町の敵は、五条問屋町と明石屋半次郎。しかし自分にとっての敵は、彼らだけではない。

伝兵衛が拳を振り立てて、何か喚き散らしている。その顔の皺がいささか深くなったと感じるのは、気のせいではなかろう。

いつしか随分短くなった日が、柴垣の向こうに落ちかけていた。

だが若冲が重大な決意とともに年寄を退いたにも拘らず、市立ての許可はもちろん、決定的な不許可の裁可すら下りぬまま年は暮れ、明くる春、錦高倉に新たな助太刀がやってきた。

三

「中井はしばらくの間、大坂方《がた》で手一杯。様子を見てきてくれと頼まれ、それがしがまかり越した次第じゃ。されど長旅の果て、ようやく大坂に着いたかと思えば、すぐまた京に遣られるとはのう」

若林市左衛門《わかばやしいちざえもん》と名乗った男はそう言って、日焼けした顔をほころばせた。中井と同役という彼は、清太夫とは正反対に饒舌な偉丈夫。お役目での上坂のはずがとんだ用を言いつけられたと、大きな口を開いてからからと笑った。

「あの男は、勘定所きっての切れ者。その知才を買われて大坂の米会所に派遣されたはずが、なにゆえこちらの市場に加担する気になったのやら。そんなことをしている暇など、あやつにはあるまいに。まったく、困った男じゃ」

口では謗《そし》っているものの、そんな朋友が誇りでもあるのだろう。市左衛門の口調はどこか嬉しげであった。

「ところで中井の話では、おぬしたちの訴願は思うように進んでおらぬとか。あやつが勧めたという村々からの再上訴はどうなったのじゃ」

「へえ、そちらもまだ、何のお沙汰もないようどす。いっそ不許可と申し渡されれば、また別の動きようもあるんどすけどなあ」

伝兵衛は疲れ果てた口調で答え、ふうと大きな息をついた。

「まあ、焦るではない。こういったことは、しびれを切らした方が負けじゃ。ところで今しがた錦小路を見て参ったが、おぬしらの市は店で青物を売る一方、百姓に軒先を貸し、直売りもさせているのじゃな」

「へえ。その場合は売上の一部を、それぞれの店に納めてもらう約束どす」

「じゃがその商いに関しては、これまでの上訴文には記載されておらぬであろう。直売りによってもたらされた金はいわば、百姓から市への上納金。だとすれば全額おぬしらが受け取るのではなく、一部をお上に差し出すのが道理ではないか」

あ、という声が誰からともなく漏れた。

「中井の推測では、奉行所は冥加銀が上がることを望む一方で、錦高倉市場が言い出した冥加銀引き上げを、利権を得んがための賂《まいない》と受け止めているのではとのこと。ならば、納めていた金額が元々誤っていた、本当は百姓から受け取っていた店賃の一部も上納すべきだったと申し立て、その額をこれまでの上納金に上乗せしては如何じゃ。さすれば表向きは何の不自然もなく、五条問屋町を上回る冥加銀が納められようて」

伝兵衛の顔に、見る見る喜色が浮かんだ。

現在、五条問屋町が奉行所に提案している冥加銀は、銀三十枚。仮にこの件が洩れたとて、問屋町側は一度提示した金額を変えることは不可能だ。だが錦高倉市場はその内訳さえ説明がつけば、容易に冥加銀の総額を高く改められる。見回せば伝兵衛はもちろん、先ほどまで暗い顔でうつむいていた貝屋町や西魚屋町の町役たちまでが、期待に目を輝かせている。

結局のところ、市立ての許可はすべて冥加銀の額次第。何の瑕疵《かし》もなくそれを引き上げられる若林の案は、まさに起死回生の奇策であった。

「誰ぞ、ひとッ走り公事宿に行って、手代はんを寄越してもらいなはれ。今すぐ、新たな上申書を作ってもらうんや」

若冲に代わって帯屋町の年寄になった平野屋《ひらのや》三右衛門《さんえもん》の声に、会所番がへえっと応じて飛び出した。

「お、おおきに、若林さま。これできっとうちの市場は救われますッ」

伝兵衛ががばっとその場に平伏し、染みの多い額を畳にこすりつける。他の町役が慌ててそれに倣うのに目を細め、若林はすっかりぬるくなった茶をすすった。

「いや、礼はわしではなく、中井に申せ。実はこの案はあやつが考え、わしに言付けたものじゃでなあ」

とはいえ冥加銀額変更のためには、百姓による店賃支払いの実績が必要である。かくして錦高倉市場は壬生村など七村の人々からの店賃納入を待って、三月後、またも奉行所に願書を提出。軒の貸し賃を含めた銀三十五枚を毎年上納すると明記する一方、村々へは内々に、支払われた額に応じて酒を送ると請け合った。

待望の奉行所からの呼び出しが来たのは、その翌々月。明日、東町奉行所に出頭せよとの通達に、町役たちは早朝から落ち着かぬ様子で会所に集まった。

「大丈夫や。いくら五条問屋町のやり口が汚かろうとも、ちゃんと手順を踏んだ冥加銀の上納までは邪魔できへんやろ」

口ではそう言いながらも、内心不安でならぬのだろう。伝兵衛は寝不足らしき目をしきりにしばたたいていた。

すでに年寄を退いた若冲は、会所で結果を待つしかない。よく晴れた秋空の下、列を作って出頭する伝兵衛たちを見送るうちに、お志乃が隠居所に飛び込んできた日の光景が胸にこみ上げて来た。

（あれからほぼ二年。ほんまに絵筆も放りっぱなしのままの年月やったな）

引き受けていた仕事は皆断ったが、中にはどれだけ先になっても完成を待つという奇特な客もいる。騒動に片がついたら、一日も早く仕事に戻らねばなるまい。

（そういえば関目さまは結局、君圭に絵を描かせはったんやろか。一回、因幡薬師に見に行ってもええな）

あまりに長期間絵から離れていたため、以前の勘がすぐに戻るか、甚だ心もとない。だがそれでも君圭の絵を目にすれば、心の底に埋もれている熾火《おきび》がかっと燃え立とう。

そう自らに言い聞かせた途端、若冲の襟元をふっと、薄ら寒い風が過ぎた。

（――結局わしは、あいつを横目で見ながらやないと、何にも出来へんのやろか）

違う。そんなはずがあるものか。現に君圭が絵を描き出したのは、ほんの十数年前。これまで、彼の画力に幾度も驚かされはしたが、画人・伊藤若冲の絵を確立したのは己自身の力だ。

しかしだとすれば何故、自分は生業《なりわい》を擲《なげう》ってまで、今ここにいるのだ。それもこれもすべて、君圭に己の逆境を嗤笑《ししょう》されまいとしたゆえではないか。

二年、と若冲は乾いた唇を小さく震わせた。喉がひりつき、奇妙な胸の震えが、その総身を凍えさせた。

この二年、自分が絵筆を捨てて、市の為に奔走していた間も、君圭はただひたすら絵に向き合っていたに違いない。

五条問屋町と明石屋半次郎には勝ったかもしれぬ。だが自分は勝ちを焦るあまり、君圭に敗北していたのではあるまいか。

狭い会所には町役たちの戻りを待つ店主たちが、緊張に引きつった顔を並べている。青ざめ、唇を堅く結んだ表情が、そのまま今の己の写し絵とも見え、思わず目を逸らした時である。

「ご裁可が、ご裁可が下りましたで――」

慌ただしく会所の戸が開かれ、伝兵衛が連れて行った沢治屋の丁稚が、真っ赤な顔で駆け込んできた。

一斉に立ち上がる市の衆を見廻し、彼は大きく肩を喘《あえ》がせた。

「お許しが出ました。四町はたった今、公認の市場とのお墨付きをいただきました」

わあっと歓喜の叫びが、会所内に津波の如く沸き起こった。

隣と肩を抱き合う者、真っ赤な目をこする者……町役たちを出迎えようと土間の下駄を突っかける者まで出る中で、若冲はたった一人、身じろぎもせずに自らの腿を握りしめていた。若演がこの日のためにと火熨斗《ひのし》をかけた袴の山が、無惨によじれているのにも気づかぬままであった。

四

市立ての許可が降りた翌日から、錦高倉市場は埋み火が風を得た勢いで賑わいを取り戻した。

「何せ年に銀三十五枚もの大枚をお納めせなあかんのや。この二年間の損を取り返すためにも、しっかり稼がんとなあ」

店主たちが口々に言い合う中、四町の町役は中井清太夫と若林市左衛門、それに医師の源洲を上木屋町の料理屋に招き、彼らに心からの礼を述べた。源洲に最初に相談をかけた若冲も、同席しての宴席であった。

「これはわしらからの感謝の気持ち。ほんの少しどすけど、どうぞお納めしとくれやす」

しかし市左衛門と源洲が差し出された三方《さんぼう》の金を遠慮なく受け取ったのに対し、清太夫は相変わらず濁りの強い目をすがめただけで、一向にそれに手を付けなかった。

「中井さま、これは決して後ろ暗いものではありまへん。受け取っていただかな、わしらが困ります」

「もらってやってはどうじゃ、中井。この者たちも、一度差し出した品をおいそれとは引っ込められまいて」

市左衛門の口添えに、清太夫は「そうはまいらぬ」と頑迷に首を横に振った。

「礼をもらう筋合いなど、わしにはこれっぽっちもない。もらいたければ市左、おぬしが取れ」

「愚かを言うな。わしはただおぬしの策を、この者どもに伝えただけ。本当はこの場にいるだけでも心苦しいのじゃぞ」

「若林さまの仰る通りどす、中井さま。何卒受け取っとくれやす」

伝兵衛の言葉にも、清太夫は三方に手を伸ばさなかった。その代わり、座敷の末席に控えた若冲に目を向け、「なれば」と低い声で言った。

「そこな枡屋茂右衛門どのに、礼代わりに絵を描いていただきましょうか。源洲どののお話では、茂右衛門どのは京に名の知れた絵師とやら。さような御仁の作であれば、それがしにも良き上方土産となりまする」

「おお、それはええ思案どす。かましまへんな、茂右衛門はん」

名指しされては断りようがない。若冲は慌てて顎を引いた。おとなしめの花鳥図などが相応《ふさわ》しかろう。

江戸の流行など全く知らぬが、土産に持ち帰るとすれば、おとなしめの花鳥図などが

中井たちが背にしている床の間には、少し気の早い萩が、古びた蛇の目筒に投げ入れられている。時節を勘案すれば、秋の七草に月をあしらった図柄か。もしくは紅葉の梢に、鶲《ひわ》か百舌鳥《もず》を止まらせても面白そうだ。

「承知しました。画題は、わしに任せていただいてよろしおすか。特にご注文がなかったら、草木か鳥にさせてもらいますけど」

「いや、付喪神《つくもがみ》を描いていただきましょう」

は、と聞き返したのは若冲だけではなかった。誰もがきょとんとする中、清太夫はおもむろに付喪神をと繰り返し、床の間を振り返った。

「作られて長い年月を経た道具には魂が宿り、人の心を惑わすとやら。それがしにはあれなる美しき萩よりも、幾星霜を経た竹筒に潜む化け物の方が、よほど面白う映ります る」

なるほどよく使い込まれた蛇の目筒は艶を帯び、鼈甲《べっこう》に似た色を放っている。ほっそりと瀟洒《しょうしゃ》なその姿は到底化けそうには見えぬが、清太夫の如き変わり者は、そんなところにこそ妖異の影を見出すのかもしれぬ。

これまで妖怪を描いたことはないが、付喪神の滑稽さと不気味さを表現するなら、彩

色より水墨がよかろう。背景に濃い墨を施し、その中に化け物たちを白く浮かび上がらせれば、妖異の蠢《うごめ》く闇の底知れなさも暗示出来る。

「かしこまりました。ほな描き上がったら、大坂の御宿に送らせていただきます」

「なるべく早くお願いいたしまする。それがしとて、いつまで上方におるか知れませぬゆえ」

「へえ、承りました」

しかし翌日から早速下絵に取りかかったものの、その筆はなかなか思うように動かなかった。

「なんやこの墨の色は。もっと濃く磨《す》らな、くっきりした輪郭にならへんやないか」

若演を叱りつつも、問題は墨ではなく己自身と分かっている。苦心惨憺の末、かろうじて数枚の下絵を描き上げても、そこに現れたのはいずれも生気の乏しい異形ばかり。脳裏に浮かぶ構図との著しい乖離《かいり》に、若冲は苦々しい思いで下絵を引き裂いた。

(どういうこっちゃ。わしはいったいどうしてしまったんや)

焦れば焦るほど筆は鈍り、付喪神の姿は平べったいものとなる。水墨でこうでは、彩色画など到底手がけられるわけがない。

とうとうある日、若冲は奥歯をぎりぎりと食いしばり、筆を投げ捨てて立ち上がった。

「お、お師匠はん、どこに行かはりますのや」

「散歩や、散歩。付いて来んかてええ」

背で答えるなり下駄を突っかけ、高倉通を真っすぐ南に下る。画室を出るときは行く当てなどなかったが、一度通りを下り始めると、その足は自ずと因幡薬師のある松原通へと向いた。

あの弁蔵のことだ。若冲が屛風絵の依頼を断ったと告げられるや、きっと内心その惰弱さを嘲笑いながら、関目の再度の頼みを受けたに違いない。

彼の絵が自分の作画の源になるのは癪《しゃく》だが、君圭の絵を見れば必ずや、自分の中に新たな闘志が湧く。そうだ、自分は君圭に負けてなぞいない。そんなことを思い煩うより、今は少しでも早く勘を取り戻すのが先決だと、若冲は足を速めた。

だが四条を越え、松原通の角を曲がった彼は、目指す寺の門前に人だかりが出来ているのに気づき、おや、と首をひねった。

因幡薬師境内には普段、見せ物小屋や歌舞伎小屋が立ち、参詣の人々が引きも切らない。それがどういうわけか参拝客はすべて寺内から追い出され、門も堅く閉め切られているではないか。

「西町奉行所のお改めで、今日は境内に入ったらあかんらしいで」

「こないな寺に、何のご不審があるんやいな」

人垣の後ろから伸び上がれば、なるほど六尺棒を構えた小者が二人、辺りを厳《いか》めしく睥睨《へいげい》している。

興行中、参拝者もろとも追い出されたのだろう。門を取り巻く人々の中には、役者らしき男まで混じっている。べったりと白粉《おしろい》をなすりつけた顔をしかめ、彼は芝居がかった仕草で頬に手を当てた。

「それにしてもおかしな話や。西町のお奉行さまは、こないだ江戸から来はったばっかの山村信濃守さま。そのお方がなんでわざわざ、因幡堂なんかに出張ってきはったんやろ」

「えっ、さっき同心衆を従えて、馬で乗り込んできはったお方がかいな」

「そうや。わし、あのお方がご入洛なさった日、三条橋のたもとで小屋掛けしててお顔を拝見したさかい、間違いあらへん」

やいのやいのとかしましい野次馬たちをよそに、寺の門はぴったりと閉ざされたまま。待てど暮らせど開く気配はない。

どうやら今日はつくづく運がないらしい。仕方がない。明日出直すかと帯屋町に戻れば、沢治屋伝兵衛を始め数人の町役が、画室で若冲を待ち構えていた。

「茂右衛門はん、どこに行ってはったんや」

皆、顔を紅潮させ、興奮を隠せぬ様子である。はて、今日は寄合の日だったろうかと訝しみながら、若冲はとりあえず頭を下げた。

「すんまへん。ちょっと気晴らしに、因幡薬師まで行っとりました」

「因幡堂やて。そしたらすでに、問屋町の件はご存知なんかいな」

「問屋町――まさか五条の奴らが、また何か仕掛けてきよったんどすか」

気色ばんだ若冲に、伝兵衛が違う、違う、と顔の前で大きく手を振った。

「そうやあらしまへん。五条問屋町にお奉行所のお改めが入ったんどす。問屋町だけやないんどっせ。室町の呉服屋や菊屋町の米穀屋、その他禁裏御用を仰せ付けられてた店には朝から、一斉に手入れが行われてるんやそうどす」

「そ、それはいったいどういう次第どす。なんでご禁裏出入りの店がそないな目に」

あまりに意外な事態に、五条問屋町の不幸を喜ぶより先に、驚愕の声が喉から迸《ほとばし》った。

「お奉行所の狙いは、出入りの商人やありまへん。なんと御所の口向役人さまが、禁裏御用の店と結託して不正を働いてたんやそうどす。このたびのお調べは、その証拠を集めるためなんやとか」

「口向さまたちが不正を――」

禁裏の経済は口向御賄方によって掌握され、基本的な支出には幕府から与えられた禁裏料三万石が充てられる。それでも足りぬ場合は更に、「取替金」という無利子の貸付が、京都所司代より賄方に下されることになっていた。

「ところがこの数年、御所の出費が激増。これはご禁裏に巣食う何者かが、悪事を働いているのではと、お江戸の方々は怪しんではったそうどす」

そんな矢先、折しも京都西町奉行が病死したことから、幕府は辣腕《らつわん》で知られる山村信濃守良旺《たかあきら》を新奉行に任命。御目付として旗本や御家人の監視の任に当たっていた彼は、着任するなりまさに八面六臂の働きで不正の証拠を暴き立て、今回の摘発に踏み切ったという。

「奉行所では朝早くから二、三十人もの口向役人さまが呼び出され、吟味が行われてるご様子。事によったら死罪や流罪のお方まで出るかもしれへんと、あちこちえらい騒ぎですわ」

では今喚問を受けている中には、あの関目貢も含まれているのか。およそ悪事とは無縁そうな円満な顔を思い出しながら、「ほな――」と若冲は声を震わせた。

「因幡薬師にお奉行さまが踏み込まはったんも、口向さまの不正を暴くためどすか」

「へえ、その通り。噂によると、昨年だか一昨年だかに口向さまたちがご禁裏よりと偽って寄進した調度一式に、相場の十倍近い額が支払われてたんやとか。おそらくは差額を懐に入れるための寄進やったんどっしゃろけど、それにしても十倍とは意地汚い話どすなあ」

五条問屋町への手入れに溜飲を下げているのであろう。伝兵衛の口調には、事態を面白がる気色がある。だが今の若冲には、それを喜ぶ余裕なぞなかった。

もし噂が本当なら、御所より寄進された品々は、不正の証拠として差し押さえられよう。君圭が描いたはずの屛風もまた、例外ではない。

「ちょ、ちょっと茂右衛門はん、どこに行かはりますのや」

伝兵衛の叫びを振り切って、若冲は画室を飛び出した。雑踏の四条通をまっすぐ突っ切り、再び因幡薬師へと駆けた。

江戸の将軍が政《まつりごと》を執るようになって、じきに二百年。その間、小さな騒動こそあれ、禁裏の経済は江戸表には不可侵の領域であった。

その禁忌を破って、不正摘発を断行したのだ。おそらく今後の詮議は苛烈を極め、証拠の品は下手をすれば江戸にまで送られよう。つまり今を逃せば、君圭の屏風絵を見ることは二度と叶わなくなる。

息を切らしながらたどり着いた門前は、相変わらず野次馬によって十重《とえ》二十重《はたえ》に囲まれていた。だが先ほどと一つだけ異なることには、寺門が大きく開かれ、数人の同心や小者が境内で忙しげに立ち働いているのが見える。

大小の菰包《こもづつみ》を山積みにした大八車が鐘楼の脇に停められ、小者が二人がかりで荷に荒縄をかけている。

しまった、遅かった。歯嚙みしながらどうにか門に近づいた時、同心の一人が居丈高に小者たちを叱り付けた。

「ええい、ぐずぐずするなッ。さっさと車を引き出せ」

「さよう焦らずともよかろう。証拠の品は逃げ出しはせぬわい」

聞き覚えのある声に、若冲は耳を疑った。見ればいつの間にか顔色の悪い侍が一人、大八車の傍らにたたずんでいる。

「されど中井さま――」

「それにこれらはただの傍証。まことに重要なのは、この品を寄進した際の帳簿と、商人どもの証言じゃ。まあ大半の商人は、既にお縄についておる。後はゆるゆる詮議を加えるまでじゃ」

あの感情のない声で説く中井清太夫を、若冲は信じられぬ思いで凝視した。

どういうことだ。なぜ大坂にいるはずの彼が、ここにいる。それに清太夫は勘定所の役人であり、上方へは米相場の件で出向いていたのではなかったか。——いや、待て。若林市左衛門は中井が、勘定所きっての切れ者と語った。禁裏に下される貸付金の出どころは江戸の幕府。幕府財政全般を司る勘定所の職務を勘案すれば、彼が勘定奉行や御目付の命を受け、口向役人の不正摘発に関与しても決して不自然ではない。

そこまで考えた途端、目の前が真っ白になるほどの衝撃が若冲を見舞った。

（まさか……まさか中井さまは、最初っからそのつもりで——）

若林も訝しんでいたではないか。何故、中井の如く多忙かつ有能な男が、錦高倉市場の騒擾《そうじょう》などに口をはさんでいるのかと。

間違いない。彼の狙いは当初から、禁裏御用を務める五条問屋町の内偵にあったのだ。確か沢治屋伝兵衛は中井に、市の経営に関する帳面を幾冊も渡していた。中井はどこかで五条問屋町の帳簿を入手し、それと錦高倉市場のものを比較することで、彼《か》の市場で行われていた不正を察知したのだ。

似たような調べはきっと、方々の出入り商人の周辺でも進められていたのだろう。中井が錦高倉市場に助言を与えたのは、図らずもお役目に協力した礼だったのか。

（付喪神――）

千年の長きに渡り、天皇を奉じてきたこの京。江戸に暮らす役人からすれば、よそ者の立ち入りを拒む禁裏は、まさに付喪神の跋扈《ばっこ》する妖《あやか》しの世界と映るに違いない。そしてそこに寄生する商人も、彼らと利権を巡って争う者たちも、中井にとっては同じ化け物だったのではないか。

少なくとも関目貢は、悪事に手を染める男には見えなかった。さりながら賄頭の命で屏風絵の注文に来た事実から察するに、彼が不正と無関係であるわけがない。

余人の立ち入りを許さぬご禁裏。そこに暮らしていた彼はいつしか、己でも気付かぬうちに付喪神の仲間になっていたのだろうか。

（そしてわしらやご同輩を欺いてまで、そんな口向さまたちを追い詰めはった中井さまもまた――）

大八車が砂煙とともに引き出され、人垣がそれを追ってどっと動いた。だが人波に押され、全身をもみくちゃにされながらも、若冲はじっとその場にたたずんだまま、門内の中井に眼を据え続けていた。

「どういうこっちゃ。なんでご寄進の品が没収されなあかんねん」

若冲の背後で野太い怒号が弾け、それに対する同心たちの叱声が車の音を圧して響き渡った。

「わしが描いた絵になんの罪があるんや。どう考えたかて、おかしいやないか」

声は大八車を追うかの如く、松原通をどんどん遠ざかって行く。

中井はそんな外の小競り合いにはお構いなしに、小者に何事か命じ、庫裏《くり》の方に歩み去った。

その後ろ姿は何故か、ひどく暗く、半町も離れていないにもかかわらず、まるで深い淵を隔てているかの如く遠く見える。そうだ。付喪神を描くのに、苦労することなど何もない。あの中井清太夫を関目貢を――市場にしがみつく伝兵衛を、明石屋半次郎を描けばいいのだ。

いや、彼らばかりではない。顧みれば絵に囚われ、少しでもいい絵を描かねばともがき続ける自分たち絵師もまた、絵に取りついた付喪神と呼ぶべき存在。ましてや余人の知らぬ数々の思いを、絵筆に託していればなおだ。

(なあ、そうやな。君圭――)

緩慢に振り返れば、大八車はすでに大路の果てに消え、微かな罵声だけがどこからともなく聞こえてくるばかりである。

若冲はしばらくの間、虚空に目を据え、もはや誰のものとも分からなくなった声にじっと耳を傾けていた。しかしやがて両の手を懐に突っ込むと、ひょろりとした背を不器用に丸めて踵を返した。

吹く風はいつしか、肌に痛いほど冷たくなっている。

枯葉が一枚、その裾にまとわりつくように舞い落ち、下駄に踏みしだかれてくしゃりと崩れた。

雨月

一

薬を受け取って出た四条堀川の辻では、霧雨が板橋をしっとり濡らしていた。灰色の雲が低く垂れこめた空を仰げば、西の峰には早くも薄日が射している。

「お志乃《しの》はん、傘、傘、持ってきやす」

受け取ったばかりの薬袋を袂《たもと》でかばったお志乃の姿に、小雨が降っていると気づいたのだろう。蛇の目傘を手に走り出てきた老医師を振り返り、お志乃はめっきり白いものが増えた頭を下げた。

「おおきに。そやけど雲も薄おすし、店に帰りつく頃には止んでますやろ」

枡源《ますげん》のかかりつけ医である源洲《げんしゅう》は、お志乃の頑《かたく》なな気性をよく知っている。そうか、と呟き、木戸のかたわらで足を止めた。

「では店に帰ったら、ちゃんと髪を拭き、温かくするのじゃぞ。今、お志乃はんまでが寝付かはっては、お清《きよ》はんも若冲《じゃくちゅう》はんもお困りにならはるでなあ」

へえ、ともう一度会釈して川を渡れば、葉を残したままの柳の枝が、雨混じりの風に頼りなげに揺れていた。

今年は照りの少ない夏だったが、それでいていつまでもだらだらと蒸し暑さが続いた。彼岸を過ぎ、ようやく朝晩涼風が立ち始めたものの、洛中から望む山々は一向に色づかず、吉田山や高雄といった観楓《かんぷう》の名所では、茶店の者が客足の乏しさを嘆いていると聞く。

源洲の医館の北隣には、小鼓の師匠が稽古場を構えている。小鼓は湿り気を喜ぶ楽器。お湿り程度の雨のせいか、普段なら小橋を渡った辺りで絶える鼓の音が、今日ばかりは随分遠くまでお志乃の背を追ってきた。

――人は雨夜の月なれや　雲晴れねども西へ行く

打ち手が覚束ないのだろう。時折、不自然に間が空く謡《うたい》に薬袋を抱え直せば、強い生薬の香りがつんと鼻をついた。

お志乃の義母であるお清は去年の春、卒中で倒れ、以来枡源の奥の間で床についている。幸い他に悪いところはないようだが、思うままにならぬわが身が歯がゆいのだろう。少しでも気に障ることがあると癇癪《かんしゃく》を起こし、手近な物をひっくり返してしまう。

そんな彼女は病臥《びょうが》してからこの方、何故かなさぬ仲のお志乃の世話になることを好んだ。おかげでお志乃はここのところ、枡源と兄の若冲の隠居所を往き来し、慌ただしい日々を送っていた。

枡源に引き取られた当時のお清の冷淡さを思えば、今更看病に当たる義理などないとも思う。実際、本家と絶縁状態の若冲は、毎日看病に出かけるお志乃に「物好きやなあ」と言いたげな眼を向けるが、病人のたっての望みをそうそう無下にするわけにもいかない。

そうでなくとも、すでに兄は六十四歳。お志乃も昨年、四十の坂を越えた。共に子のない身となれば、いずれ枡源の厄介になる日が訪れるやもしれぬ。せめて自分だけでも本家との縁を結んでおかねば、とお志乃は自らに言い聞かせていたのであった。

「毎日、すまんなあ。どうもお勝《かつ》やお駒《こま》の世話では、気に添わんようなんや。大病をすると気性が変わるとは言うけど、これほどとは思わなんだわ」

突然嫁たちを遠ざけるようになった母親に、次兄の幸之助《こうのすけ》は怪訝な顔を隠さない。さりながら、長年お清に嫌われてきたお志乃は知っている。

死が間近と覚ったお清は、後生のため、妾腹の自分に善行を積もうとしているのだ。さもなくば人目を盗んで櫛笄《こうがい》を与えたり、呂律《ろれつ》の回らぬ口でくどくどこれまでの詫びを述べる道理がない。

それが証拠に昨年の末、長兄である若冲が数年ぶりに枡源を訪れ、亡きお三輪《みわ》の三十三回忌法要を店で営んでくれぬかと頼んだとき、お清は濁った眼を吊り上げ、覚束ない舌で反対を言い立てた。

本当に気性が変じたのなら、弔い上げの法要ぐらい快諾したはず。結局お清はいまだ、自死によって店の暖簾に傷をつけた嫁が許せぬのだ。不明瞭な声で喚き散らした末、顔を背けて横になったお清に、若冲は唇を真一文字に引き結び、半町離れた隠居所に帰って行った。

お三輪の死から三十余年を経た今になって、初めて法要を思い立った兄の胸裏も、それに血相を変えて反対するお清の心中も、お志乃には痛いほどよく分かる。

他人なら許せる意見の相違も、肉親なればこそ不快に感じるもの。結局、血のつながった親子でも、互いを完全に理解することなぞ不可能なのだ。

――牛の車の常久《とことわ》に　何処《いずく》をさして引かるらん

鼓の音は、ようやく聞こえなくなった。それにしてもこの曲は、兄たちが謡《うたい》を習っていた頃、時折口ずさんでいた気がする。はて、何という曲だったろうと思い巡らしながら枡源に戻れば、幸之助が店先で、若い男女にしきりに頭を下げている最中であった。

「おお、お志乃。ええところに来たわ」

今年還暦を迎えた次兄は、元々肉づきのよかった体軀が、最近、更に肥えてきた。野菜の灰汁《あく》と墨が染みついた掌を差し向け、客人たちにお志乃を引き合わせた。

「これは兄の若冲と別宅に住んでいる、妹のお志乃どす。お志乃、こちらは西洞院《にしのとういん》椹木《さわらぎ》町《ちょう》の柿傳《かきでん》はんの若旦《わかだん》はんとお連れ合いや。古いお馴染みやし、お顔は存じ上げてるやろ」

「私は源太郎《げんたろう》、こっちは嫁のお喜美《きみ》と申します。枡源はんにはいつもお世話になり、ありがとうございます」

西洞院の柿傳こと柿屋は、代々傳兵衛《でんべえ》を襲名する仕出し料理屋。茶席に伴う懐石料理を主に扱い、豪商として知られる三井家などにも出入りを許される名店である。

如才ない挨拶を述べた源太郎は三十手前。確か二、三年前にも嫁を取ったが、先方の家と折合が悪く、半年で離縁したと小耳にはさんでいる。

そのせいであろう。源太郎の半歩後ろに控えたお喜美の小柄な体軀には、綻び始めた桜にも似た、おっとりとした品が漂っている。前回の轍《てつ》を踏むまいと、なるべく慎ましい娘を娶《めと》ったことは、想像に難くなかった。

「ご存知の通り、私の嫁取りはこれで二度目。そやさかい祝言は身内で挙げることにし、お世話になっている錦《にしき》の店々に、こうしてご挨拶に参ってるんどす」

「それはご丁寧にありがとうございます。それでご祝言はいつどすか」

「来月の九日、重陽《ちょうよう》どす。滞りなく済みましたら、また改めて伺わせていただきます」

「源太郎はんはまだお若いのに、しっかりしてはりますなあ。その上、こない別嬪《べっぴん》の嫁御寮はんをもらわはったら、傳兵衛はんもさぞご安心ですやろ」

枡源と柿屋の取引は、柿屋の初代が店を開いた享保の初めまでさかのぼる。それだけに幸之助の口調は、ひどく親しげであった。

立ち話が長引きそうな気配に、お志乃は三人に軽く頭を下げて、店奥へ向かった。雨は短い立ち話の間に止み、菰荷《こもに》が山積みにされた通り庭に、薄い陽が落ちている。

お清の寝間では、三兄の寡婦であるお駒が、土瓶で薬を煎じていた。

十数年前、夫の新三郎《しんざぶろう》に先立たれたお駒は、どれだけ周囲が勧めても生家に戻ろうとしなかった。一度、枡源を実家代わりに聖護院村《しょうごいんむら》の富農に嫁いだが、三年ほどで再度夫を失い、その後はずるずるとこの店に居続けている。

錦高倉市場屈指の大店である枡源では、店同士の付き合いや寄合など、奉公人では間に合わぬ用も多い。そのため骨惜しみをせぬお駒は、幸之助とお勝夫婦に重宝がられ、今やお清の看病にもなくてはならぬ一人であった。

「お義母はんの具合はどうどす」

「へえ、さっき粥を三口ほど食べはり、また寝てしまわはりましたわ」

お駒が目顔で指した布団は、ひと一人が横たわっているとは思えぬほど薄い。これがあの口やかましかったお清かと思うと、寝顔を覗き込むのが憚《はばか》られた。

「そういえばさっき、左太郎《さたろう》はんが顔を出さはりましてなあ」

左太郎は幸之助の一人息子。他に孫を持たぬお清にとって、鍾愛《しょうあい》の跡取りである。

規則正しく上下する布団をちらっとうかがい、お駒は声を低めた。

「庭の菊が咲いたんを、摘んできてくれはったんどす。そしたらそれまで寝てはったお義母はん、ぱっと目を覚まして、『茂右衛門《もえもん》かいな』と笑わはりましてん。言うたら何やけど、ここのところちょっと、おつむが怪しくならはりましたな」

中風で寝付くと耄碌《もうろく》しやすいと聞くが、実際この三月ほど、お清は時々、過去と現在を混同させることがあった。四十年も昔に亡くなった夫と川床に出かけたと嬉しげに語ったり、お志乃を枡源の古い女子衆《おなごし》と間違える日も珍しくない。時にはお駒をお志乃の母親と間違え、罵声を浴びせ付けもした。

左太郎は、幸之助に似て小柄で猪首。昔からやせぎすの若冲とは、皆目似ていない。お清は孫のどこに、長男の影を見たのであろう。

（お義母はんはきっと兄さんにも、謝りたいことが仰山《ぎょうさん》あるんやろなあ）

若冲は若い頃から、お清と相性が悪い。ましてやお三輪の死からこの方、若冲は絵道楽の自分と口うるさいお清が、二人がかりで妻を死に追いやったと考えている。その上三十三回忌を巡って喧嘩をしたとなれば、親子の溝がそう簡単に埋まるとも考えがたかった。

若冲を強引に枡源に連れてきて和解させる手もあるが、このところ彼は三食とも画室に運ばせるほど、仕事が立て込んでいる。方々からの作画依頼に加え、一昨年、伏見の石峰寺《せきほうじ》に釈迦の誕生から涅槃《ねはん》までを表す石仏五百体の建立を発願し、一枚銀六匁《もんめ》という格安の画料での染筆《せんぴつ》を始めたからである。

銀六匁は、米一斗の値。若冲はこの銭を受け取ると石仏の下絵を描き、それを石工に渡して石峰寺の裏山に安置するよう計らっていた。

京でも名の知れた画人である若冲が、米斗翁《べいとおう》――つまり米一斗の翁という別号まで用いて、廉価で絵を描くのだ。おかげで設置された石像は二年半で二百に及び、

「この分では、五百体の大願成就も遠くはなかろう。取り持ったわしが言うのも妙じゃが、石峰寺の密山《みつざん》和尚もさぞ驚かれておろうて」

と、一昨年、相国寺第百十三世住持となった大典《だいてん》を面白がらせていた。

若冲より三つ年下の大典は、今や本邦屈指の学僧として貴賤の人々の崇敬を集めているが、杖一本を頼りにふらりと帯屋町《おびやちょう》の画室を訪れる気さくさは、昔と全く変わらない。つい十日ほど前にも多忙の合間を縫って顔を出し、描き散らかされた羅漢像の下絵を興味深げに眺めて行った。

石仏群は釈迦の誕生から入滅、更には賽の河原までも石仏で表す一方、多くの羅漢たちが思い思いに仏道にいそしむ姿も捉えている。

羅漢とは、釈迦の入滅後に行われた仏典結集《けつじゅう》に集った仏弟子たち。深山で厳しい修行に励む彼らは、古くから多くの画人が好んで画題に取り上げたが、若冲が下絵を描いたそれは、大振りな目鼻立ちが個性的な人物像。ある者は跪坐《きざ》して合掌し、ある者は太い足を投げ出して地面に座りこんでいる。

石峰寺住職の密山は、大典の弟子の一人。近年、若冲は彼の仲立ちで、黄檗宗《おうばくしゅう》本山である萬福寺《まんぷくじ》にも参禅し、住持の伯珣照浩《はくじゅんしょうこう》より「革叟《かくそう》」の道号を与えられてもいた。

「五百体もの石像が完成すれば、石峰寺の山はさぞ賑やかになろうて。お志乃はんはもう、深草には行かれましたかいな」

いいえ、と首を横に振るより早く、小机で絵を描いていた若冲が顔を上げた。

「いずれ連れてったる気ではいるんどす。そやけどわしは御覧の通りの忙しさ。その上お志乃も最近、枡源の母の看病に手を取られてましてな」

「そういえば御母堂の具合はいかがじゃ。実は来月、大坂の坪井屋《つぼいや》吉右衛門《きちえもん》どのが上洛なさる。差し支えなければ、ともにお目にかからぬか。吉右衛門どののご都合次第では、石峰寺にご案内してもよかろうて」

かねてより大典と交誼《こうぎ》のある坪井屋吉右衛門は、大坂北堀江の造り酒屋の主。幼少より本草学、儒学などを修め、豊富な知識と財力を背景に古今の珍品を蒐集している彼は、またの名を木村蒹葭堂《けんかどう》と号し、幾つもの物産会や詩文結社を率いる畸人《きじん》であった。

「それは嬉しおすけど、石峰寺の石像はまだ建立途中。母の具合も優れまへんし、今回はご遠慮致します」

「なるほど。では次に拙僧が下坂する際、また声をかけさせていただくわい」

断られるのは元より承知だったのだろう。大典はあっさりうなずき、膝先に散っていた石仏の下絵を重ねて若冲に差し出した。

軽く頭を下げてそれを受けとり、若冲はふと手許に眼を落とした。一番上の一枚には、大きな口を開けて微睡《まどろ》む髭面の羅漢が磊落《らいらく》な筆致で描かれている。

色の薄い目でそれをじっと見つめ、

「大雅《たいが》はんにも一度、見てもらいとおしたな」

と若冲はほとんど唇を動かさずに呟いた。

若冲の数少ない朋友である池大雅《いけのたいが》が没したのは、三年前の初夏。生来身体が弱かった彼は、早くから己の定命《じょうみょう》を覚っていたのであろう。年初から体調を崩しながらも医師の診立てを拒み、春風が駘蕩《たいとう》と吹き過ぎるかの如く、五十四歳の生涯を閉じたのであった。

富士、立山、熊野……雄大な山々と自然を愛した大雅は、看来《み》たり又看て去る旅の中に、異国の文人や山々の姿を求めていたのだろう。何とかその素晴らしさを伝えようと、若冲を懸命に旅に誘っていたが、若冲はそれには一度も応じず、いつぞや話が出た吉野山行きも結局お流れになってしまった。

そんな若冲が石仏五百体の造立を始めたのは、大雅の死の翌年。東山のそこここで山桜がほころび始めた矢先であった。

「いいや、若冲はんがこうして、石峰寺に新たな世界を作ろうとなさるだけで、大雅はんは喜ばれるはずじゃ。やっと旅のよさがわかりましたか、とあの世で笑うておられるやもしれぬ」

他国の風景をいつも熱心に語っていた大雅は、若冲にとって旅の権化であった。彼を失ってようやく、自分が友を通じて見聞を広めていた事実を覚ったものの、京都以外の地にほとんど足を踏み入れたことのない若冲が、今更旅に出られるわけがない。だからこそ若冲は、心を気儘《きまま》に遊ばせる場を石峰寺に作り、旅に代えようとした。

いわば若冲にとって、釈迦の生涯が絵巻物の如く連ねられる石峰寺の山は、亡き友と過ごす終わることなき旅路だったのである。

そんな試みを、大典は陰ながら応援しているのだろう。先だっても帰り際、
「五百体完成の暁には、盛大な供養をせなな」
と言い置いていたと思いながら、お志乃はもう一度、お清が臥した布団に眼をやった。
若冲は頑固に見えて、本性は極めて臆病である。家督を捨てながら、いまだ枡源から
ほど近い帯屋町に暮らしているのも、要は親しんだ住処を出る勇気がないがゆえ。漂泊
の旅を愛し、未知の風景の追求に生涯を傾けた大雅とはその点、大きく異なっていた。
（そやけどもし石峰寺の仏さんが完成したら、兄さんは遅まきながらあの寺に隠棲しは
るかもしれんなあ）
そうお志乃が胸の中でひとりごちたとき、
「なんやったら今日はもう、帰ってくれはってもかましまへんえ。最近ずっと、お手を
取らせてしもうてましたさかい」
と、お駒が声をかけてきた。
「そやけどお義母はんが眼え覚まさはったら、また機嫌を悪くしはりまへんか」
「この分なら夕刻まで、起きはしはりまへんやろ。ちょっとむずからはっても、暗くな
ったらまた、こてんと寝てしまわはりますわ」
ここ数日、お清の調子が優れなかったせいで、お志乃は朝から晩まで枡源に詰め切り
であった。口にこそ出さねど、若冲がそれを面白く思っていないことは想像に難くない。
「ほな、お言葉に甘えさせてもらいます」

雨の去った空は明るく晴れ、細い絹雲がわずかにたなびくばかりである。身じまいをして枡源を出れば、昼前の錦小路は買い付けに来た料理人で混雑している。

まだまだ挨拶回りが続くのだろう。籠を背負い、忙しげに下駄を鳴らす男たちの向こうに、二軒隣の青物屋から出てきた源太郎とお喜美の姿がのぞいた。

去り際、誰かにからかわれたのか、お喜美は頬を赤く染め、恥ずかしげに俯《うつむ》いている。そんな初々しい嫁を人ごみからかばう源太郎の姿に、お志乃の胸が小さくうずいた。

七年前に別れた夫の明石屋半次郎《あかしやはんじろう》は、とっくに後妻をもらい、すでに子まで生《な》していると聞く。四十路にさしかかったわが身を顧みれば、このまま長兄とともに老いてゆくしかないのは承知しているが、それでも寄る辺のない境涯がふと心細く感じられるのはしかたがない。

次の得意先に向かうのか、源太郎たちは錦小路を高倉通で北に折れた。睦まじげに寄り添うその背を、澄明な秋の日が温めていた。

(見んかったら、よかった――)

自分は何故いま、ここにいるのだろう、とお志乃は思った。

明石屋を飛び出して来たことを、後悔してはいない。さりながら自分を含めた枡源の人々と距離を置こうとしていた兄の厄介になるしかない我が身を顧《かえり》みると、何とも言えぬ情けなさがこみ上げてくる。

若冲はそんなお志乃の内奥《ないおう》を知ってか知らずか、以前のように顔料作りを手伝わせ、客あしらいを始めとする家内の一切をお志乃に任せている。なるほどあの変わり者の世話を焼けるのは自分しかおるまいが、実際のところ若冲は、こんな妹との共住みをどう考えているのだろう。

あの彼が、特段文句を言わぬ所を見ると、案外、「まあしゃあない話や」と諦めをつけているのやもとも思われる。しかしだからといって、そんな現状への哀しみが、そう容易に消えるものではなかった。

うら寒い思いから逃れるように足を急がせれば、隠居所の前に一人の女が佇んでいた。お志乃よりかなり年下だが、決して若くはない。油っ気のない髪に安物の櫛を挿し、着古した衣の裾は擦り切れている。白粉《おしろい》の浮いた頬と目尻の泣きぼくろが、盛りを過ぎた花を思わせる女子であった。

お志乃の姿に、女ははっと顔を上げた。大きな目を狼狽したようにしばたたき、

「こちらは伊藤若冲はんのお宅どすか」

とかすれた声で問うた。

「へえ、そうどすけど。絵のご依頼どすか」

言いながらお志乃は、目の前の女に見覚えがあると思った。決して昔の話ではない。だがどれだけ頭を巡らせても、なかなかそれが思い出せない。

（どこやったろ——）

内心首をひねるお志乃にはお構いなしに、女は急《せ》いた口調で続けた。

「米一斗の値で、好きな絵を描いてくれはると聞いたんどすけど、ほんまどっしゃろか」

神童と呼ばれ、幼少時より数々の禅僧や儒学者の知遇を得ていた亡き大雅、三井寺円満院や三井家といった大寺名家を後ろ盾に持つ円山応挙《まるやまおうきょ》に比べれば、若冲の人脈は格段に乏しい。さりながらその作品は、東本願寺の光遍上人や妙法院門跡たる真仁《しんにん》法親王など上つ方にも人気が高く、やれ上人が相国寺で動植綵絵《どうしょくさいえ》をご覧あそばしただの、ご門跡が妙法院に若冲を召され、御在所の襖を描かせようとなされただのといった噂はひきも切らなかった。

通常、若冲の画料は水墨の掛幅で金一両、彩色なら三両から五両が相場。そんな画人がたった六匁で絵を描くとなれば、疑ってかかられても仕方がない。

「ほんまどす。よろしければうちがお話を伺いますさかい、どうぞ入っとくれやす」

台所を覗けば、通いの弟子である若演《じゃくえん》が盥《たらい》で胡粉《ごふん》を練っていた。

若演は入門してかれこれ十年になるが、勘が悪いのか若冲の手ほどきが下手なのか、いまだに垢抜けぬ凡庸な絵ばかり描く。しかしその一方で、お志乃が婚家から戻されると、住み込んでいた隠居所から近くの長屋に家移りするなど、意外な気遣いを示しもする三十男であった。

「ご苦労はん、兄さんは二階どすか。後でええさかい、うちが六匁のお客はんを連れてきたと言うといとくれやすか」

「へえ、分かりました」

そのやり取りで、目の前の中年女の身元を察したのだろう。緊張した面持ちになった女に小さく微笑みかけ、お志乃は奥の六畳間を示した。

「うちは若冲の妹で、志乃いいます。兄に伝えますさかい、絵柄のご希望を教えとくれやす。彩色画は受けられしまへんけど、その代わり五日もあればお渡しできるはずどす」

彩色画は色数が多いほど顔料の乾燥に時間がかかり、仕上がりまでの日数は水墨画の比ではない。顔料代のためというより、作画の手間を省く目的から、若冲は六匁の絵はすべて水墨と定めていた。

六畳に導かれた女はしばらくの間、居心地悪げに畳の縁を見つめていた。しかし若演が爪の縁に胡粉をこびりつかせた手で茶を運んでくると、思い切ったように顔を上げた。

「うちは御幸町《ごこまち》松原の甚介店《じんすけだな》に暮らす、お滝《たき》と申します。お願いしたいんは、追善のための絵なんどすけど」

「追善、どすか」

お滝の年頃からして、亡くなったのは父か母か。いやひょっとしたら言い交わした男の可能性もあると思ったが、続いた言葉はそんな予想とずいぶん異なっていた。

「へえ、長屋のお隣さんの姉さんが、今年がちょうど三十三回忌の年なんやそうどす。わけあって法事も出来へん言わはるさかい、せめて追善の絵でも描いてもろうたら、供養がわりにならへんやろかと思うたんどす」

　この時、階段が小さく軋《きし》み、襖の向こうに人の気配が差した。それに気付いた様子もなく、お滝は少し慌てたように言葉を続けた。

「けどこれはうち一人の思い付きで、お隣さんに相談したわけやありまへん。そやさかい、なるべく抹香臭い絵やないほうがありがたいんどすけど」

　三十路も間近な年増が、ただの隣人にそれほどの親切を施すわけがない。御幸町は寺町にも近く、仏師や大経師《だいきょうじ》など多くの職人が住む通り。きっとお滝はその隣人に、淡い思いを寄せているのだろう。仏画然とした絵を避けたいというのも、己の親切を押し売りと取られぬための腐心かもしれない。

　仏を描かずに仏を想起させるなら、図柄は白象や蓮あたりが相応《ふさわ》しいだろうか。いずれにしても、若冲には大した苦ではないはずだ。

「ちょっと待っとくれやす」

　言い置いて六畳間を出れば、案の定、襖の陰に若冲が佇んでいる。髪は随分白くなったものの、眉間の少し開いた顔立ちは皺も少なく、年齢不詳の感が強い。ひょろりと長い立ち姿が、種取りのため棚に一つだけ残された瓜にも似ていた。

「どないどす、兄さん」

「かまへん、描かせてもらお。ただ、今ちょっと他の仕事が詰んでるさかい、仕上がりまで少し時間がかかるで。十日後にもう一度来てもろうてくれるか」

あまり期待せずにやってきたのだろう。その言葉を伝えると、お滝は大袈裟なほど喜んだ。今、代銀は持っていないが、十日後までには必ず用意すると請け合った。

「ではどうぞよろしくお願いいたします」

幾度も頭を下げる彼女を見送って二階に上がれば、休息代わりの手慰みか、若冲は早くも画箋紙を小机に広げ、柳の杰灰《けちばい》（焼墨）で水澄《みずすまし》が遊ぶ蓮池の風景を描き始めていた。

あちこちに穴の空いた蓮葉の陰で、鯉が水澄を飲み込もうとするかのように、ぱっくり口を開いている。不自然なほど巨大な蓮の花から、花弁が一枚、水面に落ちかかっていた。

「あの女子《おなご》、どっかで見た顔やな」

小机の正面の障子戸からは、高倉通が一望できる。帰って行くお滝を、そこから眺めていたのだろう。言いながら若冲は、画面の端にもう一匹鯉を描き込んだ。

「うちもそう思いました。兄さんもとなると、どこで会うたんどっしゃろ」

風が出て来たのか、二階の庇《ひさし》まで伸びた椿の枝が、しきりに戸袋を叩いている。冬になる前に切らな、と思いつつ振り返れば、若冲が瞬きもせずにお志乃の顔を見つめていた。

「――そうか、お前や」

意味が分からず首を傾げたお志乃に、彼はもう一度、「お前や」と繰り返した。

「先の客、あれは三十前の頃のお前に似てるんや。無論、髪や着る物の好みは全然ちゃうけどな」

見覚えがあると感じたのも道理。お志乃は知らず知らずの内に、朝晩鏡の中に見出す己の顔とお滝を比べていたのだ。

お志乃には泣きぼくろはないし、背もお滝の方が高い。だが翳《かげ》のある目鼻立ちや人目を避けて俯く癖は、指摘されれば自分とよく似ていた。

「住まいは御幸町松原やったな。隣人いう人について、他に何か言わはらなんだか」

仕上がった蓮池図を取り除け、若冲はまた新たな絵を描き始めた。

横たわった人物の左右に木を茂らせ、従者らしき男女をぐるりに描き込む。すべての人物は輪郭のみだが、今度はどうやら釈迦の入滅を描いた涅槃図のようだった。

「へえ、特になにも。ただそのお方の姉さんが亡くなって、今年で三十二年目なんやとか。そやけど事情があって、法要が営めへんのやと——」

ある予感が胸を塞ぎ、まさか、とお志乃は息を飲んだ。それと同時に若冲は何が気に入らなかったのか、涅槃図の下絵をくしゃっと両手で丸め、壁に向かって投げ捨てた。

「今年が三十三回忌の人は、世の中に仰山いはるやろしな」

そうだ。お滝が隣人に思いを寄せていると感じたのは、お志乃の勘に過ぎない。そもそも相手が男だと、聞かされたわけでもない。

それでもまだもしやと思うのなら、御幸町松原の甚介店に行けばよいのだ。お滝やその隣人を訪ねずとも、近くの家の者を捕まえ、

──ここらへんに、弁蔵《べんぞう》いうお絵師はいてはりまへんか。

と問えばいい。年は四十四、肩ががっしりと広く、えらの張った、口の大きな男と付け加えれば、間違いはなかろう。

(そやけど──)

お志乃は両の手をゆっくり拳に変えた。荒れた指先を握り込み、小さく息を吐く。

椿の枝が軒を叩く音が、先ほどより大きく聞こえた。

「……それより兄さん、今日の晩は湯奴(湯豆腐)にしますえ」

普段と変わらぬ声がするりと出たのは、それだけ自分が年を重ねたからだろう。

そう、きっとお志乃と同じように、弁蔵も四十の坂を越え、世の中と折り合う術を身に付けていよう。ならば今更彼に会って、何になるのだ。

「ほう、久しぶりやな。ようやく秋めいてきたさかい、ありがたいこっちゃ」

「久し振りに若演はんに、お銚子をつけたげようと思うんどすけど、かましまへんか」

「おお、そうしたってくれ。最近あいつには、細々とした用ばかり言いつけてたしな」

うなずく若冲の声は、常よりわずかに上ずっている。

兄さんはうちより誤魔化《ごまか》しが下手や、とお志乃は思った。

二

その数日後から若冲が描き始めた絵は、彼には珍しいことになかなか完成しなかった。

普段、若冲は水墨画を描く際、杰灰でおおまかなあたりを付け、すぐに筆を走らせる。そのため掛幅なら、四半刻ほどで描き上げる彼が、今回に限っては綿密に構図を練っていた。

どうやら描こうとしているのは涅槃図らしいが、何度も杰灰を滑らせては羽箒《はぼうき》で消し、なかなか全容が見えてこない。四、五日がかりで何とか下図を完成させた後も、その筆は幾度も止まり、約束の十日後にはようやく中央に横たわる釈迦と左右の沙羅双樹《さらそうじゅ》の木が描き込まれただけであった。

「まだ出来へんのどすか――」

よほど楽しみにしていたのだろう。画料が納められたと思しき帯を押さえ、お滝は目尻に落胆をにじませた。

今日の若冲は画室に引きこもり、お滝の来訪にも降りて来ない。しかたなくお志乃は彼女に「申し訳ありまへん」と頭を下げた。

「実は実家の母の具合がすぐれず、家じゅうばたばたしてるんどす。もうしばらく、待っとくれやす」

これは嘘ではない。四日前の夕、お志乃たちの介添えで粥を食べていたお清は突然、二度目の卒中を起こし、以来、大いびきをかいて眠り続けている。

駆け付けてきた源洲によれば、今回の発作は昨年より激しく、お清の年からして、このまま眼を覚まさぬ可能性も高いという。

「前の卒中からこのかた、お清はんの身体は罅《ひび》が入った茶碗みたいなもんやった。最近の朝夕の涼しさが、その罅を割れに変えてしもうたのじゃろう」

暗に助からぬと匂わされ、お志乃は大急ぎで帯屋町に駆け戻った。しかし妹からどれだけ急かされようとも、若冲は机の前から動かず、一向に筆の進まぬ涅槃図を暗い目で見つめるばかりであった。

「わしはとうに、枡源と縁を切ってるんや。ましてやお三輪の法要まで断ったお母はんが、生きようが死のうが関係あらへん」

「そやけど――」

お清と若冲は確かに、傍目にもそうと知れる疎々《うとうと》しい親子。とはいえお清は、孫を長男と取り間違えた。その事実が彼女の本心を物語っているとお志乃は説いたが、若冲は妹の声に一切耳を貸さなかった。

そうこうする間もお清の眠りは一向に破れず、古びた紙のように乾いた肌は日に日に黝《くろ》ずむ一方であった。

「あと十日だけ、いただけしまへんやろか。お代はそのときで結構どすさかい」

下絵を見る限り、若冲が描こうとしている涅槃図は、横たわる釈迦を仏弟子や動物が取り囲むありふれた図柄。背景に沙羅双樹を、画面上部に釈迦を迎えるべく天界から飛来する摩耶夫人《まやぶにん》を配する点も、定型通りである。

仏画らしくない絵をと請われながら、涅槃図を描こうとするのは、やはりお滝が弔おうとする相手がお三輪やもと疑っているからか。いや仮に人違いとしても、亡き妻の法要を諦めた若冲は、涅槃図を手がけることでその供養に換える腹なのかもしれない。

とはいえ若冲は本来、人の死に強い恐怖を抱いている。今、お清が亡くなれば、絵の仕上がりは更に遅れるやも知れぬが、そんなことを今、お滝に告げるわけにもいかない。

「十日後には必ず出来ますやろか」

「急いでくれるよう、うちからも兄に頼みます。どうぞもう少しだけ待ったってください」

しきりに頭を下げるお志乃が、気の毒になったのだろう。お滝はまだ失望の表情を浮かべつつも、わかりました、とうなずいて帰って行った。

実際のところ、あと十日で絵が仕上がるかは、お志乃には全く分からない。構図さえ定まれば、一日二日で描き終えてしまうだろうがと思いながら、何気なく二階に目をやった時である。

表通りの方で、うわあっという叫び声が上がった。

驚いて下駄を突っかけて外に出れば、数人の男が錦高倉の角で、大声を上げながらもつれ合っている。

「喧嘩どっしゃろか」

門掃きをしていたのだろう。向かいの家の小女《こおんな》が、箒を抱えたまま通りの向こうに首を伸ばした。

お志乃からすれば、帰って行ったばかりのお滝が喧嘩にでも巻き込まれたのではないかと案じたのだが、どうやら取っ組み合っているのは錦小路の店の男衆《おとこし》らしい。さりながらもつれ合う彼らの中に、ちらりと華やかな色がのぞいたのは気のせいか。

それを確かめようとするより早く、男たちがなだれを打って高倉通へ転がり出てきた。

やはり、気のせいではない。騒動の輪の中心にいるのは、二人の若い女。一方がもう一方の襟髪を摑み、殴る蹴るの打擲《ちょうちゃく》を加えている。

そして、その傍らで、

「おくの、やめるんやッ。わしはともかく、お喜美には関係あらへんやろッ」

と、二人を必死に引き分けようとしているのは、柿傳の源太郎。えっと目を凝らせば、おくのと呼ばれた女から顔をひっかかれている女は、先日彼が伴っていたお喜美であった。

そういえば昨日は重陽の節句。おおかた無事祝言を済ませ、市場の店々に挨拶に来たのだろう。そのついでに求めたのか、揉み合う彼らの足元で、錦天神のお守りが泥にまみれていた。

源太郎の叫びにも、おくのは無言であった。

年はまだ十七、八か。化粧っけのない顔をひきつらせ、顔をかばうお喜美にひたすら組みついている。瞼の厚い眼が陽を映じ、雲母《きら》を刷《は》いたようにぎらりと光った。

おくのに襟髪を摑まれたお喜美が、たまりかねたようにその場にくずおれた。これを好機と殴りかかるおくのを引き剝がさんと、源太郎や男たちがその帯や袖を引っ摑む。今や源太郎たちの回りには、物見高い人々が幾重にも人垣を築き始めていた。

近くの店の手代だろう。前掛けを締めた三十男がおくのを羽交い絞めにし、強引にお喜美から引きはがす。湯文字が見えるのもお構いなしに宙を蹴る足を他の一人が抱え込む間に、源太郎は若女房を急いで抱き起こした。その襟元ははだけ、痛々しいほど白い胸乳が露わになっていた。

角の店の主が駆け寄り、夫婦を店に導いたその時である。

「痛ッ、この女、嚙みつきよったなッ」

「うわっ、やめんかいッ」

悲鳴が二つ重なって上がった。おくのが後ろから回された手に嚙みつくと同時に、足を押さえていた男の顔を力一杯蹴飛ばしたのだ。

そのまま白い脛《はぎ》を剝きだしに立ち上がったおくのは、若夫婦を追おうとするかのように、忙しく四囲を見廻した。だがその行く手に男たちがぱっと立ちふさがったのを見るや、踵を返して高倉通を南に駆け出した。

艶やかな髪はざんばらに乱れ、半ば解《ほど》けた帯が蛇のように地を這っている。物狂いもかくやという眼に射すくめられ、人垣が二つに割れた。

「何してるんや、捕まえんかい」

乱れた裾を踏んだのだろう。お志乃の目前で、激しい砂埃とともにおくのが転んだ。

足の筋でも違えたのだろう。立ち上がろうとして再び転倒する彼女とはたと目が合った。

底光りする眸《ひとみ》がなぜかひどく寂しげに見え、思わずお志乃は彼女に駆け寄った。その肩を支え、追いすがる男たちをきっと見上げた。

「あんたさんら、若い娘はんを追っかけて、いったい何しはるおつもりどす」

「なんやと。あんた、さっきの騒動を見てたやろが」

男の中でも年嵩の一人が、歯型の浮いた腕をさすって声を荒げた。

「そこの女子はうちの店のお得意さんに、えらい迷惑をかけたんや。柿傳の若旦はんたちに謝ってもらうためにも、連れて行かしてもらうで」

このとき錦小路から、まだ幼い丁稚がぱたぱた駆けてきた。いきり立つ男の袖を引き、その耳元に口早に何か囁《ささや》く。男の眉が、傍目にもはっきりとひそめられた。

「――許したれ、やと。ほんまに若旦はんがそう言わはったんか」

丁稚が「あい」とうなずくや、男は忌々しげにおくのとお志乃を睨みつけた。

「しゃあない。若旦はんのお言葉やさかい、今のことは目をつぶったる。そやけどまたこないな迷惑をかけたら、今度こそ承知せえへんで」

激しい舌打ちとともに引き上げて行く男たちの左右では、野次馬が興味深げな顔を連ねている。向かいの小女までがじろじろとこちらをうかがっているのに気づき、お志乃はおくのの肩を支えて立ち上がらせた。

「うちの家は目の前や。少し休んできやす」

改めて眺めれば、おくのは乱れた髪に瀟洒《しょうしゃ》な銀笄を挿している。着物は紅葉を縫い取った縮緬《ちりめん》。共に相当の金がかかった身形《みなり》であった。

お清が危篤の今、他人に関わっている場合ではないが、かといってうら若い娘をこのまま路上に放り出してもおけぬ。隠居所で少し休ませるぐらい、若冲も文句を言わぬであろう。

背に刺さる好奇の眼差しを戸で締め出し、泥まみれの足袋《たび》を三和土《たたき》で脱がせる。若演に奥の間に床を取らせ、娘を横にならせると、お志乃は二階に上がり、

「兄さん、すんまへん。ちょっと女子はんを、下で休ませてあげてもかましまへんか」

と若冲に声をかけた。

「通りが騒がしかったけど、喧嘩でも起きたんか」

進まぬ涅槃図を擱《お》き、別の仕事を先に済ますつもりなのか、今日の若冲は乗り板の上で、彩色の燕子花図《かきつばたず》を描いている。くるりと丸まり、不安定に風に揺れる茎や葉が、先ほどのおくのの狂乱を彷彿とさせた。

「へえ。若い娘はんが、通りがかりのご夫婦に殴りかからはったんどす。近くの者が止めたんやけど、かえって娘はんの方が怪我をしはって」

「そら、難儀な話やなあ。どこのお宅の女子はんや。早う迎えに来てもらわなあかんで」

言いながら若冲はろくろ首のように伸びた茎の先に、ほころびかけた燕子花をちょん

と描いた。ついで筆を替え、絵皿に溶かれた緑土《りょくど》をたっぷり含ませる。

「落ち着かはったら、家をお尋ねします。お名前は、くの、言わはるようどしたけど」

「くの、おくのなあ。なんや聞いた気もするけど、どこやったやろ」

「そういえばおくのはんが殴りかかったお相手は、西洞院椹木町の柿屋の若旦はん。おくのはんのこともご存知やったようやし、お家はあの辺なのかもしれまへん」

お志乃の言葉に、若冲は絵絹に運びかけていた筆を止め、細い目を宙に据えた。

放り出すように筆を置き、階下に向かって手を打ち鳴らした。

「若演、若演はおらへんか」

へえっ、という声と共に駆け上がって来た弟子に、若冲は「ちょっと、使いに行って来てんか」と珍しくきっぱりとした口調で命じた。

「烏丸仏光寺《からすまぶっこうじ》西の路地を北に入った所にな、与謝蕪村《よさぶそん》はんいう俳諧のお師匠はんが住んではる。お師匠はんがお留守やったら、お内儀でもかまへん。お宅の小雀がうちに迷い込んでます、と伝え、ここまで連れて来てんか。ああ、わしの名前は出さんほうがええかもしれんな」

「へえ、分かりました」

師の指図にはさしたる思慮もなく動くのが、若演の長所でもあり短所でもある。

ぴょこんと頭を下げて駆け出すのを見送り、お志乃は兄を振り返った。

「与謝蕪村はん言うたら、確か兄さんと同じお絵師やあらしまへんか」

四年前に刊行された新版の『平安人物志』に、確かその名があった。円山応挙、若冲、池大雅の次席に、謝長庚、字は春星、または三菓と号す——と記されていた人物だ。

「そうや。蕪村はんは大坂の出。江戸で夜半亭宋阿《やはんていそうあ》いう俳人に句作を学び、その後、諸国遍歴の末、京で文人画を始めはったお人や」

若冲と蕪村の交誼は皆無のはず。それなのになぜ、彼の来歴に詳しいのかと首をひねるお志乃に、

「大雅はんがな。蕪村はんを気に入ってはったんや」

と、若冲は説いた。

「お志乃も知ってるやろ。大雅はんは人を憎まず、ええと思うものは手放しで褒めるお人やった。ご自分より七つも年上で、風来坊みたいに京に流れてきはった蕪村はんの絵を屈託無く褒めそやし、いずれはこの国屈指の画人になる御仁やと言い回ってはったわ」

それは銀座役人の家に生まれ、幼少の頃より神童の名を恣《ほしいまま》にしてきた大雅の、天真爛漫な人なつっこさによるもの。さりながら貧しい水呑み百姓の子として生を受け、己の才のみを頼りに成りあがってきた蕪村にとって、そんな大雅は敬愛と嫉妬が相半ばする宿敵であった。

ことに八年前、尾張の豪商である下郷学海《しもさとがっかい》が、李漁《りぎょ》の「伊園十便十二宜詩」を大雅と蕪村二人で絵画化してほしいと依頼して以来、蕪村は傍目にも分かるほどあからさまに

大雅を敵視。やがて大雅が没すると、待ち構えていたかのように、明代の文人、唐寅《とういん》に倣った「謝寅《しゃいん》」の落款を用い始めた。

「唐寅は幼くして画の才に優れ、江南第一風流才子と自称した人物。要は蕪村はんは大雅はん亡き後、自分が京の文人画壇を引っ張って行くんやと、周囲に触れたかったんやろ」

若冲の声には、亡き友を目の仇にする人物への不快がわずかににじんでいた。

大雅と蕪村が共作した「十便十宜図《じゅうべんじゅうぎず》」は、まず大雅が「十便図」を、それに合わせて蕪村が「十宜図」を描いたもの。

無論、お志乃は二人の絵を見てはいない。だがあの大雅がどれほど飄逸《ひょういつ》な筆で田舎暮らしの素晴らしさを描いたかは、彼自身に接していれば容易に知れる。ましてや十宜図を描くに当たり、先に仕上がった十便図を熟覧した蕪村が、年下の大雅の画技にどれほどの引け目を覚えたか、想像に難くなかった。

「とはいえ大雅はんはほんまに、人を嫌わへんお方やった。そやからわしにも時折、どうやったら蕪村はんとうまくやってけるやろとこぼしてはったわ」

本邦随一の文人画家と称された大雅は、同じ絵を志す蕪村に親しみを抱いていたのであろう。ひょっとしたら「十便十宜図」の合作も、大雅が下郷学海をけしかけたものかもしれなかった。

「その大雅はんから聞いたことがあるんやけど、蕪村はんには四十も半ばになってから出来た娘はんがいはるそうや」

「娘はん、どすか」

「蕪村はんはわしと同じ、享保元年の生まれ。そやから娘はんはまだ、十七、八やろな。噂によれば、三年ほど前にどこぞの料理屋に嫁いだものの、半年足らずで離縁になったんやと。確か、名はおくの、とか——」

このときばたばたと慌ただしい足音が近づいて来たかと思うと、階下で、

「おくの、おくのはどこじゃ」

という悲鳴に似た声が弾けた。

驚いて階下に降りれば、大きな耳と鼻が目を惹く老獪《ろうかい》そうな老人が、手に杖を握りしめたまま、土間でぜえぜえと肩を喘《あえ》がせている。ここまでの道中で転びでもしたのか、その胸から裾はべったりと泥で汚れていた。

「蕪村はん、どすな」

若冲の静かな問いかけに、蕪村はしゃくれた顎を忙しげにうなずかせた。

「そうじゃ。わしの娘がご厄介になっておると聞き、急いで参った。今、そちらはんの若い衆《し》に、駕籠を呼びに行ってもらっとる。このお礼はまた改めてさせていただくとして、とりあえず今日は娘を連れ帰らせてもらうわい」

一気にまくしたてるや、蕪村は乱暴に下駄を脱ぎ捨てた。だが上り込んだ彼が六畳の襖に手をかけた途端、

「いやや、家には帰らへん。お父っつぁまもお母はんも大ッ嫌いや」

という嗚咽《おえつ》混じりの声が、襖越しに響いた。

「何を言うておる。これ以上、人様にご迷惑はかけられまい。さあ、さっさと戻るんじゃ」

言いながら襖を開けた蕪村は、うわっと声を上げて身体をのけぞらせた。六畳から投げ付けられた箱枕がその肩をかすめ、畳の上で鈍い音を立てた。

「帰らへんったら、帰らへん。うちが柿屋から離縁されたんは、全部お父っつぁまのせいや。もううちには構わんといてッ」

甲高い叫びが途中でくぐもり、わっと泣き伏す気配がした。

蕪村は両の手を強く握り締め、じっとその場に立ちつくしている。年よりも厳《いか》ついその肩が、哀しいほど小さくしぼんでいた。

「今は放っといたげた方が、親切やろ。蕪村はん、よかったら二階のわしの部屋に来はりまへんか。——お志乃、香煎でも持ってきてんか」

一息に言い放つや、若冲は真っ白な足袋裏をひらめかせ、二階に上がって行った。おくの歔欷《きょき》に揺さぶられたかのように、床の間に活けられていた菊の花が一枚、濃紫の花弁を散らせた。

三

画室に踏み込むなり、蕪村は膠《にかわ》と胡粉の匂いに驚いたように立ちすくんだ。雑然と置かれた顔料の絵皿や筆に目を走らせた末、書きかけの燕子花図に目を落とし、

「……若冲はんやったんか。そういえばお目にかかるのは、これが初めてじゃな」

と絞り出すような声で言った。

「へえ、大雅はんはわしと蕪村はんを引き合わせたかったようやけど、わしは生来の人嫌い。仏光寺と錦、ほん目と鼻の先に住みながら、ご無礼いたしてすみまへん」

「なあに、人嫌いはわしも同じじゃ。もっとも都人から人気の若冲はんと異なり、わしの場合は向こうが勝手に避けてくれるがなあ」

鬢《びん》と後頭部にしか髪の残らぬ蕪村は、一見、若冲より十も二十も老けて見える。しかしかみつくようなその口調は、茫洋《ぼうよう》とした若冲のしゃべり口よりはるかに勢いがあった。

お志乃が運んできた香煎をがぶりと飲み干し、蕪村は太いため息をついた。

「お見苦しいところをお目にかけ、申し訳ない。おくのはわしの一人娘。二年前、柿傳なる店から離別されて以来、わしを嫌うて、ほうぼうで騒ぎを起こしておるのじゃ」

「そのおくのはんはさっき錦小路で、その柿傳はんの若夫婦に摑みかからはったそうどす」

たった一言で、事のあらましを察したのであろう。蕪村は皺の多い顔を更に曇らせた。

「――そうじゃったか。今日は天気がええさかい、錦に買い物に行くと言うて出かけ、なかなか戻ってこぬと思えばこの騒ぎ。なんともお恥ずかしい限りじゃ」

柿屋ほどの店の跡取りが独身を通せるわけがないのは、おくのとて理解しているはずだ。だが所詮はまだうら若い娘。錦小路で睦まじげな若夫婦を偶然目にした途端、様々な悲しみ苦しみが一挙に噴出したに違いない。

さりながら、そうなるとおくのの離縁は、双方納得ずくの話ではなかったのか。どういうことかと不審を抱いたのを察したかのように、蕪村は言葉を続けた。

「おくのには何の罪咎《つみとが》もない。悪いのはすべてわしじゃ。わしの娘として生まれなんだら、あの子はこんな目には遭わなんだのじゃ」

ぎりぎりと己の膝を握り締める蕪村を、若冲はいつもの表情の乏しい顔で見下ろしている。そんな無関心がかえって、今の蕪村には救いになっているのであろう。薄っすら涙のにじんだ目を拳で拭い、彼は改めて画室を見回した。

「ところで若冲はんは、先程の一人しか弟子を置いておられんのか」

「いいえ、一応四、五人はいるんどすけど、さっきお迎えに上がらせた奴以外、ほとんど通って来いしまへん」

「常に何十人もの弟子が画室に詰める応挙はんとは、えらい違いじゃな」

「それを言うたら、蕪村はんかて同じじゃおへんか。俳諧の弟子はともかく、絵の弟子はほんの数人なんどっしゃろ」

貴賤を問わず多くの人々から染筆を請われる円山応挙は、その絵通りの温順な人柄。後進の育成もうまく、長澤蘆雪《ながさわろせつ》、駒井源琦《こまいげんき》などの優秀な弟子を次々と育てている。

それに比べれば若冲と蕪村は門弟も少なく、他の画人ともほとんど行き来がない。四条界隈に住む絵師は応挙を始め、鳥羽万七郎、紀元直など幾人もいるが、その中でこの二人だけが偏屈者で通っていた。

「ふん、若冲はんは好きで弟子を取られぬのじゃろう。わしは弟子を抱えるのは、決して嫌ではない。要は他にも大勢の絵師がいる中で、かように生まれの悪い男の元にあえて入門する物好きが、京に稀なだけじゃ」

「生まれ、どすか――」

「そうじゃ。こう申したとて、生まれも育ちもええ若冲はんには、分からんじゃろうがなあ」

公家や武士、富商の中に、絵を習う趣味人は多い。それだけにひとかどの絵師には、どんな家に師として招かれてもよい礼儀が必要とされ、出自の卑しい画人は無言裡に蔑まれる傾向があった。

しかも京は先進と保守が複雑に入り混じった町で、他国の者には冷淡な扱いをする。それも表向きは出自など知らぬと言い繕いながら、裏に回ってこっそり異郷の者を排除にかかるのだ。

応挙の生地は丹波国穴太《あのう》。丹波からは毎年多くの男女が京に働きに出てくるため、応挙の同国人は洛中洛外に意外と多い。しかも若い頃から宝鏡寺門跡に出入りしていた彼は、顔立ちも卑しからず、気性は温厚篤実。まさに絵の師にはもってこいとして、あちこちから引く手数多《あまた》であった。

京の生まれである大雅や若冲もそれは同じで、人付き合いが苦手な若冲はともかく、大雅は方々の公家や富家に多くの弟子を有していた。いわば昨今、京で話題の画人の中で、蕪村のみ毛色が異なっていたのである。

「ただの貧乏人ならともかく、わしは大坂毛馬《けま》の水呑み百姓の出。村長の家に飼われ、牛馬の如くこき使われてきた男じゃ。誰も口に出さぬので気付かれておらぬと思うてたが、京の御仁は知らぬ顔をしながら、そういうことはみなちゃんとご存知なのじゃな」

水呑み百姓は己の土地を持たず、富農に隷属してその日その日を暮らす。死ぬまで牛馬の如く酷使され、食べ物すらろくに与えられぬ彼らは、賤民に最も近い農奴であった。余所事《よそ》への関与を嫌う京の者は、他人のことを表立っては噂しない。問われれば答えるが、そうでない限りなるべく口をつぐむ。そのため蕪村は長らく、京の人々が己の出自を知らぬと勘違いしていたのだろう。

しかし京都と大坂は、目と鼻の先。人の往来も多く、夜半亭二代目として名を馳せる蕪村がどんな生まれであるかなど、自然に聞こえてくるものだ。

いくら俳句と絵双方に秀で、宗匠と呼ばれようとも、京の人々が水呑み百姓の出の蕪村を心から尊敬するはずがない。

揮毫《きごう》は請おう、絵も描かせよう。師匠と尊んで、遊興にも付き合おう。さりながらそれ以上の縁はご免、と京の人々が蕪村を突き放したのは、ある意味当然の話であった。

（ああ、そやから――）

　ようやくおくのの離縁の理由に思い当たり、お志乃は若冲とそっと目を見交わした。

「わしは柿傳はんがおくのをもらってくれた時、あちらは全て承知の上で、娘を嫁にしてくれたのじゃと思うた。されどそれはわしの勘違い。要は波風を立てずに事を納めるための、方便だったのじゃ」

「そもそもその縁談は、誰が持って来はったんどす」

「わしの俳諧の弟子の一人、かねてより柿傳を贔屓にしていた、西国のある藩のお留守居役さまじゃ。とはいえそのお方を責められはせぬ。あの御仁は本当に、わしの出自をご存知なかったでな」

　馴染みの客より縁談が持ちかけられたとき、柿屋の人々は、蕪村の娘を嫁にもらうなぞ真っ平御免と思ったであろう。とはいえすぐさまそれを断っては、これまで皆が知らぬ顔を決め込んで来た蕪村の生まれが表沙汰になりかねない。

　それを避けるべく、一旦嫁取りをし、周囲の関心が薄れた頃、そっとおくのを実家に帰したのは、柿屋からすれば蕪村や仲人の顔を立てるための配慮。さりながらそれはまだ若いおくのには、あまりに老獪で残酷な心遣いであった。

「おくのはんは嫁入りしはるまで、蕪村はんの生まれをご存知なかったんどすか」

「愚かかもしれぬが、おくのはわしにとって、眼の中に入れても痛くない一粒種。決して不自由をさせまいと可愛がってきた娘に、お前の父は大坂の水呑みやったんじゃと、どうして打ち明けられようか」

お志乃は自分が明石屋から戻った日のことを、ふと思った。あの時、自分は半次郎の汚いやり口にただただ驚き、これが己の夫かという絶望に打ちひしがれていた。そのせいで半次郎が枡源に自分を迎えに来ずとも当然と考え、明石屋に何の未練も残さなかったのは、後になれば幸いであった。

しかし、おくのは違う。蝶よ花よと自分を慈しんできた父が、実は人から蔑まれる水呑みであり、それゆえに自分は離縁されたと知ったとき、彼女は柿屋と己の父ともに深い憎しみを抱いたに違いない。

もし蕪村の出自を幼少より告げられていれば、おくのは離縁にもこれほど打ちのめされず、また父を恨みもしなかっただろう。要は老父の盲目的な愛情が、彼女を絶望の淵につき落としたのだ。

蕪村は筋張った手に、またしてもぐいと力をこめた。

「わしはただ、おくのが大事だったのじゃ。水呑み百姓がどれほど人々から侮蔑される存在か、わしはよおく知っておる。かような者の血が自分に流れているとおくのに告げ、あの笑顔が翳るのが怖かった。なあ、若冲はん。あんたも人の親やったら分かるじゃろ。親いうのは子に、ただ笑うてもらいたいもんやないか」

「人の親やったら――」

若冲は虚を突かれたような顔になった。

人並みに考えれば、若冲も蕪村もともに、子はおろか孫がいてもおかしくない年齢。ましてや若冲は元は錦市場の青物問屋の主である。蕪村は勝手に、若冲にも家族がいると決めつけたのであろう。ひょっとしたら傍らのお志乃を、女房と勘違いしたのかもしれなかった。

「そうや。親とは愚かなもの。わが子のために過ちを犯し、時には盗みもするし嘘もつく。仮にその罪を子が憎んだとて、それは全部子を思えばこその行いじゃ。なるほど確かに、わしは間違っておった。けどそれは、おくののためやったんじゃ」

叫ぶように言い募る蕪村を、若冲は表情の薄い目で凝視していた。だが不意に視線を逸らし、

「……分かりまへん」

と、ぽつりと呟いた。家を見失った子どもにも似た、途方に暮れた声であった。

「わしには――わしには親の気持ちなんて、分からしまへん。そやけど、親を憎む子の気持ちだけは、よう分かります」

お清はおそらくお三輪が首さえ吊らなければ、若冲は絵師にならなかったと信じきっている。彼女さえいなければ店の暖簾は傷つかず、自分と長男はかくも疎々しくならなかった、と。

傍目に醜いその思い込みは、すべて息子への愛情ゆえ。しかしかたや若冲はそんな愛情を疎んじ、己を理解せぬ母を嫌悪し続けている。

蕪村がいかに自分を慈しんできたか、おくのとて百も承知であろう。さりながらその愛情が深ければ深いほど、子の憎悪は大きくなるのだ。

「子が親に抱く憎しみは、ひょっとしたらただの甘えなんかもしれまへん。そやけど親を憎まずにはいられへん子も、世の中には確かにいるんどす」

「……どうすればその憎しみは消えるんじゃろな」

若冲は小さく首を横に振った。

「その手立てはわしも知りまへん。そやけど親のせいで生じた憎しみは、親がいてる限り終わらんのと違いますやろか」

「親がいてる限り、か――」

皺だらけの顔を、蕪村は両手でごしごしとこすった。

「わしは十二の春、母を失うた。父は物心ついた頃にはとうにおらんかった。土地を持たぬ水呑み百姓には、そもそも故郷なぞないも同然じゃ。おくのにはそんな親や郷里のない寂しさを、味わわせとうはない。わしはその一心だけで、今まで過ごして来たんじゃが――」

親がいる限り、と憎むのは、それだけ親を思えばこそ。なまじ血のつながりがあるがゆえに、親子は強い愛憎を抱き合うのだ。

お志乃の耳の底にふと、いつぞやの謡が甦った。

――親子の道にまとわりて　なお子の闇を晴れやらぬ

（ああ、そうや、これは百万《ひゃくまん》やった）

狂女、百万が生き別れた我が子を慕って狂い舞うこの曲は、釈迦が亡き母の摩耶夫人の面影を偲んで安居《あんご》を行ったとの逸話を下敷きにしたもの。子は三界の首枷《くびかせ》と嘆きながら、それでも子を追い求めずにはいられぬ母の嘆きが主題である。

もし子がおらねば、百万はもとより狂いなぞしなかったであろう。親の怒り哀しみは、すべては子ゆえの闇。そして子のそれもまた、親ゆえの闇ではあるまいか。

蕪村とおくの、若冲とお清。境涯の異なる二つの親子は、決して憎み合うためにこの世に生を受けたわけではあるまい。幾つもの行き違いから道を違えてしまった彼らが、お志乃には哀れでならなかった。

階下の泣き声は、いつの間にか止んでいる。

蕪村はしばらくの間、その沈黙に耳を澄ませていたが、やがて若冲とお志乃に深く一礼して立ち上がった。奥の間の襖際に膝をつき、小さく咳払いをした。

「――おくの、わしや」

応じる声はない。蕪村はそれには構わぬまま、先ほどとは打って変わった穏やかな口調で、襖の向こうの娘に語りかけた。

「次の春が来たらな。わしと一緒に、毛馬に行かへんか。毛馬の堤にずらりと桜が咲く様は、それはそれは見事なものじゃ。一度お前に、あれを見せてやりたいんや」

浪速の北東、東成と西成を別つ毛馬の渡しは、通称百九十間の渡しとも言われ、その東西堤は桜の名所として名高い。蕪村の生地である毛馬村は、その東堤の真下。淀川が長柄《ながら》川と淀川に分岐する手前に位置する小村であった。

「わしの生まれた家はもうあらへんけど、毛馬堤を一緒に歩こうやないか。わしがあの村でどうやって暮らしていたか、なんで江戸に出たんか、全部、話して聞かせたる」

襖のあちらで、微かな物音がした。蕪村は小さく目をしばたたくと、また静かに言葉を続けた。

「おまえにわしの出自を聞かせなんだのは、悪いと思うてる。許してくれとは言わん。わしを憎み、嫌い続けてくれたらええ。それでお前が少しでも楽になるんやったら、わしはそれでかまへんのや」

お父っつぁま、というかすれた声が聞こえる。それに「うむ」とうなずき、蕪村は堅く閉め切られた襖にごつごつとした掌を当てた。白地に青海波《せいがいは》を描いた平凡な襖を、まるで傷ついた娘そのもののように優しく撫でた。

「わしを憎め、おくの。そのためにわしはおるんじゃ」

返事はない。代わりに細く長いむせび泣きが再び、襖の向こうから流れ出してきた。それは先ほどまでの狂気じみた泣き声とは異なった、聞く者の胸を締め付けるような哀切なすすり泣きであった。

「わしを憎め、憎むんじゃ。おまえが楽になるためなら、わしは幾らでもおまえに憎まれたる。それが親であるわしができるせめてものことじゃ」

力強く繰り返す蕪村の眼にも、濡れたものが光っている。

襖を挟んで向かい合う親子の姿を、お志乃は若冲とともにいつまでも見つめ続けていた。

四

お清が息を引き取ったとの知らせが枡源から届いたのは、その翌日の昼過ぎであった。しかしお志乃が懸命に促したにもかかわらず、若冲は母の通夜や葬儀に、まったく顔を出そうとはしなかった。

「とはいうても、お志乃までが知らんぷりも出来ひんやろ。こっちのことは気にせんでええさかい、行って来いな」

「ほんまに構へんのどすか」

留守中の不具合を尋ねたのでないことは、若冲とて気付いていただろう。だが顔を曇らせるお志乃に面倒臭げに片手を振り、彼は文机に向き直った。その背がいつもより小さく見えたのは、気のせいであろうか。

「ええというたらええんや。わしは絵を描かなあかん。早う行って来い」

幸か不幸か、幸之助はもはやそんな長兄の態度には慣れ切っている。一つ溜息をついただけで、長男の不在にざわめく親族に頭を下げて回る姿には、変わり者の兄を持った弟の諦めがにじみ出ていた。

親戚縁者の中には、お志乃と若冲の共住みを知る者も多い。あまりの居心地の悪さに堪りかね、お志乃は葬儀が終わるとすぐ、精進落としの膳を断って、帯屋町に駆け戻った。

お清の死に、内心動揺を覚えているであろう兄の身も心配であった。

「あ、お志乃はん、お帰りやす」

慌ただしく隠居所に駆け込むと、細長い風呂敷包みを抱えた若演がちょうど出かけようとしているところであった。下駄の歯を鳴らして彼を避け、お志乃は画室に続く階段の先を見上げた。

「兄さんはどないしてはります」

「へえ、さっき絵を一枚仕上げはり、二階で昼寝をしてはります。この絵を御幸町の甚介店に届けえとお預かりしましてん」

言いながら若演は、腕に抱えた包みを揺すり上げた。描き上げた絵を丸め、あり合う軸箱に納めたのだろう。かさかさという軽い音が、お志乃の耳朶《じだ》を小さく叩いた。

甚介店ということはお滝の依頼の絵だろうが、あれほど苦労していた涅槃図を、若冲はお清の死後たった二日で描き上げたのか。母が亡くなればまた筆が止まると案じていただけに、お志乃は少しばかり意外な気分で風呂敷包みに目を向けた。

「どないな絵どす。ちょっと見せてもろうてもかましまへんか」

忙しい若冲に代わって、お志乃が表具の裂《きれ》を決めたり、依頼主の元に絵を届けることは珍しくない。それだけに若演はあっさり、へえとうなずいて玄関間に引き返した。

箱を開ければ、丸められた紙は意外に大きい。幅三尺はありそうな絵の上端を若演に持たせ、二人がかりでするすると開く。すぐに表れた墨痕淋漓《ぼっこんりんり》たる筆に、お志乃は眼を見張った。

「わし、今日ほどお師匠はんの腕に驚いた日はあらしまへん。涅槃図をこれほど奇妙な絵にしてしまわはるとは、さすがどすわ」

若演が誇らしげに胸を張る通り、それはこれまで見たことがないほど奇抜な画幅であった。

画面の中央、伏せられた籠の上に、巨大な二股大根が横たえられている。そのぐるりを囲むのは蕪に蓮根、椎茸、瓜、柿……ありとあらゆる蔬菜《そさい》と果物が大根を取り囲み、背後には八本の玉蜀黍《とうもろこし》が葉を茂らせていた。

「お釈迦さまの入滅を、在原業平はんや松尾芭蕉はんに見立てた絵は、聞いたことがあります。そやけどお釈迦さまを大根に、十大弟子や眷属《けんぞく》衆をその他の青物や果物に見立てはったんは、お師匠はんが最初ですやろ」

そう、若演の言う通り、目の前の絵はまさしく涅槃図以外の何物でもない。濃淡のある筆で生き生きと描かれたおびただしい果蔬は、人間そのものの如くに身をよじり、中央の大根を見つめて声なきうめきを漏らしていた。

八本の玉蜀黍のうち、右側の四本の葉が垂れ下がっているのは、釈迦の入滅の際、八本の沙羅双樹が一斉に花を開かせ、すぐに枯れ果てたとの故事を踏まえているのだろう。そう思って眺めれば、玉蜀黍の手前に並ぶ桃や梨は普賢菩薩や弥勒菩薩、木通《あけび》や蓮の葉は十大弟子の見立に違いない。

（そやけど――）

ただの見立涅槃図にしては、何かがおかしい。違和感を覚えながら忙しく画面に眼を走らせ、お志乃はあっと小さな声を漏らした。

摩耶夫人だ。通常の涅槃図にはほぼ必ず、忉利天《とうりてん》から釈迦を迎えるべく飛来する摩耶夫人が画面上部に描かれている。だがこの果蔬涅槃図の上部は生い茂る玉蜀黍で埋め尽くされ、その姿がない。

画面いっぱいに描かれた野菜と果実のせいで、その不自然に気付く者は少なかろう。さりながら沙羅双樹にかけた托鉢の袋を、玉蜀黍に釣り下がった橙《だいだい》に、釈迦の脇腹近くにちょこんと座る迦葉《かしよう》童子を、小さな茗荷《みようが》になぞらえるほど古図に忠実な若冲が、なぜあえて釈迦の母だけを画面から排除したのだ。

涅槃図を持つ両手がぶるぶると震え、描かれた果蔬が激しく波打った。

（お義母はんや。ここに寝てはるお釈迦はんは、お義母はんなんや）

涅槃図の中には、高僧を釈迦に擬することで、その遺徳を讃え、成仏を願うものもある。しかしあえて摩耶夫人を排したこの絵が、およそ故人の成仏を目論んだ作とは考え難い。

多くの者たちに悲しまれながらも、天からの迎えの訪れぬ釈迦——それは紛れもなく、若冲にとってのお清。痩せ衰えた母の姿をひょろりと長い二股大根に仮託した兄を思い、お志乃は強く唇を嚙みしめた。

きっと若冲はお三輪を死に追いやった母は成仏すまいと思いながら、この絵を描いたのだろう。そしてこの涅槃図をお滝に渡すことで、お三輪への供養に換える腹なのだ。

(兄さんは、それほどお義母はんを嫌うてはったんか)

とはいえ本当に心の底からお清を憎悪しているならば、そもそも亡母を釈迦になぞらえなぞすまい。

——わしには親の気持ちなんて、分からしまへん。

うめくように絞り出した声が、耳の底にこだまする。そう、あれは親子の桎梏《しっこく》から逃れたくても逃れられぬ若冲の、心からの呻吟だったのだ。

(親子の道——)

親ゆえの闇と子ゆえの闇は、互いを思えばこその闇。そして闇は陽があってこそ、初めてその暗さを際立たせる。

お志乃はもう一度、手の中の涅槃図に目を落とした。横たわる二股大根の枕元にはほっそりとした蕪が、また足元には丸々と太い蕪が置かれている。ひょっとしたらあれは、若冲と幸之助ではないか。ならば、沙羅双樹の根方に転がるもう一つの蕪は、亡き新三郎か。もしかしたらお志乃になぞらえられた野菜も、画中に描かれているのかもしれない。

力を込め過ぎたせいで、絵を握りしめる手指の節が、真っ白になっている。まるで凍りついたように強張った指を一本ずつ動かし、お志乃は静かに涅槃図を巻き始めた。

雨夜の月が雲に覆われたまま西に向かう如く、最後まで凡庸な老女であったお清に、天界からの迎えは訪れぬのかもしれない。さりながら彼女にはその死を悼む子が、孫が、確かに存在する。それでええのや、とお志乃は声を出さずに呟いた。兄が自分を手元に置き続ける理由が、少しだけ分かった気がした。

若冲が昼寝から目覚めたのだろう。二階で小さな物音がしたかと思うと、階段を降りる足音がそれに続く。

規則正しく響くその音は、しっとりと湿った鼓の音に似ていると思いながら、お志乃は階段をふり仰いだ。

まだら蓮

一

焦げ臭い煙が、焼け跡に低く垂れ込めている。

見渡す限りの焦土を吹き過ぎる灰混じりの風は、時に足をよろめかせるほど強く、冷たい。舞い上がった煤《すす》のためか、空は生気を失ったように濁り、太陽までが中空で薄く輪郭をにじませていた。

元は相当の大店だったのだろう。土蔵の土台だけが燃え残った一角で、ざんばら髪の老婆が呆然と立ち尽くしている。

その肩の向こうに立ち上る炊煙に目をすがめ、若冲《じゃくちゅう》は痛み始めた膝を片手で撫でた。

(下梅屋町の施行所いうんは、あれかいな)

焼け残った社寺やほうぼうの施行所を訪ね歩き、今日で六日目……。頂法寺の境内ではぐれた弟子、若演《じゃくえん》の行方は、いまだ知れない。

夥《おびただ》しい瓦礫の下からは、これから何百何千もの亡骸《なきがら》が掘り起こされるだろう。もしあの施行所でも見つからなければ、弟子はもはや焼け死んだと腹をくくらねばなるまい。

(わしのせいや。わしがああも急いで、石峰寺《せきほうじ》から戻らなんだらよかったんや)

いがらっぽい風が、こみ上げる悔恨をますます苦くする。

何を見つけたのか、嫗《おうな》が悲鳴とも奇声ともつかぬ声を上げ、黒焦げた地面を素手で掘り始めた。

淀んだ陽光が、その背を静かに温めていた。


七日前の正月晦日の卯ノ上刻、鴨川の東で鳴り始めた半鐘を、若冲は帯屋町《おびやちょう》の隠居所の床の中で聞いた。

(なんや、石峰寺から戻ってきたばかりやのに、うっとうしいこっちゃなあ)

ここ数年、若冲は師走から二月半ばまでのふた月余りを、伏見の石峰寺で暮らすことにしていた。妹のお志乃《しの》や、弟子の若演ともども寺の離れに寝起きし、年末年始の錦小路の喧《かまびす》しさを他所《よそ》に、画事三昧に過ごすのである。

ところが一月二十七日の夜、寺に届いた旧知の儒者、皆川淇園《みながわきえん》からの手紙を見て、若冲は我が目を疑った。なんとそこには、明日、円山応挙《まるやまおうきょ》や呉月渓《ごげっけい》と連れ立って伏見へ梅見に出かけるついでに、石峰寺をお訪ねしたい――と記されていたのである。

「こらあかん、お志乃。今すぐ、京へ戻るで」

人懐っこく、竹を割ったように朗らかな淇園一人ならまだしも、同業の応挙などと顔を合わせたくはない。

　ましてや月渓に至っては、元は俳人兼南画家である与謝蕪村《よさぶそん》の弟子。五年前、蕪村が没するや、すぐさま当代一の画人として名高い応挙の門に移った彼の世渡りの巧みさに、若冲は面識こそないものの、以前から苦々しいものを感じていたのである。

　円山応挙はその端正な画風通り、折り目正しい人物。石峰寺への寄り道も、若冲の隠遁場を素通りしては失礼と、彼が言い出したためであろう。

　さりながら七十を三つも越え、生来の人見知りがますます激しくなった若冲には、そんな律義さがかえって迷惑であった。

「こないな時刻では、駕籠が捕まりまへん。それに和尚さまにご挨拶も申し上げんと出て行くのは、あまりに失礼と違いますか」

　お志乃にそうたしなめられては、しかたがない。翌日は朝から居留守を使って一行をやり過ごしたが、閑寂な暮らしを破られた苛立ちは、そう簡単に治まるものではなかった。

「明日、帯屋町に帰るで。二人とも、荷物をまとめときや」

　そう妹たちを急き立てて隠居所に戻った直後だけに、なにやら皆が寄ってたかって、自分の邪魔をしているかに思われてくる。

「兄さん、起きてはりますか。五条北の団栗辻子《どんぐりのずし》界隈が火事どっせ」

　階下からのお志乃の声に応《いら》えもせず、若冲は頭から夜着をひっかぶった。

京では各町内が金を出し合って、火消し人足を雇っている。彼らが出動すれば、川向こうの火事などすぐ収まるとたかをくくったのであった。

だがそんな予想とは裏腹に、火はほんの四半刻で鴨川の西、寺町松原界隈に飛び火。あっという間に仏光寺《ぶっこうじ》、因幡薬師《いなばやくし》といった近隣の大寺を焼き尽くし、四条通の南に迫った。

「お師匠はん、なにをぐずぐずしてはりますのや」

近所に住む若演が飛んで来た時には、薄い煙は隠居所にまで入り込み、朝日とは異なる輝きが、腰高障子をぼおっと明るませていた。

「お師匠はんは、わしがおぶって出ます。お志乃はん、わしの袖をしっかり握っておくなはれ。決して放したら、あきまへんで」

幸い隠居所には、金目のものなぞない。それでもせめてこれだけはと数本の筆を懐に負われて出れば、すでに高倉通は逃げ惑う人々で芋を洗うような混雑であった。

刺し子半纏姿の火消し人足が屋根に取りつき、降り注ぐ火の粉を懸命に大団扇《おおうちわ》で払っている。燃え始めた家を鳶口《とびぐち》や指叉《さすまた》で取り崩す音が、火焔のうなりよりも激しく、若冲の耳を叩いた。

（なんて――なんて美しいんやろ）

ようやく明け始めた紫の空に、金粉にも似た火の粉が舞い、空の半ばを覆う黒煙がその輝きをいっそう際立たせている。

そんな場合ではないと知りつつ、そのあまりの妖しさ煌《きら》びやかさに、若冲は若演の背で息を詰めた。

「荷なんか、持ってたらあかん。身ぃ一つで逃げるんや」

人足が水籠《みずかご》を運びながら嗄《か》らす声は、焰《ほのお》に追われる者たちの耳には届かない。

刻々と熱さを増す風に背を押されながら、三人はとにかく北へ北へと急いだ。

「とりあえず六角堂（頂法寺）をめざしまひょ。あの森やったら、少々の火事では焼けまへんやろ」

だが大勢が同じことを考えたらしく、人波に揉まれながらたどりついた境内は、避難の人々でぎっしり埋め尽くされ、立錐の余地もない。大きな荷を付けた馬が二頭、塀際の木につながれ、大きな目でしきりに辺りを見廻していた。

それでもかろうじて大門の陰に隙間を見つけると、若演はそこに若冲とお志乃を並んで座らせた。

懐から手拭いを取り出し、

「あそこの池で、これを濡らしてきますわ」

と、彼が人波に割り込んで行った時である。

ごおっという音とともに、息の詰まるような熱風が境内に吹き込んできた。

驚いて振り返った若冲の視界を、一抱えもある焰の固まりが遮る。ほんの一瞬で人々の衣や風呂敷包みが燃え上がり、激しい旋風が境内に巻き起こった。

悲鳴とともに立ち上がった男女が、風に煽られて次々と転倒する。紅蓮《ぐれん》の焔がそんな彼らの背を舐め、瞬くうちに一面を灼熱の地獄に変えた。

鬣《たてがみ》に火がついた馬が、狂ったように暴れ出す。池の脇に置かれていた長持の蓋が吹き飛び、美々しい小袖が焔をまとわりつかせながら空高く舞い上がった。

地獄にも似た光景に腰を抜かしそうになりながら、若冲は焔の旋風の向こうに、立ちすくむ弟子の姿を見た。

「じゃ、若演。動いたらあかんッ」

そう叫んだ瞬間、ひときわ大きな音とともに、紅蓮の風がまっすぐ若冲に吹きつけてきた。髪がちりちりと焦げる熱さに、お志乃ともども後ずされば、すぐ傍らの門の外から一陣の涼風が流れ込んでくる。

焔はとうに四条を越え、この寺を押し包みつつあるのだろう。頭上から降り注ぐ激しい火の粉に気づき、若冲はもつれる足を励まして、門の外へ飛び出した。

肩に、背に迫る焔からどうやって逃げ延びたのか。気が付けば若冲とお志乃は手を取り合ったまま、鴨川の河原に倒れ込んでいた。

同様に洛中から逃げてきた人々が、煤だらけの顔を川の流れで洗っている。中には火ぶくれした手足を水に浸し、顔をしかめる男もいた。

黒煙に覆われた空から、ぽつり、と冷たいものが落ちてきたかと思うと、すぐにそれが激しい雨に変わる。しかし川岸から望む火勢は、それでも弱まる気配がなかった。

ざんばらになった髪を背で結わえつつ、お志乃が不安げに目をしばたたいた。

「枡源《ますげん》の兄さんたちは、無事どっしゃろか」

「店の方は人手があるさかい、大丈夫やろ。それよりも若演や」

人嫌いの若冲にとって、若演は数少ない門弟。しかも他の弟子が気難しい師匠を敬遠する中、彼はたった一人、時に愚鈍と映るほど実直に自分に仕えてくれた。

だが探しに戻ろうにも、焔はいっそう激しく空を焦がすばかり。結局この日、四条から三つに分かれた火は、あるものは七条まで南下した末に河原町筋を、またあるものは西陣から紫野一帯を焼き尽くした末、夕刻には風向きを変えて、洛中東北部の禁裏及び公家屋敷を焼亡させた。更にはそれまでかろうじて猛火から逃れていた東本願寺の大伽藍《だいがらん》を灰燼《かいじん》に変えたばかりか、焔の一部は再度鴨川を越え、洛東の二条新地までを丸焼けにした。

火災がようやく終息に向かい始めたのは、出火から丸一日後の二月一日朝……北は鞍馬口通から南は七条まで、応仁の乱をはるかに越える地域を焼き尽くし、天明の大火は終わったのである。

恐る恐る洛中に戻った若冲たちを待ち受けていたのは、まさに阿鼻叫喚《あびきょうかん》の地獄であった。

頂法寺の築地は崩れ、熱さに耐えかねて飛び込んだ人々の黒焦げた死体が、幅五間ほどの池の底に幾重にも折り重なっている。いずれも口を大きく開け、男女の見分けもつかぬ亡骸が、境内を襲った焔の激しさを如実に物語っていた。

全身真っ黒になって池底から死骸を引き上げていた寺男が、若冲とお志乃の姿に疲れ切った顔を上げた。

「あんたらも人探しかいな。あかん、あかん。ここの死体はみんなひどう焼けてしもうて、誰が誰やら知れたもんやあらへん。それより火に遭うてへん真如堂や建仁寺はんが、怪我人の手当や炊き出しを始めてはるそうや。そのお人が少しでも生きてるあてがあるんやったら、そっちを当たりなはれ」

しかし石峰寺を仮の宿に、ほうぼうの施行所を訪ね歩いても、若演の行方はいっこうに知れなかった。

若冲たち同様、身寄りを探し求める人々が、焼け跡を暗い表情でさまよっている。まだ火を含んだままの土塀の軒下にちらちらと焔の舌が這い、ひどく見通しのよい野面の果てに、かろうじて焼け残った東寺の塔がにょっきりのぞく光景は、つい数日前まで花の都の名をほしいままにしていた京とは思えぬ寒々しさであった。

北野の施行所で炊き出しに加わっていた枡源出入りの百姓によれば、錦の店は焼亡したものの、弟の幸之助《こうのすけ》たち実家の者は、奉公人まで一人も欠けることなく、壬生村《みぶむら》に身を寄せているという。

「ほな皆様に、ご隠居はんのご無事をお伝えしときます。ご隠居はんもどうぞいつでも、村に来ておくんなはれ」

「おおきに、そやけどわしらは石峰寺はんのお世話になってますさかい。お気遣いだけ、ありがたく頂戴しときますわ」

聖護院《しょうごいん》を仮御所と定めた当今《とうぎん》（光格天皇）や、青蓮院《しょうれんいん》に遷御した上皇（後桜町）を筆頭に、焼け出された人々の大半は、現在、洛外の諸村に仮住まいしている。

伏見から洛中まで往復三里の道程は、老いた身にはいささか厳しい。さりながら避難民でごったがえしているであろう村に、自分まで厄介になるわけにはいかなかった。

「ところでご隠居はん、人探しやったら下梅屋町の施行所が、怪我人の特徴や年齢やらを帳面に書き留め、心当たりを見つけやすいようにしてるとか。物は試し、一遍、行ってみはったらどないどす」

奉行所までが灰となった今日、公儀による救援活動は遅々として進まない。その代わり活発な施行を行っているのは、幸運にも火難を免れた商家や近隣の農家たちであった。中でも火元にほど近い下梅屋町のそれは、他の施行所とも密に連絡を取りながら、怪我人の治療や身元不明者の特定に力を注いでいると聞かされ、若冲はお志乃と別れて、洛東に向かったのであった。

二

湯気を上げる大釜の前には、欠け茶碗やひしゃげた鉄鍋を握りしめた人々がずらりと並び、どす黒い顔で炊き出しの順を待っている。ぎゃあぎゃあと泣く赤子の声が、静まり返った列に不気味なほど大きく響いていた。

列を迂回し、筵《むしろ》がけされた仮屋を覗き込めば、何十人もの怪我人が水揚げされた魚のように横たえられている。知辺《しるべ》を探しに来た男女がその枕許を巡り、苦しげな声を漏らす彼らの顔を一つ一つ改めていた。

入り口近くにしゃがんでいた三十男が、仮屋に入ろうとした若沖に、握り締めていた筆先を向けた。

「ああ、いま中は混み合ってますさかい、先に探し人の名前と風体を聞かせてもらいまひょ。あんたはんのお住まいも教えていただけたら、それらしきお人が見つかり次第、使いをやりますわ」

下梅屋町の町役であろう。落ち着いた声に促され、若沖は若演の身形《みなり》と風体を、思い出せる限り細かく告げた。

「本名は太郎助、またの名は若演はんで、三十九歳。丸顔で小柄、右の顎先に黒子《ほくろ》一つ——これでよろしおすな」

「へえ、よろしくおたの申します」

若沖が頭を下げたとき、泣き喚く赤子を背負った女が、粥の椀を手にこちらへやってきた。髷《まげ》はざんばらに解け、焼け焦げた袷《あわせ》に帯代わりの荒縄を巻いている。真っ黒な足にひっかけた草履の鼻緒の紅が、火事場に不釣合いなほど鮮やかだった。

筵囲いの入り口に腰を下ろすなり、彼女は淡々とした表情で片肌を脱ぎ、子どもに乳を含ませ始めた。途端に泣き止み、飢えたような勢いで胸にむしゃぶりつく痩せた赤子を見おろし、町役にしゃがれた声を投げた。

「出るはずのない乳をこない一生懸命吸われると、こっちまで切のうなってきますわ。この子の親父はん、まだ中にいてはるんどすか」

張りを失ってはいるものの、女の乳房は目に痛いほどに白い。決まり悪く顔を背けた若冲を横目でうかがい、町役は「いいや」と首を振った。

「中には探し人がおらなんだらしく、さっき溜め場を見にいかはったわ」

「こない小さいお子を抱えて、大変どすなあ。せめて亡骸だけでも、溜め場で見つかったらええのやけど」

どうやら女は赤子の父親から、子守りを頼まれたに過ぎぬらしい。わずかに生えた子どもの髪に触れながら、彼女は誰に言うともなく呟いた。

仮屋から半町ほど離れた筵囲いからは、線香の煙が薄っすら流れ出ている。まだ春先のこととて腐臭は淡いが、生臭さと焦げ臭さが入り混じった特有の異臭が、若冲の全身を気だるく包んだ。

焼け跡に散乱している死体は、人足が片っ端から取り集め、あちこちの溜め場に運び込んでいる。ここで身寄りと対面できなかった遺骸は、粟田口や蓮花谷で荼毘《だび》に付され、無縁仏としてまとめて廻向《えこう》されることになろう。

女はしばらくの間、虚ろな顔で赤子の頭を撫でていた。やがて思い切ったように子を町役に渡し、冷めた粥椀を手に立ち上がった。

「うちの子はちゃんと、三途の川を渡れたんやろか。まあ父親も一緒なら、さみしゅうはないわなあ」

ぽつりと言って踵を返した背は、吹く風にそのまま溶けてしまいそうに薄い。荒縄の端を引きずって歩み去る女を言葉もなく見送っていると、大柄な男が一人、溜め場から俯き加減に戻ってきた。

その重たげな足取りだけで、彼が探しているのがただの親類縁者ではないと分かる。赤子を引き取ろうと町役に歩み寄った男の顔を何気なく仰ぎ、若冲はあっと声を筒抜かせた。

「お、お前は弁蔵《べんぞう》やないか」

その髪は焼け焦げ、両手には幾つもの火ぶくれが出来ている。生気の乏しかった双の目が、若冲に気付くや見る見る険しいものを湛えた。

「おまえは、若冲――」

しかし不思議にも、弁蔵――いや、市川君圭《いちかわくんけい》は、そう声を上げるなり足元に目を落とし、大きな肩をふうっとすぼめた。

父親の戻りにぱっと顔を明るませた赤子を抱え上げ、

「あんた、一人か。お志乃はんや枡源の衆はどうしはったんや」

と低く問うた。

行き暮れたようなその態度は、かつての彼とはまるで別人である。激しい戸惑いを覚えながら、若冲はああ、と急いで首をうなずかせた。

「おおきに、皆無事や。いま、行方知れずになった弟子を探すため、お志乃と二人、ほうぼうの施行所や寺を回ってるんや」

お前は誰を、と言いかけ、若冲は君圭の頰が奇妙に強張っているのに気づいた。

君圭の隣人らしき女が、帯屋町に絵を頼みに来たのは七、八年前。あのとき彼女が住んでいた御幸町《ごこまち》松原の長屋は、最初に飛び火を受けた寺町松原にほど近いはずだ。

「――あんた、わしの女房をどこかで見なんだか。年は三十六、小柄でほっそりした、お滝いう女子《おなご》や」

堅い口調で尋ねる君圭に、若冲は目を見開いた。

「お前、あの女子と一緒になったんか」

すでに五十過ぎという年を思えば、彼が嫁をもらっていても不思議ではない。だがこの自分憎さに絵師となったはずの彼が人並みの暮らしを営んでいたとは、どうも似つかわしくなかった。

若冲の当惑にはお構いなしに、君圭は「そうや」とぶっきらぼうにうなずいた。

「そやけどあの火に追われた末、四条寺町の人波ではぐれてしもうてな。あんたは弟子を探してると言うたな。この施行所で何軒目や」

「八軒目や。今日はお志乃と別々に廻ってるさかい、二人合わせて十軒ぐらいやろか」

「そうか、わしはこれで十六軒目や。怪我人を収容してる施行所や寺は、ほとんど全部回った。それでも一向に見つからへん言うことは、お滝はやっぱりどっかで焼け死んだんやろな。そやのに溜め場に遺骸すらあらへんとは——」

そこで言葉を切ると、君圭はぎりぎりと奥歯を嚙みしめ、「畜生ッ」と吐き捨てた。どすの利いたその声に、腕の中の赤子が怯えたように、弱々しく泣き始めた。

若冲にとって絵は、妻を死に追いやった己を罰するための手立て。しかしそれを何十年も続けられたのは、三十余年前に出奔したこの義弟が、恐るべき画力で自分を追い立てて続けたゆえである。

少しでもいい絵を描かねばという煩悶《はんもん》は、君圭に真似できぬ作を残すのだという焦りと表裏一体。極言すれば自分を脅かし、時に絶望の淵に突き落としてきた彼がいたからこそ、若冲はあの奇矯と陰鬱が入り混じった絵をこれまで描いて来られたのだ。

そんな君圭が今、妻を失った悲しみに囚われ、本来自分に向けるべき怨恨を、あの大火に注いでいる。その事実が、ひどく理不尽と感ぜられた。

「——お前、そないな赤ん坊を連れて、いったいどこに寝起きしてるんや。身を寄せるところはあるんか」

取るものもとりあえず逃げ出したのか、君圭の足元は、素足に筵のきれっぱしを巻きつけただけであった。

京都屈指の画人である若冲には、石峰寺以外にも頼るべきあてが数多《あまた》ある。さりながら贋絵作りを専らとする君圭は、町絵師の中でも格の低い無頼の絵師だ。乳飲み子を抱え、施行所を転々としているのであろう。子どもに縁のない若冲の目にも、赤子の瘦せ工合はただ事ではないと思われた。

「なんやったらお前、わしと一緒に来いひんか。わしは今、伏見の石峰寺に身を寄せてる。お志乃も一緒や」

その途端、君圭が信じられぬと言いたげに、目を剝く。そんな彼を見つめ返す若冲の胸を、ひどく冷たい風が吹き通った。

(こないな奴、わしの知ってる弁蔵やあらへん——)

許しを請うため、援助を言い出したわけではない。むしろその逆だ。

追う者と追われる者、己への罰として絵筆を執る自分と、そんな自分を恨んで贋絵を描く君圭。憎悪の相剋《そうこく》の中に生きる絵師同士であり続けることが、自分とこの義弟の前に延べられた道だったはずだ。

今はその道を外れていても、妻を失った悲しみが去れば、彼はまた再び元の道に立ち戻ろう。それを少しでも早めるには、君圭を身近に置くしかない。

互いのあるべき道を逸脱した義弟に、若冲は許し難い思いすら抱いていたのであった。

君圭は無言で己の足元を凝視していたが、やがて泣きしきるわが子の背を軽く叩きながら、

「……鶏が死んだんや」

と、かろうじて聞き取れる程度の声で、ぽつりと呟いた。

「――なんやて」

「鶏や。あんたの絵に少しでも迫るため、長屋の裏で飼うてた鶏が、元日の朝、全部冷たくなってたんや」

大晦日までどこにも異変はなかったのだ、と君圭は乾いた口調で続けた。

「お滝が毎朝餌をやり、卵を集めてた十羽がいっぺんにやで。丸い目をぽっかり見開いて、新年早々、小屋じゅうに重なり合ってくたばってたんや」

「一晩で、十羽全部がか」

それも元日の朝にとは、どういう辻占《つじうら》だ。あまりの縁起の悪さに、若冲は顔をしかめた。

「そうや。そのときわしは、どこかで誰かが、このままでいたらあかんと言うてる気がしたんや。だっていくらあんたの絵をうまく真似ても、それは所詮伊藤若冲の贋絵。わしの名前が、それで上がるわけやあらへん」

若冲はふと、自分たちが過ごして来た三十余年の歳月を思った。

他人に憎まれ、追われるのは辛い。さりながらその辛さに苦しんでいたのは、追う側も同様だったのであろう。その苦しみの中でようやく妻子というわずかな幸せを得た君圭が、自らを駆り立てる憎悪に倦《う》んだとて、なんの不思議もないのかもしれない。――

しかし。

「そやからわしはもう、あんたの絵を真似るのは止めようと思うたんや。だってそうやろ。いくらあんたを責めても、姉《あね》さんは戻らへん。それやったらこの子に、お前のお父っつぁんは立派な絵師やと胸を張れるような仕事をしたほうが、よっぽどええやないか。そう思うて、ちょうど京に出てきた快助《かいすけ》いう同郷の若者を、弟子に取ったところやったのに。——そやのに、そやのに、なんでこんなことになってしもうたんや」

（君圭、お前——）

激しい寂寥《せきりょう》が、若冲の全身を摑み上げた。

この数年、若冲はとみに足腰が弱り、自らの老いを思い知らされることが増えた。妻子を持たぬ若冲にとって、この世に残すことが出来るのは、悔恨に塗《まみ》れながら生み出した絵図のみ。ふと恐ろしい孤独に周りを見回せば、唯一、友と信じた大雅《たいが》も、京の画壇で若冲同様、孤高を持していた同い年の蕪村も、とっくに彼岸へ旅立ってしまった。そしてあろうことか、長年自分を責め立てて来た君圭までもが、若冲を置いて日の当たる道へと歩み出そうとしていたとは。

君圭には分かるまい。絵より他、思いを託す術を知らぬ若冲にとって、君圭はたった一人、同じ感情を理解できる相手だったのだ。

（そやのに——そやのにお前まで、わしを置いていくんか）

若冲の心の内など、思いもよらぬのだろう。君圭は赤みを帯びた目をこすると、香煙の漂う溜め場を緩慢に振り返った。

「ところで人を探してるんやったら、あっちも見といたらどうや。わし、さっきあそこで、同じ長屋に住んでた岡本雪峯《せっぽう》の死体を見かけたで。ああ、どうせあんたは知らんわな。鶴沢探鯨《つるさわたんげい》さまの門弟で、あまりの酒癖の悪さに、お師匠はんの死後、鶴沢家から破門された男や」

鶴沢探鯨は狩野探幽の高弟、鶴沢探山《たんざん》の子息。父同様、法眼《ほうげん》に叙せられ、京都における江戸狩野の一派の棟梁として、大勢の門弟を指導した画人である。

「ろくな絵も描けへん癖に、師匠の名ばかり笠にきてた嫌な男でなあ。髭も髪も焼け焦げて丸太ん棒みたいに転がってた面に、わしは思わず唾を吐きかけそうになったわ」

模写と生写《しょううつし》を何より尊ぶ鶴沢派は、模本を通じて遠隔地の弟子にも指導を行うことから、上方では土佐派以上の勢力を有する一派。しかし中には一門から落ちこぼれ、扇絵などで口を糊する三流絵師もおり、岡本雪峯なる男もおおかたそんな一人に違いなかった。

「ここ一、二年は酒のせいで、まともに筆も握れへん有様でな。多分酒に足を取られ、焔に巻かれたんやろ。そやけどそれがわしの目に付いたんは、勿怪《もっけ》の幸いやわい」

「勿怪の幸いやと――」

何を言い出すのかと首をひねった若冲を正面から見つめ、

「おお、その通りや」

と、君圭はまだうるみを残した双眸《そうぼう》を光らせた。

まるでそこだけがかつての彼が戻ったが如き、禍々《まがまが》しい目の色であった。

「新しい御所造営を巡って、お江戸のご老中たちが早くもあれこれ言い始めてはるいう噂を、あんたはまだ耳にしてへんか。ちょうどお役代わりやった京都所司代さまは、支度もそこそこに江戸を発たはったそうやし、勘定奉行所のお役人衆も仮御所造営を見据えて、次々こっちに向かってはるそうや」

この国の執政が徳川家に託され、すでに二百年。しかし天皇の権力がどれほど衰微しても、将軍はあくまで帝の臣下に過ぎない。征夷大将軍職が天皇より任ぜられたものである以上、京が未曾有《みぞう》の大火災に襲われた今、江戸の幕府が皇都の治安確保や御座所の造営に尽力するのは、当然であった。

「知っての通り当今はんは、飢饉に苦しむ百姓救済を自分から江戸に申し入れるやら、長らく絶えてた儀式を復興させるやら、ご禁裏の復権に力を入れてはるお方。そうなると今度の内裏造営も、お江戸に押し付けられた御殿をありがたがるんやのうて、まだお武家はんがおらんかった昔のお内裏を建てさせはるはずと、わしは睨んどるんや」

相次ぐ火災などのため、この二百年間に行われた内裏造営は、計五回。だが江戸主導で建てられたこれらの殿舎は、いずれも古儀とはほど遠い質実剛健さで、「関東風のご禁裏」と揶揄されることも珍しくなかった。

君主の言う通り、当今はまだ十八歳の弱年ながら、古制復興に尽力し、幕府相手に一歩も引かぬ気の強い人物。洛中悉く《ことごと》灰燼と化した大火を逆手に取り、古《いにしえ》の内裏を復活させようと目論むことは、十分考えられる。

「そしたら御殿の絵も、江戸の御用絵師やのうて、京の者に描かせはるんやないやろか。なにしろ江戸から狩野家の一党を上洛させたら、えらい物入りやろしなあ」

これまで内裏の障壁画作成に携わったのは、慶長の造営の際は狩野永徳の次男である孝信とその門下。寛永の造営時は狩野探幽とその弟である尚信、安信など、いずれも当代一流の御用絵師ばかりであった。

しかしこの数年、諸国の飢饉は深刻で、江戸や大坂では打ちこわしも相次いでいる。加えて先の老中、田沼意次が実施した通貨政策によって、公儀の財政窮乏が取沙汰される今、降って湧いた禁裏造営に幕閣は頭を悩ませていよう。

いたずらな経費削減は、幕府の威光を失墜させる。なるほど使うところは使い、惜しむところは惜しむべく、京都の絵師を徴用することは充分考えられた。

(そやけど——)

若冲は君圭の浅黒い顔を、ちらっとすくい見た。

それはあくまで、京都画壇の主流たる土佐派や鶴沢派の画人だけに与えられる機会。ほとんど我流で腕を磨いた若冲や、贋絵描きの君圭には、縁なき話ではあるまいか。

若冲の困惑顔が、よほどおかしかったのだろう。君圭はやつれた頰に荒《すさ》んだ笑みを浮かべ、顎先で溜め場を指した。

「分からへんか。いくら身を持ち崩したかて、岡本雪峯はれっきとした探鯨さまの門人。

しかも破門からかれこれ二十年が過ぎてるそうやさかい、あいつの顔を覚えてるお弟子は、鶴沢家にもほとんどおらんやろ」

「まさか、お前――」

息を飲んだ若冲を遮って、君圭は言葉を続けた。

「絵師の選定が始まったら、わしはあいつの名前を騙《かた》って、御用勤めに志願するつもりや。贋絵描きの市川君圭は、あの火の中で死んだ。わしはこれから、岡本雪峯や」

「そ、それは無茶や。万一露見したら、お咎め程度ではすまへんで」

「どこが無茶やな。そないなもん、やってみなんだら、分からんわい」

君圭は苛立ちを含んだ声を張り上げ、双の目尻を吊り上げた。

「絵師の選定は多分、願い書（書類選考）と席画（実技選考）の二種。探鯨さまのお弟子と記せば、願い書はまず通るやろ。席画やって、鶴沢派の絵ぐらい、難なく描いて見せたるわい」

「仮に選考を潜り抜けても、いざ御殿で絵を描く段になったら、他の画人と顔を合わせななならん。雪峯はんの同門と出くわしたら、どないするんや」

「ふん、ご禁裏御用を志すような取り澄ましたお弟子は、あんなぼろきれ同然の酔っ払いなど覚えてはらへんやろ。もし別人ではと咎められたら、酔っぱらったあいつから、酒一升で雪峯の名を買うたとでも言うとくわい」

「弁蔵、いや君圭。悪いことは言わん、石峰寺に来るんや。まずお滝はんの弔いを済ませ、後のことはそれからゆっくり考えたらええやないか」

若演を探す途中に立ち寄った帯屋町の家は焼け、夥しい瓦礫がぶすぶすと余燼《よじん》をくすぶらせていた。精魂を傾けて描いた動植綵絵《どうしょくさいえ》を始め、洛中の人々に買われて行った何十本何百本もの絵とて、灰燼に帰したであろう。

己の罪を塗り込めるべく、息を詰めて幾重にも顔料を重ねた精緻な彩色画。もはや古稀を越えた若冲に、再びあれだけの絵を描く気力はない。ましてや今ここで自分を絵の道に駆り立てる市川君圭を失っては、伊藤若冲という画人の生命は終わったも同然となる。

なんとか彼を思い留まらせようと言葉を連ねる若冲に、君圭はふんと鼻を鳴らした。そしていきなりつかつかと若冲に歩み寄るや、腕に抱いていた赤子を無理やり押しつけ、ぱっと後ろに跳び退《すさ》った。

「く、君圭。なんや、どういうつもりや」

足元は、瓦礫や石が剝き出しの焼け野原。放り出すわけにも行かず狼狽《うろた》える若冲の腕の中で、赤子がまたしても顔じゅうを口にして泣き出した。

「わしの身なんぞ、案じてくれんでええ。そやけど唯一の気がかりは、まだ首も据わらんうちに母親を失うた、その晋蔵《しんぞう》や」

この年まで赤子とは無縁に過ごしてきただけに、泣き喚く晋蔵をどうあやせばいいか分からない。おろおろする若冲にはお構いなしに、君圭は口早に続けた。

「死んだ姉さんの縁で言うたら、晋蔵はあんたの甥。すまんけどその子をしばらく、預かっといてくれへんか」

「そ、そないなこと出来へん。わしには無理や」

「ご禁裏御用を見事仰せつかった暁には、必ず引き取りに行くさかい。ほんの半年か一年や。ええな、よろしゅう頼むで」

言うが早いか君圭は素早く身を翻し、瓦礫だらけの野面を一目散に駆け去った。

置いて行かれたと分かるわけでもなかろうに、晋蔵が一層大きな声で泣き喚く。恐ろしいほど柔らかく温かい赤子の身体を、若冲は落としてはならぬと必死に抱え込んだ。

こうなっては、若演を探すどころではない。泣きしきる晋蔵に閉口しながら一目散に伏見に戻れば、どういうわけか石峰寺の山門の坂下に、煤まみれの大八車が止まっている。

洛中のそこここで嗅いだ異臭が、辺りに薄く漂っていると気づき、若冲は疲れた足を励まして、草生《む》した石段を登った。

泣き疲れたのか、晋蔵は涙と涎《よだれ》を顔じゅうにこびりつかせ、いつの間にかすうすうと眠っている。参道の両側に茂る槻《つき》の木が、小さな頬に青い影を落としていた。

「お志乃、お志乃、戻ってるんか」

「兄さん――」

埃まみれで離れの縁側に座り込んでいたお志乃が、兄の腕の中の赤子に驚いて腰を浮かせた。

「な、なんやの、兄さん。そのお子は」

「こ、これか。この子は下梅屋町の施行所のそばで、泣いてたんや。野良犬どもが狙うてたさかい、つい拾うてきてしもうた」

道々考えてきた嘘をまくし立て、「そんなことより」と若冲は身を乗り出した。

「下の大八車は何や。若演が見つかったんか」

その途端、お志乃ははっと顔をひきつらせ、「へえ、そうどす」とうなずいた。

見開かれた眼にみるみる涙が盛り上がり、その膝をぽたりと叩いた。

「若演はん、笹屋町の溜め場に運ばれてはりましたんや。顔がひどう焼けて、ほんまに若演はんか分からへんような有様やったんどすけど、懐の奥にこれがありましてん」

言いながらお志乃が差し出したのは、真っ黒に焦げた箸にも似た木っ端。わずかに焼け残った端に、特徴的な斑点が浮かんでいるのを見て取り、若冲はあっと声を上げた。

「これは、わしが若演にやった斑竹《はんちく》の絵筆やがな」

「そうどす。若演はん、この筆以外には巾着一つ、身につけてはりまへんどした。あの人はよっぽど、絵が好きやったんどすなあ」

お志乃はまた新しい涙を頰にまろばせた。

そう、よく覚えている。この筆はある日、絵を描きながら、「これももうあかん。腰が弱ってしもうたわ」と舌打ちした若冲に、

「差し支えなかったら、お師匠はん。わしにそれをいただけまへんやろか」

と若演がねだったものだ。

二十年近くも若冲に師事しながら、若演の描く絵はいつまで経っても鈍重で、素人くささが抜けなかった。

画力とは、努力だけで得られるものではない。画面の構成や配色の巧拙は、当人が生来備えた感性に負うところが大で、若演にはその才が徹底的に欠けていたのである。

そんな彼を時に面倒と感じていただけに、いつにないねだり事に、軽い苛立ちが胸をよぎる。

だが顧みれば若冲はこれまで、絵筆はおろか使い古しの帯一本、この弟子にやったことがなかった。

「こんなんでええんやったら、持って行き。そやけどこない腰の弱い筆では、碌《ろく》な絵は描けへんで」

後ろめたさを隠すため、わざとぶっきらぼうに与えた斑竹の筆を、若演はあの大火の中、持って出たのか。しかもそのまま逃げればいいものを、わざわざ老いた自分たちを助け、かえって自らの命を落とすとは。

炭とも見紛いそうな筆を、若冲は強く握り締めた。

他の弟子が自分を敬遠する中、若演だけは決して若冲の元から離れようとはしなかった。常に我が身よりも師を案じ続けた弟子に、己はいったいどれだけのものを返せたのだろう。

「わしなんぞ……わしなんぞ見捨てて、さっざと逃げればよかったやないか」

天賦の才に乏しい若演にとって、自分は眩しいまでの憧れだったのかもしれない。

しかし弟子が愛した数々の絵は、所詮、若き日の罪を償うためのもの。ましてや君圭すら自分の元から去った今、老いさらばえたこの身は今後、どんな絵を生み出せるのだろう。

激しい孤独が、また老いた胸をかき乱す。

妻や母を亡くした日にも出なかった涙が皺だらけの頬を伝い、黒焦げの筆にぽたぽたと滴《したた》った。

縁側に寝かされていた晋蔵が目を覚まし、あくびとともに小さな手を若冲に向かって伸ばした。

三

火事の疲れが出たのか、若演の弔いの翌日から、若冲は激しい眩暈《めまい》に襲われ、ひと月余りを床で過ごした。

その間、お志乃に抱かれ、伏見の町々をもらい乳に回った晋蔵は、稲荷の御山にちらほらと山桜が咲く頃には丸々と肥え、誰にでも明るい笑顔を向ける子に育っていた。

「こない可愛いお子を残して、親御はんはさぞ心残りどしたやろなあ」

お志乃が若冲の言葉を皆目疑わぬのは、大火からこの方、親を亡くした子らが徒党を組み、盗みやかっぱらいを働く厄介な騒ぎが、ほうぼうで起きているからだ。いや、厄介事は盗難ばかりではない。洛中では物資の払底《ふってい》に便乗し、米一升を金一分で売るあくどい商人が横行。町奉行所が懸命に「格別の高値」を禁じても、一向に効果はなかった。

材木はもちろん、大工までが足りぬせいで、焼け跡を更地に整えても、なかなか家が建てられない。このため京暮らしを諦め、大津や大坂に下る者は後を絶たず、爛漫の春を迎えながら、石峰寺から望む洛中は、火の消えたような寂しさであった。

「京の都が寂れれば、周りの村々までしゅんとするのは道理。暗がりに乗じた追剝ぎ強盗も増えてるそうどすさかい、若冲はんもお志乃はんも出かけはるときは気をつけとくれやすな」

大典《だいてん》の命で若冲たちの様子を見に来た明復《みょうふく》が案じるように、洛中の衰微は決して京だけの問題ではない。資材の高騰は上方一円に及び、節だらけの安い木材にも目の玉が飛び出るような高価がつく始末。また大坂辺りに家移りした者が結局食いつめ、盗みを働いて捕えられるといった事件も頻発していた。

相国寺は山門や方丈、庫裏など寺地の大半が焦土となったものの、法堂を始めとする二字九院は辛うじて無事。動植綵絵も難を逃れたとの知らせに、若冲は全身から力が抜けるような安堵を覚えた。

とはいっても禁裏や公家屋敷まで灰となった今日、どうやって寺を再興するか。大典は早くもほうぼうに働きかけて支援を請うているが、その成果は捗々《はかばか》しくないという。

「この様子ではお寺が元の姿に戻るんはいつのことやら。まったく見当もつきまへん」

明復は溜息をつき、大典からの見舞いという米を置いて帰って行った。

そんな最中、久方ぶりに洛中洛外の人々の顔を明るませたのは、江戸方でようやく費用捻出の目途が付き、いよいよ禁裏造営が始まるとの噂であった。

その知らせを石峰寺にもたらしたのは、寺に出入りする振売の老爺。天秤棒の荷をよいしょと降ろしながら、彼は我が事のように誇らしげな口調で語った。

「総奉行はご老中の松平越中守《まつだいらえっちゅうのかみ》（定信）さま。しかも今回のご造営では、清涼殿と紫《し》宸殿《しんでん》を、平安の昔風に造らはるそうどす。裏松《うらまつ》さまとかいう故実に通じたお公家はんを仮内裏に召され、主上《おかみ》御自らあれこれご下問しはったとか」

「裏松さま、やて」

尋ね返した若冲に、真っ黒に日焼けした振売は「へえ」とうなずいた。

「裏松光世《みつよ》さまと仰られ、なんでも三十年もの長い間、謹慎蟄居を命じられてはったお方とか。そないな方をお召しになるからには、今度のご造営にかける当今さまのお意気込みは、並大抵ではあらしまへんやろ」

かつて、芭蕉の葉を激しく叩いた雨音が、若冲の記憶の奥に鮮明によみがえった。時の帝、桃園天皇の近従でありながら、若い公家の暴走を恐れた摂関家によって、二十三歳で隠居を仰せ付けられた裏松光世。

旧事故実の学習をもって朝廷への報復に代えんとしていた彼は、今頃、蟄居を解かれた喜びを嚙みしめているだろうか。いや案外、唐突に差し込んだ初夏の光を前に、為す術もなく立ちすくんでいるやもしれぬ。

激しい憎悪や不遇は、時に人をして、途方もない力を発揮させる。さりながらともに憎しみによって技を成した光世と君圭、二人の人生が、あの未曾有の大火災によってまったく違う方向へ捻じ曲げられたのは、なんたる皮肉か。

（君圭、お前、ほんまに御用絵師になる腹かいな――）

内裏の焼け跡はすでに片付けられ、間もなく松平定信が巡見かたがた上洛すると囁《ささや》かれている。

光世の噂に引き続き、振売が御用絵師に関する風評を携えてきたのは、大工頭や修理職などの任命が終わった六月も半ばのことであった。

「紫宸殿の襖絵だけをお江戸の御用絵師に描かせ、後は京の絵師に御用を仰せ付けはるんやそうどす。なんせ絵描きにとって、禁裏御用はこの上ない栄誉。土佐守さま（土佐光貞）の許には、願い書を持ったお人らが、既に門前市を成してるそうどっせ」

二日に一度、石峰寺の離れに顔を出すこの振売は、若冲をただの隠遁者としか見ていない。湿気を孕《はら》んだ晩夏の風に目を細め、彼はのんびりとした口調で続けた。

「とはいうても、描かせるんは主上のお住まい。身許の明らかやない絵師はもちろん、先祖の商いが卑しかったり、常々不埒な言動をしてる者は、願い書も見てもらえんと追い返されるそうどす。土佐守さまかてまだご自分のお屋敷も建ってへんうちに、ご苦労なことどすなあ」

君圭はみごと岡本雪峯として、願い書を提出できたのか。仮に選に入ったとして、正式な御用はいつ仰せ付けられるのであろう。

晋蔵はお志乃によく懐《なつ》き、お志乃もまた彼を実の子か孫のように可愛がっている。背に赤子を背負い、蜩《ひぐらし》の鳴きしきる境内をあやして歩く姿を眺めながら、

(早う晋蔵を引き取りにきてくれへんと、後から余計にお志乃が悲しむやないか)

と、君圭に毒づいた矢先、思いがけぬ依頼が若冲のもとに飛び込んできた。

大坂鰻谷《うなぎだに》の薬種問屋の主である吉野寛斎《かんさい》が、檀那寺の西福寺に寄進する襖絵を描いてほしいと頼んできたのである。

代々五運《ごうん》を襲名する吉野家は、人参三臓円なる薬の製造、販売を家職とする豪商。特に当代の五運寛斎は、本邦屈指の本草学者である木村蒹葭堂《けんかどう》とも親しく、大典和尚を仲立ちに、これまで数幅、若冲の絵を買い取ってくれもした人物であった。

正式な御用絵師任命がいつかも知れぬ今、ここで君圭を待っていても仕方がない。それに正直、春先からこの方、未払いだった画料で食いつないできた若冲の懐は、日が長くなるにつれて寂しくなる一方。焦土となった京の町では新たな仕事も得難い今、思い切って大坂ででもひと稼ぎせねば、この先の暮らしもおぼつかない。

だが寛斎の依頼を受けるにしても、そのための顔料をどう支度しよう。

画人の腕がどれほど優れていても、安い顔料で描いた絵はどうしても色が濁り、画面も暗くなる。ましてや並の紙本ならともかく、吉野寛斎が依頼してきたのは、金泥《きんでい》地の襖六枚への作画。色鮮やかな金泥に見劣りせぬ絵を描くためには、上質の顔料は不可欠であった。

「兄さん、伏見で聞いて来たんどすけど、洛中の顔料屋がみんな燃えてしもうた中、七条西洞院下《にしのとういんしも》の深泥屋《みぞろや》はんは、なんとか商いを続けてはるそうどっせ」

お志乃が聞き込んで来た話に、若冲は一瞬顔を明るませたが、先立つものがない状態でこれまでつき合いの皆無の顔料屋に顔料を融通してくれとは、あまりに虫が良すぎる。さりとて吉野寛斎に窮状を訴え、画料を先払いしてもらう図々しさが、若冲にあるわけもない。結局あれこれ考えを巡らした末、若冲は深泥屋に赴いて身許を告げ、

「厚かましいことは百も承知なんどすけど、少々顔料を融通していただけしまへんやろか。もちろん、金が入り次第、代銀は支払わせてもらいます。お礼代わりに深泥屋はんのお好みの絵も、描かせていただきますさかい」

と、主夫婦に深々と頭を下げた。

「どうかお手を上げとくれやす。困った時はお互いさま。相国寺の大典さまともお親しい若冲はんやったら、よもや代銀を踏み倒すような真似もしはりまへんやろ。支払いや絵はいつでもかましまへんさかい、ご入り用な分を持ってっとくれやす」

そう言いながらも抜け目なく、どこの誰の依頼で絵を描くのかを主が聞きほじったのは、もし待てど暮らせど顔料代が支払われなかった場合、そちらに掛け取りに行こうという腹に違いない。

「おおきに、ありがとさんどす。それやったらお言葉に甘え、また後日改めて顔料をいただきに参ります」

若冲が礼を述べる間にも、深泥屋の狭い店先にはひっきりなしに客がやってくる。そんな彼らをかきわけるようにして深泥屋を辞し、若冲は深い息をついて空を仰いだ。

（それにしてもこの年で、暮らしのために絵を描くとはなあ――）

描いた絵が結果として金を生みはしても、若冲は七十三歳の今まで、金のための染筆《せんぴつ》とは無縁であった。

決して結ばれぬ鴛鴦《えんおう》、咲き乱れる紫陽花《あじさい》の下、奇妙な隔たりをもって対峙する雄雌の鶏。美しくとも生の喜びの欠落した絵に、妻を死なせた悔いを託すという気ままが許されたのも、金の心配のない隠居の身だったからこそ。わが身を責め苛《さいな》むだけだったその才を、晋蔵やお志乃のために使うかと思うと、これまでにない不安が胸に兆《きざ》す。とは言っても、人は霞《かすみ》だけでは生きて行けぬのだ。

爪や皺に顔料がこびりついて落ちぬ己の手を、若冲はじっと見つめた。

（なあ、お三輪《みわ》。わしはこれまで、お前のためにすら絵を描いたことがないのになあ）

もう何十年も思い出すまいとしてきた妻の顔は、脳裏でぼんやりとした影にしかならない。

もし再び、己のためだけに筆を握れる日が来たなら、自分は何を描くだろう。

降りしきる雪の中、たった一羽で立ち尽くす雄鶏、放埒なまでに蔓を伸ばす葡萄。ただ胸に浮かぶままを描き付けてきたそれら奇妙な絵を目にしたなら、彼女は何と言うだろう。

（そういえばお前は、何を描いたら喜んでくれるんや。なあ、お三輪――）

薄い靄《もや》の向こうの人影は、若冲の呟きには何も答えない。

代わりに晋蔵を背に水仕事をするお志乃の子守歌が、若冲の耳を柔らかに叩いた。

四

寛斎との相談の結果、若冲たちの下坂は十月下旬。大坂北堀江の坪井屋で蒹葭堂や寛斎と落ち合った後、共に摂津国豊島《てしま》の西福寺へ赴くと決まった。

その直後に、襖絵の画料として銀六百匁が石峰寺に届けられたのは、どうやら明復より若冲たちの現状を知らされた大典が、寛斎に前払いを頼んでくれたらしい。

銀六百匁といえば、ご禁裏御用絵師の障壁画約三枚分の賃銀。その太っ腹に驚きながら、若冲は早速、深泥屋に顔料代を支払い、紺青《こんじょう》、焼緑青《やきろくしょう》など店に置かれていなかった顔料の取り寄せも頼んだ。

注文の品が入荷したとの知らせが深泥屋からもたらされたのは、出立まであと十日となり、お志乃と二人がかりで石峰寺を引き払う支度に奔走している最中。後の片付けをお志乃に任せ、若冲は「なるべく早く戻るさかい」と言い置いて、京街道を一人、洛中へと向かった。

火事から半年余が過ぎ、ようやく復興が本格的に始まっているのだろう。

杖をつきつき道をたどる若冲を、木材を積んだ荷車が次々と追い越して行く。

そういえば一昨日、石峰寺に顔を出した明復が、実家の枡源が壬生村の庄屋の仲立ちを得て錦に古屋を移築し、商いを再開したと教えてくれた。決して好ましくはないが、それでも己の生家には変わりはない。後でこっそり様子だけでも見に行くかと思いながら、深泥屋の暖簾をはね上げた時である。

「おお、枡屋茂右衛門《ますやもえもん》。待っておったぞ」

町役を務めていた昔の名に顔を上げれば、打《ぶ》っ裂《さき》羽織に野袴を穿いた初老の武士が、上がり框で団栗《どんぐり》のような眼を人懐っこく笑わせている。

がっしりとした体軀と大きな口、鰓《えら》の張った顎がひどく意志的な偉丈夫であった。

「覚えておらぬか。もう十六、七年前、錦高倉《にしきたかくら》市場のご官許の件で相談に乗った江戸の勘定、若林市左《わかばやしいちざ》じゃ。あの折はおぬしら町役には、大層世話になったのう」

「これは若林さま、大変ご無沙汰をしております」

慌てて小腰をかがめる若冲に、若林市左衛門《いちざえもん》は年よりも皺の目立つ目尻をなごませた。

「それにしても、こないな顔料屋でお目にかかるとは。ひょっとして内裏の作事のため、京にご滞在どすか」

「おお、そうじゃ。この二月、勘定奉行の根岸さまに従うて江戸を発ち、以来ずっと京暮らしよ。この深泥屋に、ご禁裏障壁画に用いる顔料の納入を申しつけに来たところ、おぬしがこの店に出入りしておると主より告げられてのう。ならば少し待ってみるかと思い、こうして網を張っておったのよ」

見れば若林の膝先には、冷めきった茶が置かれている。それを一息にあおり、それにしても、と彼は言葉を続けた。

「この春の火事は、大変じゃったな。粟田口より一面の焦土となった京を望んだ折は、わしも中井《なかい》も言葉を失うたわい」

「中井さまもご一緒にお越しなんどすか」

思わず問い返した若冲に、若林は大きくうなずいた。

「さすがあやつは、勘定所きっての切れ者。水を得た魚のように生き生きと、京じゅうを走り回っておる」

十六年前、若林の相役、中井清太夫《せいだゆう》が錦高倉市場に助言を与えたのは、禁裏御用を務める商人たちを内偵し、口向《くちむき》役人の不正を摘発せんがためだった。

まさか今回の出向に裏の意図はあるまいが、およそ魚とのたとえとは程遠い陰鬱な彼が京にいると聞き、ざらりとしたものが背を伝う。

だが若林はそんな屈託などまったく気づかぬ顔で、ところで茂右衛門、とわずかに声を低めた。

「おぬしを待っていたのは他でもない。実はおぬしの如き者の助けを借りたいことがあるのじゃ。よければこれより、わしに付いて参らぬか」

「何を言わはります。わしは絵しか取り柄のない不出来者。到底、お役には立てしまへん」

「その絵について、知恵を借りたい。まあいいから来い」

こういった強引な手合いに、若冲は弱い。渋々うなずいた若冲を従えると、若林は見送りに出てきた深泥屋の主に鷹揚にうなずき、まだむき出しの土が目立つ町筋を北に向かった。

ぽつぽつと人家が建ち始めた洛中を横切り、竹矢来で覆われた広場へと踏み入る。四囲の光景は一変しているが、東山の向きから、自分がどこにいるかはだいたい分かる。

広大な空き地の至るところで槌音が響き、汗まみれの工匠が次々と材木を運んでいる。芳《かぐわ》しい木の香と土埃が満ち、そこここで木挽き歌が歌われる作事場を、若冲は呆然と見回した。

「若林さま、ここは造営中のご禁裏やあらしまへんか」

「おお、そうじゃ。とはいえ主上はいまだ聖護院においでゆえ、わしのようなしがない勘定でも、大手を振って出入りできる。じゃがおぬしを案内したいのは、ここではない」

そう言って若林は、作事場の一画の詰所に若冲を連れて行った。

ありあわせの木で拵《こしら》えたのか、あちらこちらに板継が目立つ安普請ではあるが、床は白々と真新しく、埃一つ落ちていない。難しい顔で図面を睨む普請方の役人の間を縫い、若林は詰所のもっとも奥の一室へと向かった。

「おぬしに手助けしてもらいたいのは、これじゃ」

促されるまま室内に踏み込み、若冲はあっと立ちすくんだ。

三畳程度の小狭な板間には、三方の壁はもちろん床のいたるところに、大小様々な絵が何十枚と広げられていたのである。

滝を眺める仙人を描いた水墨画の隣に掛けられているのは、紅白の牡丹にじゃれ付く獅子を描いた彩色画。かと思うとその下には、琴棋《きんき》書画を弄《もてあそ》ぶ童子図と松林の遊楽図が無造作に重ねられている。

「これは枡屋――いや、伊藤若冲どの。久しゅうございますな」

抑揚のない慇懃《いんぎん》な声に見回せば、手控えを片手にした色黒な小男が、絵に埋もれて座っている。

黒い顔とどんよりと濁った眼がどこか底なし沼を想起させる、中井清太夫であった。

「顔料屋で消息を耳にしたゆえ、待ち構えて連れてまいったぞ。これで少しはおぬしも楽になろうて。茂右衛門、わしはこれより修学院村に赴かねばならぬ。悪いがしばし中井を手伝うてやってくれ」

　そう朗らかに言い放つなり、若林はさっさと出て行ってしまった。無表情な目を床に落としたままの中井に、若冲はぎこちなく頭を下げた。

「こ、こちらこそご無沙汰しております。それにしても、これはいったい何どすか」

「御所障壁画御用に名乗りを上げた京の絵師どもに、願い書とともに提出させた絵でござる。受理を始めてから数日でかほど大勢が願い出るとは、正直、我らにも意外なれど」

　気味が悪いほど丁寧な口調で応じる中井の膝先には、願い書と覚しき奉書紙が重ねられている。その中から無造作に抜き出した一枚を、彼は若冲に示した。

　――御所の御造営の御沙汰、承知奉り候。之に依りて、御殿幷《ならび》に御道具の御絵御用、仰せ付けらるべく願い奉り候。

　整った筆で記された願い書を眺め、若冲は目を見張った。その末尾に、

　――故石田《いしだ》幽汀《ゆうてい》弟子　円山主水《もんど》
　と、円山応挙の名が記されていたからだ。

「応挙は子息の右近《うこん》始め、源琦《げんき》や長澤《ながさわ》蘆雪《ろせつ》、原在中《はらざいちゅう》など高弟併せて十数人分の願い書を、まとめて持参いたしました。町絵師としてすでに一家を為しながら、今更禁裏御用を望むとは、なかなか抜け目のない男でござるな」

　そう言って中井が眼を向けたのは、二匹の子犬が梅の根方でじゃれあっている掛幅。

肥痩のある筆で愛らしい子犬を活写した作は、いかにも応挙らしい端正さに溢れていた。

かつてであれば若冲も、応挙が名声を欲したかと疑ったであろう。さりながら弟子を死なせ、自らも金のために絵を描く今なら、彼の行動が己の栄誉のためではないと知れる。

帝への崇敬が根強い京では、御所や門跡寺院御用を務めぬ画人を、一段下に見る傾向がある。応挙は宝鏡寺御用を皮切りに、三井寺円満院や妙法院にも出入りを許されているが、それはあくまで応挙一人に限った話。筆の立つ弟子たちをただの町絵師で終わらせぬために、彼はあえて門人ともども御絵御用に名乗りを上げたのだろう。

「されど応挙とその門弟はともかく、志願してきた大半は、箸にも棒にもかからぬ下手《へた》ばかり。席画に召す者を選ぶだけでも、ひと苦労でござる」

聞かせるともなく呟くと、彼は別に置かれていた十枚ほどの願い書を無造作に懐に突っ込んだ。袴の裾をさばいて立ち上がり、目顔で詰所の外を指した。

「今日はこれより、一昨日の出願者から選んだ十名に、席画を命じております。若林が若冲どのを連れてきたのは、幸い。共に立ち会うてはいただけませぬか」

「わ、わしがどすか」

尻込みする若冲に、中井はこくりとうなずいた。

「禁裏御用に志願なさるおつもりは、若冲どのにはございますまい。しかも他の絵師とも行き来のない御仁となれば、立ち会いにはうってつけでござる。かねがね手が足りぬとロにしているそれがしを見かねてでござろうが、若林もいい人手を連れてきてくれ申した」

身体に対して大きすぎる頭が、貧相な肩の上で日陰の葦《あし》のようにゆらゆら揺れている。怜悧な中井が相手では、下手な抗弁なぞするだけ無駄。こうなった以上、一刻も早く立ち会いを済ませ、深泥屋に戻るしかない。

しかし中井に従って、別棟に踏み入るなり、若冲は己の判断を悔いた。

だだっ広い板間には二月堂机が並べられ、顔料の満たされた絵皿と絵絹を前に、紋付き袴の男たちが緊張した面を連ねている。中井の姿にはっと面を伏せた彼らの中に、義弟の姿を見止めたからである。

君圭の側もまた、思いがけぬ若冲の姿に、度肝を抜かれたように顔を上げた。

いったいどこで借りたのか。丈の足りぬ紋付きの袖口から、びっしり毛の生えた腕が突き出ている。それでも髭を当たり髪を整えた彼は、形ばかりはひとかどの絵師に見えなくもなかった。

すぐに腹をくくったのだろう。君圭は次の瞬間にはさっと頬を引き締め、他の絵師にならって両手をついた。

それと同時に、中井がゆらりと座から立ち上がった。

「では、席画を始める。画題は四愛《しあい》のいずれか。彩色水墨は問わぬが、必ず画号をいずこかに記し、描き終えた者から適宜退出せよ。――始め」

十人の男たちが、待ちかねていたように筆を取る。ほんの一瞬で、構図を決めたのだろう。下絵もなしに細筆で筆線を引き始めた君圭に、若冲は両の手を拳に変えた。

（もうやめるんや、君圭）

中井はいつも通りの感情の欠けた顔で、上座から絵師たちを眺め渡している。あの付喪神《つくもがみ》の如き彼に、偽りを嗅ぎ当てられれば、君圭はご禁裏を謀《たばか》った不届き者として厳しい罰を受けよう。席画の座に呼ばれたということは、君圭の絵は他の画人より見どころがあったのに違いない。さりながら今日ばかりは、その画力が恨めしかった。

（今なら、まだ間に合う。筆を置いて、ここから去るんや）

冷たいものが、じんわりと脇を濡らす。

しかし君圭は若冲のそんなひそかな呻きにはお構いなしに、池の水面を淡い墨で低く描き、縁を薄くにじませた蓮の葉を、その上に点々と散らし始めた。

四愛とは、菊・蓮・梅・蘭の併称。四君子と呼ばれる蘭・竹・菊・梅とともに、好んで画題に取り上げられる植物であった。

十人の絵師のうち蓮を選んだのは、君圭一人。蘭を選んだ画人はおらず、残る九人のうち四人は菊を、五人は梅を描いている。

君圭の筆運びを息を詰めて見守るうち、若冲はいつしか彼が次にどこに筆を置くか、見当がつくようになっていた。

　画面中央の下から、まだ丸まったままの嫩葉《わかば》をのぞかせ、その向こうに萎《しぼ》み始めた蓮花を描く。左に一つ、その手前に一つ、虫に喰われ、楔状《くさび》に裂けた大きな葉を配する一方で、蕾と満開の花をその間に置く。

　蕾から花が散った後の実まで、一連の蓮の推移をまるで絵巻物のように展開したその絵は、どこか荒れた気配を漂わせながらも、硬質な美しさに満ちていた。

　最後に画面の右端に蔦《つた》のような字で、

　――岡本雪峯
　と揮毫《きごう》すると、君圭は小さく息をつき、額の汗を拭った。固唾《かたず》を飲む若冲に素早く眼を走らせ、唇の端にわずかな笑みを浮かべた。

　染筆を終えた絵師たちが、相次いで筆を納めて立ち上がる。君圭が彼らに続いて、絵を残して席を立とうとしたそのとき、

「そこな者、待て」

　と、中井が突然、うっそりとした声を上げた。

「なんどっしゃろ、お役人さま」

　さっと顔色を変えた若冲とは裏腹に、君圭は太い眉をわずかに跳ね上げただけで、平然と中井を見上げた。

「その絵を近くで見たい。ここに持って参れ」

「へえ、承知いたしました」

うなずいた君圭が、絵を手に膝行《しっこう》する。中井は濁った眼を手許の願い書に落とした。

「これによれば、法眼鶴沢探鯨門下の岡本雪峯、年は五十四歳か――」

「へえ、そうどす」

中井はしばらくの間、願い書と描き上がったばかりの蓮池図を瞬きもせずに見比べていた。

だが不意に筋張った手を伸ばすや、まだ墨の乾かぬ絵を鷲掴みにし、二つ、四つと引き裂いた。

絹の裂ける甲高い音が高く響き、君圭がばっとその場に跳ね立った。

「あ、あんた、何をするんや」

一瞬若冲は、君圭が中井に摑みかかるかと思った。しかし君圭はばっと板間に這いつくばり、投げ捨てられた蓮池図を両手でかき集めた。

「この絵が気に入らなんだら、そう言えばええやろ。なんでこないな真似をするんや」

「岡本雪峯、年は五十四。それに相違ないか」

「そうや。わしが、岡本雪峯や」

「偽りを申すな。おぬしは市川某《なにがし》とか申す、町絵師ではないか。そこな伊藤若冲の筆をそっくりそのまま真似たような堅っ苦しい筆跡、この中井清太夫、よもや見忘れはせぬぞ」

君圭の怒声とは裏腹に、中井の声には毛筋ほどの乱れもない。その落ち着きぶりがかえってこの場には不気味であった。

「幾ら画題や構図を変えたとて、身に沁みついた筆運びは変えられぬ。かっておぬしが因幡薬師に納めた、二曲一双の菊花図屏風。あの絵を最初に見たとき、わしはなんとまあ若冲の絵にそっくりな独りよがりの絵じゃろうと思うた。それと同じ筆運びをしておきながら、別なる画人の名を騙って御用絵師を志願するとは、お上を愚弄するにもほどがあろう」

中井はかつて、御所口向役人の不正の証拠である屏風絵を、因幡薬師から没収した。いったんは若冲に依頼されながら、結果的に君圭に任されたあの屏風。中井はその筆致をずっと、記憶に刻みつけていたというのか。

（こ、このお人はやっぱり化け物かいな――）

言い知れぬ恐ろしさが、若冲の全身を摑み上げた。

かほど厳しい詮議を加えるとは、やはり中井は何か目的をもって京に送り込まれたのか。

いや、そんな詮索は後回しだ。まず今はどうにかして、君圭の身を取り成さねば。

「――あんたのしわざか」

しかし不意に響き渡った低い声に、若冲は背中に冷や水を浴びせられたように立ちすくんだ。恐る恐る振り返れば、引き裂かれた蓮池図を両手に握りしめた君圭が、燃えたぎるような目でこちらを睨んでいる。

「あんたがこのお役人に、わしのことを訴えたんか。そんなにあんたは、わしが憎かったんか」

「ち、違う。わしやあらへん」

両手を泳がせて立ち上がった若冲の胸を、君圭は「嘘をつけッ」と荒々しく突いた。

足元をよろめかせた若冲が壁に突っ込むのと、股立《ももだ》ちを取った数人の侍が板間に踏み込んできたのはほぼ同時。中井が無表情に顎をしゃくるや、彼らは暴れる君圭をわっと取り囲んだ。

「なんや、わしが何をしたって言うんやッ。ご禁裏がなんぼのもんじゃ。そないな絵、師のおらんわしでも描けるわいッ」

引き裂かれた絵を捕り手に投げ付けた君圭が、杉戸に体当たりして、縁側にまろび出る。勢い余り、這いつくばって逃げようとするその背を、侍が力一杯踏みつけた。ぐえッ、と蛙が潰れるような声とともに大人しくなった彼を、走り寄った数人が俊敏に後ろ手に縛り上げた。

「詮議は後ほど行う。とりあえず詰所の土間にでもひっくくって転がしておけ」

落ち着き払った声で言い放つ中井の前に、若冲は四つん這いのままおろおろと這い寄った。

「な、中井さま、君圭は――あいつはどうなるんどす」

まだ絵を描き終えていなかった数人の絵師が、真っ青な顔で息を飲んでいる。

そんな彼らをじろりと眺め渡し、さて、と中井は他人事のように呟いた。

「後は所司代に任せまするが、我らを謀るだけならばまだしも、ご禁裏御用の重任を面罵《めんば》したのでござる。京からの所払いはまず免れますまい」

「そ、そんな。なんとかならへんのどすか」

食い下がる若冲には答えず、中井は願い書の中から岡本雪峯名義のそれを取り出し、ぐしゃりと両手で丸めた。他の九枚をかたわらの小者に渡し、瞬きの少ない目を床の一点に据えたまま立ち上がった。

「以前小耳に挟んだところによれば、市川某は若冲どのばかりか、頼まれれば池大雅《いけのたいが》や与謝蕪村の贋絵を描いて銭を得ておるとか。かくの如き不届き者の横行を許しては、京絵師の名折れ。ご禁裏御用を京の者に仰せ付けたお上のご威光のためにも、あのような者は処罰するに限りましょう」

（まさか——）

若冲の腕に、一瞬にして粟粒が立った。

中井はすでに岡本雪峯名義の願い書を受理した時点で、君圭の絵も目にしていたはず。不審を抱いたのなら、そのまま願い書を却下すればよかろうに、何故わざわざ彼を席画に召し、こんな騒ぎを起こしたのか。

公儀の威信を左右する、禁裏造営。従来とは異なる絵師選任には、様々な批判もあったであろう。それを撥ね除け、選定が江戸御用絵師任用以上に厳しいものと世間に告げ知らせるために、中井はあえてもっとも目立つ方法で君圭を捕えたのではあるまいか。この顚末は、青ざめた顔で今なお席に残る絵師たちの口から洛中に広まり、造営御用掛の厳正さとともに喧伝されよう。そうすれば身分を偽って御用絵師にもぐり込もうと考える不埒者はなりをひそめ、材木を始め数々の資材を納める商人たちも、粛然と我が身を省みるはず。

そう、君圭はまさにご禁裏造営を恙《つつが》なく果たす礎として、所払いに処せられるのだ。

（中井さま、あんたというお方は――）

この男はご公儀のためであれば、どんな手段も厭わぬのか。大義を振りかざす中井の前に、ただ無力な己がひどく情けなくてならない。若冲は唇を嚙んで、深くうなだれた。

「――若冲どの。それがしは風雅を解さぬ男なれど、そなたさまの絵を気に入っておりまする。世に巧みな絵師は数多けれど、若冲どのの如き絵を描く者は二人とおりますまい。かような画人が、あのような下種《げす》に関わり合うては世の物笑いでございまするぞ」

そう静かに告げるや、中井は若冲の応えを待たぬまま、静かに廊下を歩み去った。そのかそけき足音が不思議なほどくぐもって聞こえた。

若演、そして君圭。自分を知る者は、みな遠くに去ってしまう。それでもなおこの無力を嚙みしめながら、自分は残された者たちのため、絵を描かねばならぬのか。

強張った四肢を励まし、若冲は君圭が投げ捨てた蓮池図を拾い集めた。四つに裂かれた絵絹を、蓮の絵を頼りに並べる。

斑《まだら》に穴の空いた蓮の葉の向こうで、散り始めた蓮花が心もとなげに揺れている。虫に喰われ、風に破られたその穴が、若演の遺した筆軸の柄と重なった。

（金泥の襖絵――その後ろには、こない寂しい絵の方が似合うのかもしれへんな）

華やかな御所造営の裏に隠された、市井の絵師の悲哀。まるでそれを滲み出させたかの如き蓮池図を胸に納め、若冲は重い足をひきずって立ち上がった。

もの寂しき風に吹かれ、虚しく立ち枯れる蓮の葉が、まさに我が身の写し絵である気がしてならなかった。

鳥獣楽土

一

朝早くに降り始めた小糠雨《こぬかあめ》が、参道の石畳を淡く煙らせている。夏の初めに降るにしては、風も吹かず雷も伴わず、空の端にひっかかっていた五月雨が名残の雨滴を落とすかの如き、いつ止むとも知れぬ温かな雨であった。

「そないなとこにいはったら、濡れてしまいますえ」

縁先に腰掛けて表を見ていた若冲《じゃくちゅう》は、妹のお志乃《しの》の声に「そやな」と気のない応えをし、また参道に目を転じた。

石峰寺《せきほうじ》は、伏見街道からだらだらと続く長い坂のつきあたり。山門脇の離れの広縁に座り、こうして参道を眺めるのは、この寺に暮らし始めて以来の若冲の癖であった。

石峰寺での生活も、早七年。伏見や深草といった近隣の人々の間にも、すでに若冲の生業《なりわい》が知れ渡っているだけに、今のように縁先に坐すうちに、自分を訪《おとな》う客の姿を見止めることは意外と多い。

とはいえ生来人嫌いの身からすれば、不意の来客なぞ迷惑以外の何物でもない。ましてやすでに八十の齢《よわい》を重ね、起居にも不便を感じる日々となれば、時折相国寺からやってくる明復《みょうふく》の相手ですら、煩わしく感じる折もあった。

（そやけど――）

それでもなお若冲は、こうやって長い参道に目を配らずにはいられない。がっしりした面構えの義弟が、いつか養い子の晋蔵《しんぞう》を引き取りに来るはずという淡い期待は、老いた胸の底にいまだ小石のように沈んでいた。

あの頑固者の市川君圭《いちかわくんけい》のことだ。自分がここで待っていてやらねば、門前をうろついた挙句、また姿を晦《くら》ますかもしれない。そう思うと居ても立ってもおられず、若冲はお志乃に呆れられながらも、わずかな暇さえあればこうして外を眺めているのであった。

「ほんまに兄さんは頑固なんやから。こないだの冬みたいにきつい風邪を引かはったかて、知りまへんえ」

兄の胸の裡《うち》など知らぬお志乃が溜息をついたとき、隣の間に続く襖が勢いよく開いた。膝切姿の晋蔵が、五寸ほどに折った膠《にかわ》を元気よく振り回しながら、鰓《えら》の張った顔に明るい笑みを浮かべた。

「じっちゃん、じっちゃん、今日はどんな絵を描くんや。彩色画なんやったら、わし、顔料を作っとこうと思うんやけど」

七年前、焦土と化した京で君圭から託された赤子は、あの強情者の子とは思えぬほど素直な少年に育っている。若冲を実の祖父と信じ、「お前のふた親は大火事で亡《の》うなったんや」という作り話を疑いもしていなかった。

顔料や絵筆を玩具代わりに大きくなったためか、それともその身体に流れる父親の血ゆえか。育て親の贔屓目《ひいきめ》を差し引いても、晋蔵は筆を握らせれば、わずか八歳とは思えぬ達者な絵を描く。画帖を小脇に寺の裏山に入り、そここの草花や、若冲が寄進した石像を写すことも珍しくなかった。

あの君圭が息子の画才を喜ぶかは、正直よく分からない。だが他に取り柄のない己がこの子に与えられるのは絵しかないと腹をくくり、若冲は早くから晋蔵に丁寧な教えを施し、その才を伸ばすよう力を注いでいた。

「兄さんは、晋蔵を絵師にしはるおつもりどすか」

晋蔵の出自を知らぬお志乃は、若冲の熱心さにそう苦笑する。さりながら先の大火で精魂込めた数々の絵を焼かれ、帯屋町《おびやちょう》の隠居所や自分を慕う弟子を失ってなお、なぜ自分はこうして老残の身を世に晒しているのであろう。ひょっとしたらそれは全て、この晋蔵を立派な絵師とするためではなかろうか。

だとすれば、冬の寒さや夏の暑さが老いた身をどれほど痛めつけようとも、せめて晋蔵の前では、己は一人の画人であり続けねばならぬ。

このため目はかすみ、四半刻も乗り板に乗っていれば激しい疼痛《とうつう》が足腰を襲うにもかかわらず、若冲はこの七年間、持ち込まれた仕事は一つ残らず受けるように努めていた。

（わしや君圭と同じ道を、この子にだけは歩ませたらあかんのや）

自分や君圭は生の喜びを謳う伸びやかな鳥獣や、日々を哀歓と共に送る人物の画を描く術を知らぬが、晋蔵は違う。まだ幼い彼の前には、洋々たる未来が開けている。ならばその芽を大切に育て、自らの画技全てを与えることこそが、君圭に——いや、お三輪《みわ》と君圭姉弟に出来る、唯一の償いに違いない。

当の晋蔵は若冲の誓いなど知らぬまま、毎日楽しげに画布に向かっている。そんな彼を見ていると、若冲は己はこの少年とは正反対に、苦しみ哀しみだけを胸に絵に向き合ってきたと顧みずにはおられなかった。

しかし、それでいいのだ。自分と君圭、二人の男の罪と怨憎の果てに、晋蔵が潑剌《はつらつ》と絵筆を執るならば、この四十年の歳月は決して無駄ではない。

若冲という号は、枡源《ますげん》の主を退くと決意した際、大典《だいてん》が『老子』第四十五章の「大盈《たいえい》は沖《むな》しきが若《ごと》きも、その用は窮まらず」、すなわち「満ち足りたものは一見空虚と見えるが、その用途は無窮である」という一節から付けてくれたもの。色の上に色を重ねるが如き華やかな絵に漂う寂寥《せきりよう》を承知の上で、だからこそ若冲の絵には、何者にも真似できぬ意義があると断じての命名であった。

とはいえあれから長い歳月が経った今も、若冲は己の絵は、自らの孤独と陰鬱の表れとしか思えずにいる。そして世の人々がなぜそんな絵を喜んで買うのか不思議に思いながら、ただひたすらこの年まで絵筆を執り続けてきたのである。

しかし、朽木《くちき》の上に若木が芽吹くように、ひたすら絵に耽溺《たんでき》した自分が晋蔵を育てる肥になるのであれば、大典の名づけはある意味、間違っていなかったのであろう。

それにしても、と小雨降る参道に未練がましく目をやり、若冲はこっそり溜息をついた。

（なあ、君圭。お前はいったいどこに行ってしもうたんや）

君圭が所払いに処せられ、すでに七年。それが若冲の企みによるものと勘違いしている彼は、おそらくすでに京に舞い戻り、再び絵筆を握っているに違いない。

だがそれとなく京洛の噂に耳をそばだてても、自分の絵の贋物が売りに出たとの話は皆目聞こえて来なかった。

若いと思っていた義弟も、今年で六十歳。それだけにこの一、二年、若冲は時折、君圭はもはやこの世にはいないのではと思うことがあった。

（けどわしはそれでも、死ぬまで絵を描かなあかん）

自分には、絵師たる姿を示さねばならぬ晋蔵がいる。数々の知己《ちき》に先立たれ、同じ憎悪を分け合った君圭にすら去られた若冲にとって、それは最後にたった一つ残された、絵筆を執り続ける理由であった。

なあ晋蔵、と若冲は膝先に招きよせた少年の頭を、軽く撫でた。

「こないな天気では、何を描いても顔料がなかなか乾かへん。それより今日はわしと、祭を見にいかへんか」

　突然の言葉に、晋蔵はきょとんとしている。代わりにお志乃がわずかに首を傾げ、

「祭どすか」と問い返した。

「そうや。今日六月六日は、祇園会の宵山。去年の春、晋蔵とわしが二人で描いた屏風も、金忠《かねちゅう》はんの店先に飾られるはずやからな」

「それ、ほんまか。わし、あの絵に会いたいわ」

　ぱっと顔を輝かせた晋蔵が、膠を放り出して若冲の袖を摑む。苦笑いして膠を拾い上げ、お志乃が小さくうなずいた。

「二人で拵《こしら》えた絵いうたら、あの碁盤の目の上に描いた、白象と獅子の二枚折り屏風どすな。そういえば金忠はん、去年の宵山であれを町会所に貸したら、えらい評判やったと喜んではりましたなあ」

「自分が手伝うた絵の晴れ姿を、晋蔵に見せてやるんもええやろ。今年は必ず自分とこに飾ると意気込んではったさかい、きっと一番目立つ所に出してもらえるはずや」

　六月六日の宵山の際、四条界隈の商家や町会所は、通りに面した広間に山鉾《やまぼこ》所縁の屏風や人形などを飾り、見物の衆に披露する。ひと月に渡って続く祇園会で、山鉾は京洛の人々にとって、本来祭礼の中心である神輿以上に親しい存在。それだけにその巡行前夜、己の手がけた絵が宵山飾りに用いられることは、京の絵師には最大の誉れであった。

　金忠こと金田《かねだ》忠兵衛《ちゅうべえ》は、若冲の遠縁である西陣の織屋。室町蛸薬師《たこやくし》にも支店を構え、通常の反物ばかりか唐織や綾錦なども手掛ける大店である。

昨年の春、主の忠兵衛が石峰寺にやってきたとき、若冲は晋蔵と二人がかりで、紙の上に縦横三分（九ミリメートル）の幅で拵えた枡目をひたすら塗りつぶしていた。晋蔵は若冲が絵を描き出すと、傍らにぺたんと座り、一挙手一投足を息を詰めて凝視している。そんな彼と共作する手立てはないかと思案した挙句の新画法を、二人で試みていたのである。

絵を構成する線や面は、離れて眺めればただそれだけだが、間近で目を凝らすと細かな点の集合体と言えなくもない。ならば画面を細かな碁盤の目状に区切り、それらを一つ一つ色で塗りつぶせば、点で以て線を描き、面を彩ることが出来るはず。これならまだ未熟な晋蔵でも作画を手伝えると、若冲は考えたのであった。

幸いちょうどそのとき、相国寺住持の大典を通じて、宇治の萬福寺から釈迦十六羅漢図屏風の依頼が来ていた。旧知の大典の仲立ちであれば、どんな酔狂な絵を描いたとて、さして驚かれもすまい。

とは言っても初めての技法で、いきなり六曲一双の大作に挑むのは無謀。そこで若冲はとりあえず習作として、白象と獅子の二曲屏風を制作することに決めたのであった。

「なんや、けったいなことをしてはりますなあ。それはいったいなんどす」

まず墨で方眼を引き、その上に薄く胡粉《ごふん》を刷いて、化粧地を作る。胡粉地を透かして見える碁盤の目の一つ一つを、ひたすら淡い灰色に塗っている二人に、忠兵衛はあきれたような声を投げた。

「金忠のおっちゃん、見て分からへんのかいな。わしら、絵を描いてるねん」

誇らしげに胸を張る晋蔵の頰に、灰色の顔料が飛んでいる。唾で湿した手拭いでそれを拭ってやりながら、忠兵衛は肉づきのよい顔をうむとしかめた。

「見たところただの枡目のようやけど、これが絵になるんどすか」

「へえ、そのはずどす」

すべての方眼を塗りつぶしたら、更にその一つ一つに濃い灰色の四角を描く。後は普段同様、その上に筆を走らせれば、細かい格子で区切られた絵が出来ようと語る若冲に、

「それは面白おすなあ」

と忠兵衛は、感嘆の声を上げた。

西陣では金襴や錦を織る際、碁盤の目状に線を引いた紙の上に、「正絵《しょうえ》」と呼ばれる下絵を描く。それだけに忠兵衛は若冲の新画法に、自分の仕事と近しいものを感じたのだろう。まだ半ばしか塗られていない絵を矯《た》めつ眇《すが》めつした末、

「若冲はん。これ、出来上がったらわしに譲ってくれはらしまへんか」

と、ひどく真剣な顔で言い出した。

「そらかましまへんけど、この絵は次に描く羅漢図の習作。この碁盤の目の技法も、まだうまく行くかどうか分からしまへんで」

「なにを言わはります。天下に名高い若冲はんが、失敗しはるわけありまへんやろ。仕上がりがどないでもよろしおす。前金で十両、いや十五両で買わせていただきまひょ」

そう言った彼は翌日、本当に十五両を石峰寺に送って来たが、いざ完成してみると、第一扇に鼻を高く掲げた白象、第二扇に低く身を屈めた獅子を描いた屏風は、その黒白の対比が見る者の目を奪う不思議な作となった。

まだ浮世の辛さを知らぬ晋蔵と手がけたためであろうか。象と獅子は元より、その背後にちりばめられた熊や鼬《いたち》、龍や虎たちは、いずれも不可思議な洒脱さを漂わせている。丁寧に塗られた地を走る筆はあくまで明るく、絵というよりどこか紋様を想起させる伸びやかな屏風であった。

「なあ、じっちゃん。これ、どうしても手離さなあかんのか」

自分が手伝った絵がよほど気に入ったのか、屏風が運び去られる日、晋蔵は珍しく駄々をこねた。

そんな彼が、宵山の賑わいの中、提灯《ちょうちん》に煌々と照らし出された屏風を見たときの反応を思うだけで、若冲の心にも長年忘れていた潤いが満ちてくる。

「なあなあ、いつ行くんや。今すぐなんか」

「あまりに早うては、まだ屏風が飾られてへんかもしれん。七つの鐘が鳴ったら、駕籠を頼んで出かけよか」

「それやったら兄さん、どこかに駕籠を待たせ、帰りもそれに乗ってきとくれやす。祭の人出の中、空駕籠を探すのも難儀ですやろ」

言いながらお志乃は巾着を取り出し、小粒銀を一つ、若冲に渡した。

「なんやお志乃、お前は行かへんのか」

「へえ、今年は三つもの山が祭に帰って来るそうやさかい、四条界隈はきっと大混雑。足の悪いうちがのこのこ出かけては、周囲のご迷惑になりますやろし」

お志乃は二年前の冬、凍てた参道で転んで以来、歩く際、左足をひきずるようになっていた。屋内でも杖が手離せず、底冷えのする冬はあまりの足の痛みに、昼間から横になることも多い。

洛中を焼き尽くした天明の大火は、鉾町にも甚大な被害を与え、三十余基の山鉾のうち、無事だったのはごく一部。それだけに三つの山が復興する今夜の混雑は、凄まじいものとなろう。そんな場所に足元の覚束ないお志乃を連れて行くのは、言われてみれば酷に違いない。

「それやったらわし、土産を買うてきたげるわ。こないだじっちゃんからもろうた小遣い、まだ持ってるねん」

晋蔵がぱっと跳ね立ち、誇らしげに叫ぶ。

ようやく雨が上がるのだろう。雲間から差し始めた薄日が、そんな彼の肩先を柔らかく照らし付けていた。

二

まだ日の高いうちに寺を出たにもかかわらず、四条室町の辻に近づくにつれて往来の人通りはどんどん増え、ついには駕籠が進めぬほどの混雑となった。

「しゃあない。ここから先は歩いて行こか」

北に菊水《きくすい》鉾、東に函谷《かんこ》鉾、南に鶏《にわとり》鉾、西に月鉾を有する四条室町は、鉾の辻とも称される一角。東の函谷鉾こそいまだ再建成らぬものの、通りに吊るされた提灯にはすでに灯が点され、界隈はおよそ宵闇が這い始める時刻とは思えぬ眩さであった。

「じっちゃん、あれはなんや」

室町筋を北上しながら眼をやれば、通りに面した広間に緋《ひ》毛氈《もうせん》が敷かれ、巨大な垂髪の童子の人形や鶴沢《つるさわ》派の画人の手になると思しき屏風が飾られている。ああ、あれな、とうなずき、若冲はそこここから聞こえて来る祇園囃子にかき消されぬよう、声を張り上げた。

「あれは菊水鉾の会所や。見てみい、菊の作物に囲まれた人形が真ん中にあるやろ。明日の巡行では、あれが鉾の正面に乗るんや」

菊水鉾は、千利休の師である武野紹鷗《たけのじょうおう》邸内の菊水井にちなむ鉾。鉾の象徴たる稚児人形は、能楽「枕慈童」のシテを模し、鉾のぐるりに巡らせる胴懸けや鉾餝《ほこかざり》も、みな菊の意匠が施されていることで知られていた。

「後ろの屏風も、画題は枕慈童やな。左隻の端に描かれた菊を、右隻の童子が眺めてるやろ」

「そやけどじっちゃん、あの子ども、なんやぼやっとした顔をしてるで。ちゃんと菊を眺めてるようには、わしには思えへんけどなあ」

枕慈童は周の穆王《ぼくおう》の従者だった童子が、菊の花のめでたさと主君の長寿を寿《ことほ》ぐ曲。絵に成す場合は深山幽谷を背景に、流れる水と咲き乱れる菊花、また童子が穆王から賜った枕を配するのが定石であった。

「あの菊かて、ひょろひょろしてまるで勢いがあらへん。あんなんやったら、じっちゃんがこないだ水墨で描いた菊の方が、よっぽどそれらしいがな」

「晋蔵、人さまの絵をそない大声で貶《けな》すもんやない」

周りの耳を憚《はばか》って留めたものの、晋蔵が口を尖らせるのも無理はない。

あまり腕の立たぬ絵師が描いたのだろう。六曲一双の屏風は色彩こそ鮮やかだが、岩走る水は淀んだように勢いがなく、松の根方に腰掛けた枕慈童の姿勢もひどく不自然である。

会所やほうぼうの商家がこぞって屏風を飾ることから、祇園祭は別名屏風祭と呼ばれもする。修業中の絵師が辻々を巡って古《いにしえ》の画人の作を模写し、腕を磨く場でもあるのに、なぜこの町内はかように出来の悪い屏風を出しているのだ。これでは菊水鉾の名折れではないか。

「あれ、じっちゃん。あそこに絵を描いてる人がいてるで」

晋蔵が指差した会所の土間の隅を見れば、なるほど三十すぎの男が一人、広間の様子をせっせと手控えに描き留めている。

晋蔵の声が耳に入ったらしく、男は釣り上がり気味の目をふと上げた。自分を見つめる若冲たちを眺め返すと、両手に筆と帳面を摑んだまま、人混みをかき分けてこちらに歩み寄って来た。

「失礼ながら、ご同業でございますか」

描きかけの画帖を軽く掲げて尋ねるその腰には、柄袋《つかぶくろ》をかけた両刀がたばさまれている。長旅をしてきたのか顔は真っ黒に焼け、年の割に少々広すぎる額と大きな耳が印象的な男であった。

「へえ、どうやらそのようどす。そやけどわしが絵描きと、よう分からはりましたなあ」

若冲の言葉に、男は目元に微笑を湛え、広間に巡らされた枕慈童図屛風を顎で指した。

「先ほどからあれを見て、しきりに首をひねっておられたでしょう。町の衆はみな祭の熱気に浮かされ、絵の出来なぞ満足に見定めておらぬ様子。そんな中でお二方のお姿は、ひどく目立っておりましたゆえ」

言いながら男は手にしていた画帖を開き、若冲と晋蔵に示した。

肥瘦のある筆で描かれた枕慈童の人形は愛らしく、左右に座る町役のしかめっ面と対照をなしている。壁に巡らされた胴懸け、麗々しく飾られた一斗樽まで精緻に描きこまれた中にあって、人形の背後の屛風だけが、写す価値なぞないと言わんばかりに真っ白であった。

「おっちゃん、絵うまいんやなあ。この町役たちなんか、ほんまにそっくりやないか」

晋蔵が男の画帖をひったくって、歓声を上げた。

「そやけどそないな日に焼けて、いったいどこから来たんや。ひょっとして京に絵を学びに来たんか」

男が絵を描くと知って、嬉しくなったのだろう。腕にぶら下がらんばかりの勢いで尋ねる晋蔵に、男は小腰を屈めた。

「そう尋ねるところを見ると、坊主も絵を学んでおるのか。わしは江戸から参った、谷《たに》文五郎《ぶんごろう》と申す。陸奥白河藩主、松平越中守《まつだいらえっちゅうのかみ》さまの近習を務める身じゃが、一度上方の絵を学びたいと考え、しばしお暇《いとま》を頂き上洛したのだ」

「松平越中守さまのご家臣どすか。それはえらい失礼をいたしました」

若冲自身がそうであるように、京は町人出身の絵師が多く、他に務めを持つ者は稀。その一方で関東には、各藩や幕府の禄を食《は》む画人が珍しくなく、谷文五郎と名乗った男もその一人のようであった。

だが若冲が無礼を謝したのは、それだけが理由ではない。

松平越中守こと松平定信は、前老中である田沼意次の政策を悉《ことごと》く停止し、幕府財政の再建を目指したものの、その改革のあまりの苛烈さから、わずか六年で幕閣を去った元老中首座。京においては先の大火後、財政窮乏著しい幕府の面目と威信を保ちながら、禁裏造営の総指揮を取った辣腕と認識されている。

定信は老中を辞した後もいまだ幕政に強い影響力を有しており、その近習となれば、上洛の目的は絵の修業だけではなかろうと勘ぐったのだが、そんな胸裏を読んだかのように、文五郎はいやいや、と軽く片手を振った。

「近習と申しても、それがしの取り柄は絵だけ。世間では越中守さまは、倹約や学問ばかり命じる謹厳居士《こじ》と思われておりますが、案外、書画骨董がお好きでございましてなあ。おかげでそれがしのような男でも、お傍においていただけるのでござる」

文五郎の口調はからりと明るく、同じ絵師に巡り会えたことを喜んでいるようであった。

二人のやり取りに疎外感を覚えたのだろう。画帖を握りしめた晋蔵がこのとき、なあなあ、と強引に文五郎の腕を引いた。

「そやけど絵の腕やったら、うちのじっちゃんかて負けへんで。こないな祭の風景は描かはらへんけど、伏見石峰寺の伊藤若冲いうたら、京では知らん者のおらへん画人なんや」

これ、と止める暇もない。

画技研鑽《けんさん》のために上洛しただけに、さすがに若冲の名は小耳にはさんでいたらしい。誇らしげな晋蔵の言葉に、文五郎がえっと目を見張ったときである。

「なんや、この絵はッ」

という怒声が、突然、祭の喧騒を圧して響き渡った。

驚いて振り返れば、軽衫袴《かるさんばかま》姿の三十男が、太い眉を吊り上げて会所の中を睨んでいる。瞬時にして祇園囃子までが止んだ中、彼はぶるぶると震える指を広間の飾りに突き付け、どういうこっちゃ、と怒りに満ちた声をしぼり出した。

「ここには毎年、親父どのの枕慈童図屏風を飾ってたはずやないか。それをこない下手な屏風に差し替えるとは、この町内のお人は何を考えてるんや」

「ちょ、ちょっと待っとくれやす」

顔見知りなのであろう。紋付袴姿の町役たちが、あたふたと座敷から降りてくる。こちらへ、と袖を引くのを振り払い、男は更に声を荒げた。

「四年前、うちの親父があの屏風を納めたとき、あんたらは菊水鉾町の会所飾りは永年、この屏風に決まりやと言うたやないか。それをこうもたやすく覆すとは、どないな了見や」

「お怒りはごもっともどす。そやけどこれには、深いわけがありますのや」

そうでなくても、宵山の混雑のただ中。男と町役の周囲には、早くも人垣が出来始めている。

なんや、なんの騒ぎや、という声に背中を押されたように、男は怒りで朱に染まった顔で、更に町役に詰め寄った。

「わけなんか、聞きたくあらへん。おおかた親父どのが寝付いたと知って、祇園会の最中に死なれでもしたら縁起が悪いと、屏風を入れ替えたんやろ。そのくせ見舞いの一つも寄越さん薄情なお人らのために、わしら一党、精魂込めて絵を描いたんかと思うと、けったくそ悪うてならんわ」

「応瑞《おうずい》はん、とにかく落ち着いておくんなはれ。確かにお見舞いも差し上げげんと勝手をしたのは、こっちの落ち度。そやけどわしらの事情も、少しは聞いておくんなはれ」

応瑞――の名には、聞き覚えがある。我知らず声を上げた若冲を、左右の晋蔵と文五郎が同時に顧みた。

「じっちゃん、知り合いかいな」

「いいや、直《じか》に知ってるわけやあらへん。ただ名前をちょっと、人づてに聞いてるだけや」

円山《まるやま》応瑞は四条堺町の画人、円山応挙《おうきょ》の長男。絵の腕は駒井《こまい》源琦《げんき》や長澤《ながさわ》蘆雪《ろせつ》といった高弟衆に及ばぬものの、四千人にも及ぶ応挙の弟子の束ね役を務め、先の禁裏造営時には応挙ともども御用絵師に任用されたと仄聞《そくぶん》している。

かつて住まいこそ近所であったが、応挙と若冲の縁は淡い。それだけに応挙が病の床についていたとは、若冲はついぞ知らなかった。

かれこれ三十年も昔、一度だけ高倉通で見かけた応挙の剽悍《ひょうかん》な姿が脳裏をよぎる。応瑞の様子から察するに、彼の病は今日明日をも知れぬほど篤《あつ》いのだろう。またそうでなければ町役も、禁裏御用まで務めた応挙の作を差し置き、かように下手な屏風を飾るわけがない。

（確か応挙はんは享保癸丑《みずのとうし》の生まれ。わしより十七も年下のはずや）

早すぎる——いや、違う。自分が生き過ぎただけだ。

たった一人、友と呼んだ池大雅《いけのたいが》は五十四歳で、京洛の画壇の中でともに孤高を貫いた与謝蕪村《よさぶそん》は六十八歳で、彼岸の人となった。

五十を越えれば老人と言われる世にあって、これほど齢を重ねた自分が異色とは承知しているが、それでもまた一人、同じ時を生きた画人がこの世を去るのかと思えば、この身だけがぽつりと取り残されるような物哀しさが胸を覆う。

「事情やて。元気な頃は散々持ち上げときながら、いざ死にそうになったら、そっちの事情でお払い箱かいな。馬鹿にするんも、ええ加減にせえッ」

野太い声で怒鳴るなり、応瑞は止める町役たちを振り切って、会所の中へ駆け込んだ。結界がわりの青竹を蹴倒し、懐から取り出した大振りの矢立《やたて》を広間に投げ込んだ。

「な、なにをしはります」

墨壺に墨がたっぷり満たされていたのだろう。屏風の中の童子の半身が鈍い音とともに黒く染まり、銅の矢立が毛氈を点々と汚しながら、床に転がる。勢いの付いた矢立の端が当たりでもしたのか、屏風の前に据えられた人形が、耳障りな音を立てて床几《しょうぎ》から転がり落ちた。

「誰か、誰か応瑞はんを止めておくんなはれ」

町役の悲鳴に、鉾の囃子方《はやしかた》と思しき男たちがわっと応瑞に飛びかかった。

「ええい放せ、放さんかい。こない人でなしの鉾町なんぞ、わしが無茶苦茶にしてやるッ」

応瑞はそう喚きながら両手を振り回していたが、さすがに多勢に無勢。やがて数人がかりで押さえつけられると、両腕を左右から摑まれ、会所の奥へと連れて行かれた。獣の咆哮《ほうこう》に似た怒声が次第に小さくなり、やがていつの間にか再び鳴り出した祇園囃子にかき消されて聞こえなくなる。

なんや、もう終わりかいな、と言いながら、群衆たちが散り始める。若冲はかたわらの文五郎と顔を見合わせ、どちらからともなく大きな溜息をついた。

鉾町の者にとって、祇園会は最大の晴れの日。ましてや復興の槌音著しい今日、応挙の死で祭礼に水が差されてはかなわぬとの思いも、分からぬではない。だが応挙の病によって、一門みなが不安を抱く最中にこんな仕打ちを受けては、応瑞が怒るのも当然。

(絵師いうもんは所詮、人さまに使われる商いなんやなあ)

そう呟いて額の汗を拭った若冲の袖を、晋蔵が小さく引いた。

先ほどの騒ぎの間も食い入るように眺めていた文五郎の画帖を開き、

「なあなあ、じっちゃん」

と不思議そうな顔で問いかけてきた。

「ここに描かれてるのは、じっちゃんの作かいな。そやけどわしに内緒でいつの間に、こない大っきな碁盤の目の屛風絵を描いたんや」

「なんやて」

驚いて目をやると、晋蔵が開く画帖には、群れ集う獣を描いた屛風絵が、紙幅いっぱいに写されている。

墨での模写ではあるが、第三扇に描かれている巨大な象はおそらく白象。そのぐるりを取り囲む虎や栗鼠《りす》、龍といった様々な獣たちの上には、糸のように細い筆で縦横の線が施され、「色ヲ桝目状ニ施シ、画ヲ作ル」との走り書きまで加えられていた。

「な、なんやこれは」

慌てて画帖をひったくれば、次の帖には大きく翼を広げた鳳凰《ほうおう》を中央に据えた屛風が写され、やはりそこにも碁盤の目状の彩色を証するかのごとく、細い経緯線が引かれている。

画面を碁盤の目に区切る画法は、自分が晋蔵のために考案したもの。上洛したばかりの文五郎が、なぜそれとそっくり同じ画法で作られた別の屛風を写しているのだ。

(しかも――)

この鳳凰、この白象、いやこの二隻の屛風絵に描かれた鳥獣には、すべて見覚えがある。

若冲は全身をわななかせながら、文五郎に詰め寄った。武家である彼への遠慮など、もはや念頭になかった。

「ぶ、文五郎はん、あんた、この屛風をいつどこで写さはりました」

若冲の剣幕に、文五郎はちょっとたじろいだ様子で身を引いた。

「つい四半刻ほど前、この通りの一本西、放下《ほうか》鉾町内の煙管《きせる》屋の店先でございます。あの、若冲どの、それがなにか――」

「すんまへん、文五郎はん。ちょっとこの晋蔵を預っとくれやす。もしお邪魔やったら、室町蛸薬師の金忠いう店に届けていただいたら、店の者が面倒を見てくれますさかい」

言うが早いか、若冲は足をもつれさせながら、宵山の雑踏に飛び込んだ。

「危ないやないか、じじい。ちゃんと前を見て歩かんかい」

若冲とぶつかりそうになった男が、ちっと舌打ちして飛び退く。それには目もくれず、若冲はわななく手でひたすら目の前の人波をかき分けた。

昼間のように明るい町筋をたどって放下鉾町に着くや、荒い息をつきながら四囲を見廻す。煙管を象《かたど》り、「木津屋」と刻まれた看板の下に十重《とえ》二十重《はたえ》の人垣が出来ていることを見止め、がくがくと笑う膝を励ましてそちらへ歩み寄った。

「それにしても不思議な絵やで。こないな描き方、きっと並大抵の苦労やあらへんやろになあ」

「室町の金忠いう店にも、これとよう似た二枚折り屛風が飾られてたわい。そやけど正直、あっちは色が暗うて地味。せっかくの祭には、これぐらい華やかなほうがええなあ」

口々に言い合う人々の顔が、影になって黒ずんでいる。そんな彼らの肩の向こうにのぞく屏風絵に、若冲は息を呑んで立ちすくんだ。

(これは――)

真っ先に視界に飛び込んできたのは、夥《おびただ》しいまでの色の洪水。そのあまりの華やかさに圧倒されて目をしばたたけば、そこには見覚えのある熊が、白象が、新たな命を得て画面に収まっていた。

画面を小さな碁盤の目状に区切り、そこに一つ一つ色を差す技法は、若冲が晋蔵と描いた二曲屏風とそっくり同じ。そしてあろうことか目の前の小ぶりな屏風に蝟集《いしゅう》する鳥獣たちは、若冲がこれまで長年にわたってあちこちに描いてきた無数の動物の姿態と、寸分の違いもなかった。

かつて動植綵絵《どうしょくさいえ》の一幅に描いたのと同じ鳳凰が、左隻の中央で大きく翼を広げている。高い木の上から獣たちを見下ろす猿は、いつぞや上京の豪商の依頼で描いた掛幅と瓜二つ。またその隣で空を仰ぐ豹は、まだ嫁入り前のお志乃に顔料を作らせて描いた、押絵貼屏風の豹そのままであった。

こんな絵を描ける者が、この世に二人といるものか。若冲は両の手を強く握りしめた。喜びとも哀しみともつかぬ熱いものが、腹の底からどっとこみあげてきた。

(君圭、お前、生きてたんか――)

よほど安物の顔料を用いたのだろう。よく見れば屏風絵は全体に色調が暗く、ところどころ色が剝落している箇所もある。とはいえそれにしたところで、六曲一双の屏風をこれほど華やかに彩るには、相当な量の顔料が費やされたに違いない。

しかも忠兵衛が白象獅子図屛風を会所に貸したのは、昨年の宵山。それからたった一年で、君圭はこれほど手間のかかる屛風を描き上げたのか。

「へ――下手な絵や。ほんまに、下手な絵や」

自らに言い聞かせるように呻《うめ》きながら、若冲は一歩、屛風へと歩み寄った。

自分が、この絵を認めるわけには行かない。そして君圭もまた、若冲がこの屛風に屈することをよしとするわけがない。

蝟集する見物客を押しのけると、胸先に巡らされた垣を両手で鷲摑みにし、かすれた声で続けた。

「こ、こない品の悪い顔料を使うてからに。これでわしを脅かそうなんぞ、百年、いや千年早いわい」

口汚く罵《のの》りながらも、若冲の目は一双の屛風に吸い寄せられたが如く動かなかった。

君圭がいずれ晋蔵を引き取りに来るはずと考えていたのは、誤りだった。あの男は若冲が思っているほど惰弱でも、親子の親愛に溺れる人物でもなかったのだ。

若冲に裏切られたと思い込んだことで、彼は尽きかけていた胸の熾火《おきび》を再び燃えたぎらせたのであろう。そしてこの七年、どうやって若冲の絵に迫るか思案し続けた末、おそらく昨年の宵山で目にした二曲屛風を下敷きに、こんな途方もない大作を描いたのだ。

（そやけど――）

ある時はお三輪の思い出から逃れるために、ある時は君圭の無言の圧力を撥《は》ね除ける
ために筆を走らせた数々の絵。いかに自分を脅かすためとはいえ、それらをこれほど詳
細に観察し、異なる形で屏風に配することのできる者が、君圭以外にいようか。

そう気付いた瞬間、目の前を長らく覆っていた霧が晴れるにも似て、ひどく寒々しい
一条の光が、若冲の胸底を照らした。

そうか、という呟きが乾いた唇から洩れた。

（お前は――お前はわしという画人そのものやったんやな。そうや、君圭、お前がわし
を絵師にしたんや）

なぜもっと早く、その事実に気付かなかったのだろう。

長年若冲を脅かし、時に絶望の淵に突き落としてきた君圭は、自分をあの奇矯と陰鬱
が入り混じった絵に駆り立てる唯一の存在。そして老いたこの身に今なお絵筆を執らせ
る晋蔵もまた、君圭によって与えられたおさな児ではないか。

光るものが若冲の目尻に浮かび、提灯の灯を映じながら、老いた頰を伝った。

憎まれる者と憎む者、己への罰として絵筆を執る若冲と、そんな義兄を恨んで贋絵を
描く君圭。怨憎の相剋の中に生きる者同士であったからこそ、自分たちはこうして、絵
を描き続けて来られた。

そう、自分たちは夜寒の鏡を隔てて向き合った、光と影だったのだ。

「じゃ、若冲どの」

強い力で肩を摑まれて振り返れば、文五郎の上気した顔が目の前にある。厚い肩を激しく上下させながら、

「お言葉通りお子は、金忠なる店に預けて参りました。それにしてもこの絵は、いったいどなたが描かれたものです。晋蔵どのはそれがしの画帖を握りしめ、こないな絵は若冲のじいちゃんしか描けへんと繰り返され、実際金忠の店先にはよく似た絵が飾られておりましたが」

と、彼は木津屋の広間に眼をやった。

目の前の屛風は、若冲なくしては在りえず、君圭なくしては描けぬ異形の鳥獣画。そして同時に伊藤若冲は君圭あっての絵師であり、市川君圭もまた若冲あっての画人。ならば君圭の絵と自分の絵に、もはや彼我の別なぞありはせぬ。

正面から描かれた白象が、じっとこちらを見据えている。

その糸のように細い目が、お前は誰だと問うているかに思われ、若冲は両の拳を強く握りしめた。自分たちを囲繞《いにょう》する人々を、まるで我が身を此岸から隔てる垣の如く感じながら、大きく息を吸い込んだ。

「これは――これはわしの絵どす」

しぼりだした声に、君圭の声が重なって聞こえたのはきっと気のせいだろう。若冲は己の言葉の果てを追うかのように、宙に目をさまよわせた。

「なんと、それはまことでございますか、若冲どの」

「へえ、ほんまどす。こないな絵を描ける者は、この世に伊藤若冲ただ一人どっしゃろ」

自分を浮世から切り離し、絵の世界に邁進《まいしん》させるに至ったお三輪。そしてこの背を常に恐ろしいまでの画技で追い立て続けた君圭。彼らの存在がこの身を絵師に成したのであれば、市川君圭の絵はすべて若冲の絵。そして若冲の絵は同時に、市川君圭の絵。

そう、長い年月を経て、ようやく分かった。やはり自分は、君圭に負けたのだ。

「さようでございましたか。伊藤若冲どののお名は、江戸でも時々うかがっておりました。このような場でお目にかかれたばかりか、かような素晴らしい御作まで拝見でき、望外の幸せでございます」

感服したようにしゃべり続ける文五郎には答えぬまま、若冲はじっと屏風の白象を見つめ続けた。身体の割にどこか猛々しさを含んだその目が、提灯の灯を映じて小暗く輝いた。

三

金忠の店先で、自分の手伝った屏風絵が大勢の人々の賞賛を浴びていたのが、よほど嬉しかったのだろう。

晋蔵は若冲が突然、彼を置いてどこかに行ってしまったことも、また文五郎の手控えに見知らぬ鳥獣図屛風が模写されていたことも忘れ果て、石峰寺に戻った後も事あるごとに祭の賑やかさを口にし続けた。

「なあ、じっちゃん。来年も宵山に連れてってえな。約束やで」

「よっぽど楽しかったんどすなあ。兄さん、ええことをしはりましたな」

若冲はそんな二人にひたすら生返事を返していたが、祇園会が終わった七月一日、誰にも行き先を告げぬまま、再び洛中へと向かった。

昨日までの祭礼の余韻漂う四条通を足早に過ぎ、八坂門前の一角にあるうら寂れた道具屋の店先に立った。

懐には数日前、放下鉾町の木津屋から届いた文が納められている。片手でそれを押さえ、若冲はごめんやす、と店内に声をかけた。

「突然すみまへん。ちょっとお尋ねしたいんどすけど」

「なんじゃいな。用があるなら入ってきてくれへんか」

がらがら声に誘われて踏み入れば、軒の低い土間にはあちこちに大小の壺や木箱が転がり、足の踏み場もない。日の差し込まぬ片隅に莚《むしろ》が敷かれ、裸のまま積み上げられた掛幅が、分厚い埃をかぶっていた。

形ばかりの帳場格子の奥で、若冲とさして年の違わぬ老婆が、白濁した目を宙に据えている。髷《まげ》を結うほどの髪もないのであろう。黄ばんだ蓬髪《ほうはつ》を振り乱した彼女に、若冲は軽く頭を下げた。

「放下鉾町の木津屋はんでうかごうて、お訪ねさせていただきました。木津屋はんがこないだの宵山に飾らはった屛風絵は、こちらからふた月前に納められたものやそうどすな」

「屛風やと」

「へえ、細かく線を引いた碁盤の目ん中に色を置き、色んな動物や鳥を描いた鳥獣図どす」

ここ八坂門前の壺中屋は、かつて君圭の師である贋絵描きが出入りしていた店。木津屋に手紙を送り、あの屛風の出所がこの店と教えられたときから、若冲はここに来れば君圭の消息が摑めようと確信していた。

若冲の言葉に、媼《おうな》は濁った目をぎょろりと剝いた。襤褸《ぼろ》に近い単《ひとえ》の肩を怒らせ、

「するとあんたが、伊藤若冲かいな」

と苦々しげな口調で吐き捨てた。

「わしをご存知なんどすか」

息を飲んだ若冲に、老いた主はおお、と不機嫌そうにうなずいた。

「あの屛風を見て訪ねてくるとすれば、伊藤若冲よりほかおらぬと君圭が申しておったでな。されどわしは、あれを鉾町に売ってくれと頼まれただけ。文句があれば、君圭に言うんやな」

「わしはその君圭の居場所を知りとうて、こちらにうかごうたんどす。あいつは今、ど

こにいてるんどすか。どうか教えてくんなはれ」

君圭が媼にそう頼んだのは、そうすればいずれあの屛風が若冲の眼に止まると踏んでであろう。

君圭はもはや己と若冲が不可分の存在であることを、承知しているのだろうか。いや、仮に気付いておらぬのであればなおさら、自分は君圭に敗北を告げねばならない。

若冲の真意を探ろうとするかのように、主はしばらくの間、白濁した眸《ひとみ》を宙にさまよわせていた。しかしやがて膝先の小壺にけっと痰を吐くと、

「ふん、わしはお前の絵は嫌いじゃ。そやさかいあいつのところに行って、これまでどれほど拙《つたな》い絵を描いてきたか、じっくりその眼で確かめてきたらええ」

と手許の抽斗《ひきだし》から手さぐりで一枚の書き付けを取り出し、扇を扱うような手つきでそれをひらりとこちらに投げた。

これまで変わった絵と評されはしても、面と向かって拙い絵と謗《そし》られたことはない。咄嗟《とっさ》に返す言葉に詰まった若冲に、媼は皺だらけの顔をにやりと歪めた。

「拙い絵と言われたが、意外か。腹が立ったか。そらそうじゃろう。おぬしはかれこれ数十年、京洛の者どもから稀代の画家よ、奇矯の画人よと褒めそやされてきたでなあ」

足元に何か気配を感じて目を転じれば、鼠が二匹、昼の明るさを恐れる気配もなく、若冲の爪先を嗅いでいる。思わず飛び退いた若冲にはお構いなしに、媼は更に嘲《あざけ》る口調で続けた。

「そやけど世間はだませても、わしの眼は誤魔化せへんで。お前の絵はすべて、己のためだけのもの。そない独りよがりの絵なんぞ、わしは大嫌いじゃ」

「自分のための絵――」

それは決して間違っていない。さりながらそれをこの蓬髪の媼が指摘したことが、不思議でならなかった。

「おお、そうじゃ。絵というもんはすべからく人の世を写し、見る者の眼を楽しませるべきもの。けどお前の作は自分の胸の裡《うち》を吐露し、己が見たくないものから眼を背けるためのもんやろが」

なあ、若冲よ、と媼は黄色い歯を剝き出し、けけッと小さな笑い声を立てた。

「絵師とは、人の心の影子。そして絵はこの憂き世に暮らす者を励まし、生の喜びを謳うもの。いわば人の世を照らす日月《じつげつ》なんやで」

絵師とて人である以上、その心の内には様々な悩み苦しみが存在するはず。だが、若冲の知る画人たちは確かに、その苦しみを画布にぶつけはしなかった。たとえ自らはどんな哀しみの淵に沈もうとも、絵を求める人々の心に添い、あくまで他人のためにその腕を用いた。

さりながら家業を厭い、絵の世界に没頭し始めたときから、若冲にとって絵は自らの心と同一の存在。この世に暮らすことと、絵を描くことはほぼ同義と言ってもよく、その作に自らの懊悩がにじみ出るのはやむをえぬ話であった。

なるほど君圭があの屛風を託すだけのことはある。目の前の媼は絵画に淫した若冲の心の弱さを見抜き、嘲笑《あざわら》っているのだ。

「それに引き換え、ただただ自分の苦しみを、のべつまくなしに垂れ流してるお前の絵はなんじゃいな。そないな絵は、ほんまの絵やあらへんわい。――四条の円山応挙が死にかけてるんは、お前も知ってるやろ」

いきなり変わった話の矛先に戸惑う若冲には構わず、媼は「あの男は」と声を低めた。

「絵とはそれを描く画人のためやのうて、世間の者のためにあるとよう知っとった。ただ己を空っぽにして、人の眼を楽しませるためだけにその技を使うたさかい、あいつは京洛でああもてはやされたんじゃ」

その言葉に若冲は、宵山の夜、墨に汚された不出来な枕慈童図屛風を思い出した。ひょっとしたら応挙は、死穢《しえ》を忌む町役が己の屛風を宵山飾りから外したと知っても、さして怒らなかったのではあるまいか。むしろそれこそが自分が目指す絵だと膝を叩き、嬉しげに笑いすらしたのでは。

だがそうなると、応挙のそんな絵への向き合い方を間近にしているはずの応瑞は、なぜあのように人目も憚らず、他人の絵を損なう暴挙に出たのか。

そんな疑問にはお構いなしに、媼は更に言葉を続けた。

「絵師の風上にも置けへん点は、君圭もお前と同じじゃ。違う点があるとすれば、お前は自分自身のために絵を描き、あいつはお前を苦しめるためだけに絵を描いてることやろか。けどどちらにしたところで、人の生きる喜びや悲しみ、山々や生き物たちの晴れやかな美しさが描けへんお前らなんぞ、本物の絵師やあらへんわい」

生の喜びの欠落した、若冲の絵。そしてその贋絵ばかり描く君圭を、この老婆は長年、苦々しく眺めてきたのだろう。並々ならぬ絵の腕を持ちながら、その才能を深い憎悪の中に埋もれさせた君圭を惜しみ、その憎しみの原因となった若冲を嫌い――そしてこの年まで、君圭に本当の絵の意義を与えてやれなかった己自身に、腹立たしさを覚えているのに違いない。

もし自分が存在せねば、君圭は応挙の如く、他人のために絵を描く画人として、大成したであろうか。いや、姉の自死によって若冲を憎まなかったならば、そもそも彼は絵筆なぞ執ろうとも思わなかっただろう。

だとすれば自分たちの前にはやはり、この道しか延べられていなかった。その暗くて長い道を、自分たちは前になり後になりしながら、この数十年、共に歩んできたのだ。

「――けどそれやったらなんで世の中には、こないなわしの絵を喜んで求めるお人がいはるんどっしゃろ」

以前から抱いていた問いをふと口にすると、嫗は若冲の無知を蔑むように軽く鼻を鳴らした。

「それはそいつらが、お前の絵の奇抜さや彩りの華やかさに眼を奪われ、絵のまことを見てへんからやわ。気の毒になあ、今お前の絵をもてはやしてる奴らの眼は、すべて節穴なんやで」

嫗の悪口は、不思議と不快ではなかった。絵に漂う哀しみ苦しみを読み取った上で、「若冲」の号を授けた相国寺の大典の如く、世の中にはどうやらごくわずかながらも、己の絵の本質を看取する者がいるらしい。

目の前の嫗がその一人であり、己と君圭の関係を知った上で自分たちの絵を腐すのが、何やら有り難くすら思われた。

「なるほど、そうどすか。でもそれやったらあと二百年か三百年も経ったら、あんたさまみたいな目のあるお方が、もう少し出てくるんとちゃいますやろか」

「ふん、その頃にはおぬしの絵なぞ、きっと世人より忘れ去られておろうよ。もっとも千年も時が流れ、人が野の草花や生きることの美しさに気付かず、ただ他人を妬《そね》み、己の弱さに耽溺するばかりの世となれば、また違うかもしれぬがのう」

千年、と口の中で呟き、若冲は足許にぽっかりと穴があいたような不安に襲われた。視界がにじんだように歪み、自らが手がけた無数の絵が、一瞬にして脳裏を駆け巡った。

降りしきる雪に隔てられた孤独な鴛鴦《えんおう》、鶏冠《とさか》を逆立て、宙を睨みつける雄鶏、くるりと曲がった茎の先で危なっかしく咲く燕子花《かきつばた》。色鮮やかではあれど、自らの孤独をひたすら嚙みしめるべく描いたあれらの絵が、千年も先まで残る道理がない。

もしこのまま自分が生を終えれば、嫗の言う通り、伊藤若冲という画人はあっという間に世の推移の中に埋もれ去ろう。

これまで、死を恐ろしいと思ったことはない。さりながら自分が煩悶のうちに描いてきたすべてが、一つ残らず消え去るやもしれぬ事実に、若冲は低い呻きを漏らした。

(わしは――わしらはまだ千年先に残せるような、人さまのための絵を、一つも描いてへんやないか)

おぼろに霞んだ白い顔が、眼裏に揺らめくように浮かんできた。春の日差しを浴びながら、ゆらゆらと揺れていた小さな足。襟足に落ちていたおくれ毛が、自分を嘲笑うかの如く風になびいていた。

お三輪、という小さな声が、ひび割れた唇から洩れた。

そうだ、敗北に打ちひしがれるのは後だ。この身にはまだ、描かねばならぬ絵がある。何者にも増して絵を描いてやらねばならぬ相手が、自分たちにはいる。

若冲は足元の書き付けを静かに拾い上げた。ひどく傾いだ金釘流で書かれた「上京五辻浄福寺五郎兵衛店《ごろべえだな》」の文字を一瞥し、それを老婆の膝先にそっと置いて踵を返した。

ふん、と老婆がもう一度鼻を鳴らす。忌々しげなその音に相槌を打つかのように、鼠が土間の隅で小さな声を上げた。

四

石峰寺に駆け戻るなり、若冲はお志乃に手伝わせ、ありあう反故紙《ほごし》を糊で貼り継ぎ、縦五尺、横一丈あまりの巨大な紙を二枚作り上げた。部屋中に広げたそれに乗り板を渡し、その上に胡坐をかいた。

あまりに真剣なその顔に、ただならぬ気配を感じ取ったのだろう。

「なあ、じいちゃん。そこには何を描くんや。わし、また手伝わせてもらえるんか」

と尋ねる晋蔵の肩をそっと押して、お志乃が画室を出て行く。それには一瞥もくれぬまま、若冲は竹炭で紙をさっと六扇に区切った。

乗り板を移動させると、まず右隻の中央右寄りに巨大な白象を、左隻に大きく羽を広げた鳳凰を素描する。巨大な木を二隻の両端にそびえさせ、実をつけた葉叢《はむら》を天に配した。

その構図は傍目には、君圭の鳥獣図屛風と同一と映ったであろう。だがあの屛風絵に描かれた鳥獣は、みな若冲がこれまで描いた絵からの引き写し。そんな過去の遺物だけで、この絵を仕上げてなるものか。

なあ、と若冲は胸の中で、もはや顔も忘れ果てた亡き妻に呼びかけた。

死に際して、お三輪は若冲に文の一通も残さなかった。商いにも、店の切り盛りにも、ましてや妻との共住みにも馴染むことの出来ぬ若冲に絶望し、彼女はたった一人、孤独に首を縊《くく》って果てたのだ。

しかし本当に彼女を避けていたのであれば、お三輪を死なせた悔いをこれほど多くの絵に塗り込めようものか。

（わしは確かに、夫としてはあかんたれやったやろ。それでもわしはわしなりに、お前を大事に思うてたんや——）

　絵にしか興味を持てぬ自分にとって、ある日、突然娶《めあわ》されたお三輪はあまりに美しく、菩薩のように眩しかった。そんな彼女に真直ぐに向き合えなかった若き日の惰弱さが、腹立たしくてならない。

　なぜ自分は彼女を守らず、絵に没頭し続けたのだ。なぜ母や弟たちの陰口から、身を挺して彼女をかばわなかったのだ。しかもすでに齢の尽きかけたこの年になって、ようやく自らが誰のために絵を描くべきかと気付くとは——。

「わしはほんまに、あかんたれや」

　と呟きながら、針にも似た毛を持つ獣を、象の傍らに描きこむ。豪猪（ヤマアラシ）という その獣は、二十年ほど前に長崎に渡来し、いつぞや大典が「何かの足しに」と送ってきた画帖に載っていた珍獣である。

「綿羊、山童（オランウータン）、駱駝——」

　いずれの獣も、若冲は目にしたことがない。さりながらこの屛風絵にふさわしいのは、かつて自分が悔恨のうちに描いた鳥獣ではない。この国ではないはるか遠く、そう生きとし生けるものが集い、晴れやかなる命を歌い上げる緑豊かなる国に遊ぶ、まだ見ぬ不可思議な生き物を自分は描かねばならぬ。

「火喰鳥《ひくいどり》、高麗鶯《こうらいうぐいす》、紅羅雲《こうらうん》——」

　左隻の鳳凰の周りに配されるのは、珍妙な姿態の異国の鳥たち。黒一色での素描にもかかわらず、すでに若冲の脳裏には、眩しいまでの顔料で彩られた華やかな鳥の姿が手に取るように浮かんでいた。

ありとあらゆる生命が歌い、身を寄せ合うその地では、獅子は木の間で遊ぶ兎に眼を細め、栗鼠は空を翔ける鷲に怯えもせず、光満つる野を駆け巡るであろう。色とりどりの鳥たちが美しい声で囀《さえず》りながら枝々を飛び交い、青く広がる海を、猟虎（ラッコ）や海馬《かいば》が悠然と泳ぐ。番《つがい》の鶴が紅白の花群れ咲く野面に憩い、互いの羽をつくろい合う様までが、恐ろしく鮮明に思い浮かべられた。

（これは浄土や。そう、わしは浄土を描くんや）

鳥も花もすべて、生きることは美しく、同時に身震いを覚えるほど醜い。無数の蟻に食い荒らされる、腐った柘榴《ざくろ》。木の枝からぞろりと垂れ下がり、風に蠢《うごめ》く葡萄《ぶどう》の蔓。生きることは死ぬことと同義であり、生の喜びを謳うことは、日に日に終焉に向かう命を呪うことと紙一重。ならばこれまで生きる苦しみのみを描いてきた自分はどんな画人よりも、草木国土がこぞって晴れやかなる命を礼賛する浄土を描くにふさわしいはずだ。

おおまかな下描きを完成させると、若冲は洛中の紙屋から下絵と同じ大きさの紙を取り寄せ、丁寧に方眼を引いた。下絵をそこに墨で引き写す一方で、下描きにざっと顔料を施し、どこにどの色を塗るかの目安とする。その上でようやく晋蔵を画室に呼び入れ、

「細かいところはわしがやるから、手を付けんでええ。お前はこっちの下絵を見ながら、

描線に触らへん広い部分の桝目を、四角く塗ってくれるか」

と命じた。

晋蔵は部屋いっぱいに広げられた絵に目を走らせ、こっくりと顎《おとがい》を引いた。そして緊張した様子で筆を握り、鳥獣の背後に広がる海原や樹木を、丁寧な手つきで塗りつぶし始めた。

晋蔵に任せられぬ獣の輪郭部分は、若冲が色を差し、更にその上に四角い方形を重ね描く。鳥の眼や尾羽といった細かい部分は、方眼一つに幾つも色を塗り重ねるため、ほんの四半刻で眼が痛み、筆を握る手が打ち震える。

それでも若冲は、獣の胴体や地の緑といった色が単一な部分以外、決して晋蔵に触らせようとしなかった。全身を襲う痛みや手の震えにもひたすら耐え、一日の大半を乗り板の上で過ごし続けた。

「兄さん、いまご住持が聞いてきはったんどすけど、四条堺町の円山応挙はんが、先月の十七日に亡くならはったそうどす。すでに葬式も終わり、ご遺骸は四条大宮西の悟真寺に葬られたんやとか」

朝晩、涼風が立ち始めた八月のある日、お志乃が乗り板の傍らからそう告げたときも、若冲はわずかに首をうなずかせただけで、顔を上げようとはしなかった。

いつしか縁先に坐しすらしなくなった若冲の為すべきは、もはや鳥獣図屏風の制作のみ。やがて晋蔵が彩色の容易な部分を塗り終えると、若冲は再び一人で画室に籠り、お志乃が声をかけねば三度の食事すら満足に取らぬようになった。夜は絵の傍らに床を敷くものの、夜中にがばと起き上がって、桝目を塗り出すこともあった。

元々肉づきの悪い身体は、あっという間に肋《あばら》が浮くほど痩せ衰えたが、両の目だけはぎらぎらと底光りし、およそ八十の翁とは思えぬ精気を漂わせていた。

そうして季節が秋から冬へと移り変わる頃には、二枚の絵のうち右隻に当たる群獣図は、第三扇の白象の部分を残すのみとなっていた。

つと手を止めて外を眺めれば、色を検《あらた》めるために開け放たれた障子の向こうで、風花がちらちらと舞っている。

お志乃は足が痛むといって、夕餉の支度を早くに済ませ、日の高いうちから床に着いてしまった。晋蔵は裏山に写生に行ったらしく、まだ戻ってこない。

淡い冬陽を片頬に受けながら、若冲は太い筆にたっぷりと朱を含ませた。乗り板からぐいと身を乗り出し、いまだ色の差されていない白象の背に一枚の敷物を描きこんだ。

あらゆる命が等しく憩うその世界では、苦しみのうちに死んだ魂も、必ずや大いなる平安を得るであろう。ならばこの白象の背は、そんな魂の宿る座だ。

(どこかで見てるのやろ、お三輪。お前はここに座って、わしが作った浄土をずっと眺め続けてたらええ)

普賢《ふげん》菩薩は白象に乗ってこの世に来臨し、時には世人を救うべく、世の泥濘《でいねい》に塗《まみ》れた遊女にすら化身するという。

なにを今更、とお三輪は言うかもしれない。しかし若冲にとって、この浄土に坐すべき菩薩はお三輪以外にいない。

そう、人の姿こそなけれども、この絵は若冲にとっての人物画。白象の上に坐しているであろう亡き妻と、あらゆる命が遊ぶ浄土を描いた、お三輪のための絵だ。

(なあ、お三輪。お前を死なせたわしが行く先は、きっと浄土やのうて地獄や。そやさかいせめてお前には、わしが作った浄土で、ずっと美しいままでいてほしいんや。そして五百年先、千年先にこの絵を見た具眼の士に、わしがどれだけの罪を犯したんか、一つ残らず話してくれへんか)

短い冬の日はいつしか西に傾き、乗り板の上で身を屈める若冲の影が、白象の顔の上に長く伸びている。

かたん、と音を立てて太筆を小皿に置き、今度は朱縁の敷物の内側に、細筆で蜀江《しょっこう》文様を描き始める。黒と緑の紋様の中に点々と散らされた胡粉が、茜色の西日を受け、まるで空を舞う風花を写したかの如く白く光っていた。

明くる年は春の訪れが遅く、石峰寺の参道の桜がほころび始めたのは、三月も末になってからであった。

左隻の群鳥図が完成したのは、参道が鮮やかな緑に覆われた四月半ば。屏風に仕立てるべく、二枚の大画を五条の表具屋に預けると、若冲は急に広くなった画室をゆっくりと見回した。

かそけき物音に振り返れば、晋蔵が縁先からこちらをうかがっている。

まともに見ぬ間に、急におとなびた眼を上げ、

「あの絵、どこに行ってもうたんや」

としっかりした口調で問うた。

「表具屋や。そやけど屛風に仕立て終わっても、もうここへは戻らへん。金忠はんに買い取ってもらうようお願いしたさかい、見たいんやったら次の宵山の時に見せてもらおな」

昨年の宵山の夜、突然現れた六曲一双屛風に、都中の評判がさらわれたのがよほど面白くなかったのだろう。数日前、室町の店に出向いた若冲が一双の屛風を引き取ってもらえないかと頼むと、忠兵衛は、

「それはこないだ、放下鉾町に飾られてた屛風どすか」

と、不機嫌もあらわな口調で聞き返してきた。

「わしに内緒であないな屛風を描かはるとは、若冲はんも水臭いお方どすなあ。しかも一度木津屋はんに売らはったあの屛風をわしに買えとは、案外な二枚舌を使わはりますのやな」

そうくどくどと嫌みを言っていた彼は、若冲が話しているのがそれとは異なる屛風と

分かるや、こみあげる興味を無理に押し殺したように、「別の絵どすか」とそっけない声を出した。

「へえ。構図はあれとよう似とります。けど彩色といい構図といい、見る者が見たらまったく別の絵と分かるはずどす」

放下鉾町の木津屋は今年も、あの鳥獣図屛風を飾るであろう。木津屋と金忠、すぐ目と鼻の先の二軒が、共によく似た彩色屛風を出せば、それだけで見物の衆の噂は独り占め。その上更に白象獅子図屛風まで飾ったならば、金忠の評判は一度に高まると考えたらしい。

肉づきのよい頰をひと撫でし、忠兵衛はもったいぶった口調で「よろしゅうございます」とうなずいた。

「そういうことやったら、買わせていただきまひょ。そやけど画料は屛風が仕上がって来てからのご相談で、よろしおすな」

絵を見ずに値は付けられぬと念押しするあたりは、いかにも商人らしい行い。とはいえ若冲は、忠兵衛があの屛風を嫌うことはあるまいと確信していた。

いや、忠兵衛だけではない。人は誰しも様々な苦しみ悲しみを抱え、この世を生きている。宵山の灯りの中、あの絵に向き合った者はみな、美しき楽土を前にひと時、この世の辛さを忘れるに違いない。そして心の隅に抱く大事な人の面影を白象の背に乗せ、そっと手を合わせるのだ。

（君圭、お前は認めたくないかもしれん。そやけどわしらは二人で一人の絵師。お前がわしに向けて描いた屏風を下敷きに、わしはお三輪のための絵を描いたんや）

馬鹿を言うな、と吐き捨てる君圭の声がする。その声に向かい、そやけどな、と若冲は胸の中で続けた。

（確かにわしはお前に負けたかもしれへん。とは言うても君圭、お前もまた、わしに勝ったんやない。お前もわしもずっと描けへんままやった人のための絵を、わしらはいまようやく、二人で作り上げたんや）

それからおよそ一月後の宵山の夕、金忠が差し向けた駕籠に晋蔵と共乗りしながら、若冲は垂れの隙間から見える往来に、じっと目を注いでいた。

伊藤若冲がこれまで飾った屏風にも負けぬ絵を描いたとの噂は、すでに忠兵衛によって洛中洛外に広められている。

君圭はそれを耳にすれば、きっと宵山に来るに違いない。そして若冲があの鳥獣図に籠めた思いを、彼だけは過《あやま》たず読み取るはずだ。

鉾の辻が近づくにつれて、またしても往来の人出はひどくなった。それでも行けるところまで駕籠で進んだ末、若冲は晋蔵に手を引かれて、提灯の点された室町筋を歩き出した。

ちらりとのぞいた菊水鉾の会所には、昨年と同様に人形と胴懸けが飾られ、その背後に金泥地に簡素な筆致で深山幽谷を捉えた屏風が立て回されている。

右隻に配された山の頂には薄っすら雪がかかり、峰の狭間から流れ下った小川が菊の葉を優しく洗っている。せせらぎを追って目を転じた左隻では、一人の童が菊の花を懐に、わずかに腰をひねって山の彼方を仰いでいた。

咲き乱れる菊をごくわずかな筆で表し、人里離れた山の静けさを表現した見事さは、昨年のあの屛風なぞ及ぶべくもない。端正かつ穏やかな童子の顔をしげしげと見るまでもなく、若冲にはそれが一目で、円山応挙の作であると知れた。

「じっちゃん、あれや、あれや。すごいなあ、ちょっと近づけへんぐらいの人やないか」

晋蔵のはしゃいだ声に我に返れば、通りの果て、金忠の店先と思しき辺りに、黒山の人だかりが見える。

はよ行こう、と手を引かれたそのとき、若冲は会所を望む通りの向かいに、一人の男がぽつりとたたずんでいるのに気づいた。円山応瑞であった。

応瑞は自分を見つめる若冲に怪訝《けげん》そうに会釈を送ると、居心地悪げに視線をそらした。真向かいの菊水鉾町の会所飾りを上目遣いにうかがい、大きな肩がしぼむほどの溜息をついた。

その顔に、昨年のような怒りの色はない。ただ親にはぐれた子どもを思わせる当惑だけが、やつれた横顔に漂っていた。

若冲はその場に足を止めた。晋蔵の手を強引に引いて雑踏を横切り、「もうし」と物陰の応瑞に声をかけた。

「円山応瑞はんどすな。わしは伏見石峰寺に住む、伊藤若冲と申します。昨秋、応挙はんが亡くなられたとのこと、お悔やみも申し上げずに失礼いたしました」

咄嗟に言葉が出なかったのか、あ、と口を開け、応瑞はあわてて頭を下げた。

「こ、これはご丁寧にありがとうございます。おかげさまで墓も建ち、近々、一周忌の法要を営む腹づもりをしております。親父が若冲はんと交誼《こうぎ》があったとは知りませなんだが、もしよろしかったらご参列しとくれやす」

その声は覇気に乏しく、およそ応挙亡き後一門を率いる棟梁には似つかわしくない。心もとなげに瞬きを繰り返すその姿に、若冲は腹の底で、もしかして、と呟いた。

昨年の宵山に応瑞が働いた暴挙。あれは町役の不人情に怒り狂ったゆえではなく、偉大なる父親の死を目前にした不安から出たものだったのではないか。

主を持たぬ市井の絵師には、己の画技だけが身の支え。ましてや一代にして一大画派を築き上げた円山応挙という大樹に身を寄せていた応瑞は、父親の死後、多くの門弟たちを束ね、一門の屋台骨を支えねばならぬ使命に、身が震えるほどの恐怖を覚えていたのであろう。そんな最中、応挙の作に代わって不出来な屏風が飾られていたことで、彼は自分たちの先行きが早くも閉ざされたかのような懼《おそ》れを抱いたのに違いない。

そやけど——と若冲は応挙の手になる枕慈童図屏風に、目を転じた。

町役が今年、この屏風を飾ったのは、やはり菊水鉾町に相応《ふさわ》しいのはこの絵と思い直してであろう。そう、他人のために描かれた絵は、描き手が亡くなった後もなお、その画人から離れ、永遠の命を得るのだ。

「ええ屛風どすな。応挙はんはやっぱり、当代一の画人や」

応瑞がこらえかねたように下を向き、小さく肩を震わせた。

大樹を失った応挙一門は、この先、もしかしたら衰退してゆくのかもしれない。さりながら応挙が世人のために描き続けた無数の絵は、百年いや千年の歳月が流れても、人々の目を楽しませ続けよう。

(それにひきかえ、わしの絵で残るのはきっとあの屛風のみ。けどそれでええんや)

若冲にとって、生きることは描くこと、描くことは生きること。かように煢然《けいぜん》たる生涯の中で、たった一つ、自分以外のもののために絵を描かせたお三輪が、今はひどく慕わしかった。

「じっちゃん、いつまで何をしてるんや。早う、見に行こうやないか」

うつむいたままの応瑞に軽く頭を下げ、ゆっくりと雑踏に向かって歩み出す。

いま、君圭はどこにいるのだろう。どこまでも続くこの提灯の列の果て、色鮮やかなる楽土に坐すお三輪に、彼は何と語りかけるのだろう。

(それともお前があの象に乗せるんは、死んだお滝《たき》はんか。なあ、教えてくれや、君圭)

幾人もの男女が、浮かれた声を上げながら、若冲を追い越してゆく。覚束ない若冲の足を励ますかのように、祇園囃子の鉦《かね》の音が澄んだ響きを辻々に高くこだまさせていた。

日隠れ

一

氷雨に霞む松並木の根方で、二羽の鶺鴒《せきれい》が遊んでいる。

相国寺鹿苑院《ろくおんいん》の上土門《あげつちもん》をくぐる人々に半白の頭を下げながら、お志乃《しの》は視界の片隅で、その忙しげな羽ばたきを見るともなく眺めていた。

雨が止んだ気がしてふり仰げば、袍裳《ほうも》に豪奢な七条大袈裟を打ちかけた明復《みょうふく》が、こちらに傘を差しかけている。その手から慌てて寺紋入りの唐傘を受け取り、お志乃は薄い肩をすぼめた。

「すみまへん、法要の手配だけでも大変どっしゃろに、うちにまで気を遣うていただいて」

「なにを言わはります。それぐらい、当然どすがな」

その奇抜な画風から、上方じゅうに名を轟かせた画人・伊藤若冲《いとうじゃくちゅう》が伏見石峰寺《せきほうじ》で没して、既にふた月近く。禅僧の正装である真威儀《しんいぎ》に身を正した明復は、今日これから始まる若冲の尽七日（四十九日）法要で、導師役の大典《だいてん》の侍香《じこう》に任ぜられていた。

生前の若冲が、大典の仲介でほうぼうの文人から絵の依頼を受けていたゆえであろう。参列客の中には、一癖も二癖もありそうな面構えの老人も多く、そのたびにお志乃は、

（あれは確か、兄さんの野晒図《のざらしず》に歌を記さはった歌詠みはん。あっちの四角い顔のお人は、ご自分の墓石の下絵を兄さんに頼まはった学者はんや）

と懸命に記憶をたどりながら、一人一人に丁重な礼を送っていたのであった。

昨日、お志乃が滞在する三条新町の宿屋には、大坂の木村蒹葭堂《けんかどう》の使いを始めとする弔問客が、ひっきりなしに押しかけて来た。その中には名だたる堂上家《とうしょうけ》の家令すら含まれ、宿屋の者を仰天させたが、一方で法会準備中の鹿苑院には、若冲の絵を買い取ってほしいという老爺《ろうや》が乗り込み、明復たちとちょっとした押し問答になったという。

あの偏屈な兄の死がこれほど大勢を動かすとは、正直、予想していなかった。複雑な思いで参列の人波を凝視するお志乃に、明復がいたわり深げな目を向けた。

「じきに法会が始まりますで。お志乃はんも早うお越しなはれ」

かれこれ四半刻も立ち詰めのせいで、左足の古傷が疼《うず》き始めている。それを悟られぬように表情を繕い、「へえ、おおきに」とお志乃は明復に答えた。

「そやけどお迎えせなあかんお方がいはりますさかい、うちはもう少しここにいさせていただきます。中に入らんかて、お経は充分聞こえますさかい」

雨はいつ止むとも知れぬ静かさで、霏々《ひひ》と降り続けている。鶺鴒が不意に何かに怯え

たように啼き、そこここに咲く傘の花をかすめて、灰色の空へと飛び立った。

八十を超えてもなお画力旺盛であった若冲が寝付いたのは、今年の春。十三歳になった養い子の晋蔵《しんぞう》を、名古屋の絵師、張月樵《ちょうげっしょう》の元に弟子入りさせた直後であった。

五年前、京一の画人と称された円山応挙《まるやまおうきょ》が没して以来、京洛の画壇は森徹山《もりてつざん》、山口素絢《やまぐちそけん》、呉月渓《ごげっけい》といったその弟子衆に席巻されている。年齢や経歴を考え併せると、晋蔵の師にもっとも相応《ふさわ》しいのは、与謝蕪村《よさぶそん》と円山応挙双方の薫陶を受けた呉月渓。しかし若冲は蕪村亡き後、掌を返す素早さで応挙の門に移った彼を、快く思っていなかったらしい。あえてその弟子である月樵を養い子の師に選んだ兄の偏屈さに、お志乃は我知らず小さな溜息をついたものであった。

まだ三十前の月樵は通名を快助《かいすけ》といい、十五、六の頃から京で数人の絵師の門を渡り歩いた末、月渓の門弟となった男。蕪村の没後、一時期は月渓に従って応挙の画を学びもしたが、つい一昨年、師の元を離れ、名古屋に居を移した変わり者である。

とはいえあの若冲が月樵に幾度も文を送り、辞を低くして晋蔵の教導を頼んだのも、ひとえに養い子に寄せる期待が大なればこそ。それが嫌ほど分かるだけに、厳しい夏が過ぎ、若冲の衰弱がいよいよ著しくなっても、お志乃はなかなか晋蔵を呼び戻す踏ん切りがつかなかった。

手伝いに来た明復に説き伏せられ、渋々名古屋に文を送ったが、結局晋蔵はほんの半日の差で、若冲の臨終に間に合わなかったのである。

（兄さんは最後に、なにを描こうとしてはったんやろ――）

その払暁《ふつぎょう》、眠っていた若冲はふと目を開けるなり、床の裾で座ったままうとうととしていたお志乃に、

「顔料を作ってんか」

と低い声で頼んだ。小さくはあれど、およそ齢八十五の翁《おきな》とは思えぬ明瞭な声であった。

「今すぐどすか」

若冲が床に伏して、既に半年余り。顔料壺は埃をかぶり、膠《にかわ》の用意とてにわかには整わない。

お志乃の困惑を察したのか、若冲は皺に埋もれた目を軽く細めた。闇の薄らぎ始めた部屋の中で、その顔は妙に白々と乾いて見えた。

「すぐには出来へんか」

「へえ、墨やったら急いで磨《す》れますけど」

「そうか。ほな、それでもええ」

続き間で休んでいた明復が、二人のやりとりに目を覚まして顔を出し、すぐさま画室へ駆けて行った。

待つ間もなく、彼が墨汁を満たした硯と数本の筆を運んでくると、若冲は両の目を堅

く閉ざし、墨の香を味わうかのように大きく胸を膨らませた。そして震える手にまだ真新しい斑竹《はんちく》の筆を握り、そのまま眠るかの如く静かに息を引き取ったのであった。

石峰寺での葬式は、明復が住持の密山と相談して仕切り、お志乃は名古屋から駆けつけたばかりの晋蔵とともに、本堂の端でじっとその一部始終を眺めていた。

若冲を実の祖父と信じる晋蔵の目は潤み、両の拳が膝上で堅く握り締められている。

だがそんな彼とは裏腹に、お志乃の胸には悲しみや寂しさといった感情は、一切こみ上げてこなかった。むしろ、兄の長年に亘る苦しみがようやく終わったとの事実に、その内奥は安堵とも虚脱ともつかぬものでいっぱいに満たされていた。

（ようやく終わりましたなあ、兄さん）

今ごろ若冲は全ての柵から解き放たれ、此岸と彼岸をつなぐ橋を心静かに渡っていよう。その果てに待ち受けるのがたとえ業火の地獄であろうとも、この五十余年の歳月に比べれば、彼にはさしたる責め苦ではあるまい。

加えて本家である枡源《ますげん》の者が誰一人葬儀に列席しなかったことも、お志乃の心をひどく軽からしめていた。

若冲に代わって枡源を継いだ幸之助は八年前に没し、現在、店の采配を揮っているのはその長男。とはいうものの働き盛りの彼には、長らく本家と義絶したままの伯父の死なぞ、他人事に等しいらしい。その訃報にも番頭一人、香典一つ、寄越さなかったが、当の若冲が枡源を忌避していた事実を思えば、その方がむしろ故人の遺志に適っている。

そう、これで本当に若冲は——そして自分は、すべての桎梏《しっこく》から解き放たれたのだ。

しかしそんな虚ろな充足をじっと嚙みしめていたお志乃は、葬儀が終わり、寺男が早桶を担ぎ出そうとした時、枡源の菩提寺である宝蔵寺の住職が息せき切って石峰寺に飛び込んできたのに、えっと声を筒抜かせた。

「ああ、よかった。間に合いました。すみまへん、埋葬の前にせめて諷経《ふぎん》だけ上げさせておくんなはれ」

世間では菩提寺以外で葬式を出す場合、故人の親族が内々に菩提寺の住職を遣わし、諷経を上げさせる例がある。これは寺による人別管理を円滑に行わせると共に、親族から故人への手向け。それだけにお志乃は思いがけぬ住職の訪れに驚いたが、よく聞けばその来訪は、枡源の依頼ゆえではなかった。

「つい一刻ほど前、玉屋《たまや》はんのお使いなる御仁が、寺に駆け込んで来はりましてな。石峰寺で亡くなられた枡源の先々代に諷経を頼みたいと、過分なお布施まで頂戴しましたのじゃ」

帯屋町《おびやちょう》で青物問屋を営む玉屋は、枡源の遠縁。現在、隠居の身である先代は若冲より七つ八つ年下で、かつてお清《きよ》に疎んじられた弁蔵《べんぞう》を店に奉公させもした、温厚実直な人物である。

大典を始めとする文人を通じ、若冲の訃音はすでに京洛中に知れ渡っている。玉屋の隠居は恐らく、それに知らぬ顔の枡源に心を痛め、せめて菩提寺の顔は立てさせねばと、宝蔵寺住職を遣わしてくれたのに違いない。

このため相国寺での尽七日法要開催が決まるや、お志乃は玉屋に文を送り、諷経の礼を述べるとともに、法会への参列を請うた。そして今日は自ら隠居を出迎えるつもりで、こうして氷雨降る中、鹿苑院の門前に立ち続けているのであった。

（とは言うても、この寒さ。ご隠居はんもお年やし、名代だけで済まさはるかもしれへん）

お志乃がそう己に言い聞かせたとき、法要開始を告げる銅鑼《どら》が鳴り、ついで僧侶たちの野太い読経の声が方丈から響いてきた。境内を歩む人々がそれに気付いて足を速めたが、玉屋の隠居らしき人影はそこにはない。

広壮な鹿苑院の室中には今頃、かつて若冲が寄進した釈迦三尊像が飾られていよう。左右の間にも二双の鳥獣図屛風が立て回され、列席の人々の目を驚かせているはずだ。

当初、明復やお志乃は大典とも相談の上、左右の間には動植綵絵《どうしょくさいえ》を飾るつもりであった。だが昨日、三条の宿屋を訪ねてきた金田忠兵衛《かねだちゅうべえ》は、それを聞くなり、

「それよりわしのところにある格子柄の屛風の方が、にぎやかでよろしおす」

と言い放ち、勝手に秘蔵の鳥獣図屛風を鹿苑院に運び込んでしまった。

しかも自前の一双では二間の荘厳に不足と知るや、木津屋なる煙管《きせる》屋を説き伏せ、もう一双、同じ画法で描かれた若冲の鳥獣図屛風まで借り受けてきた押しの強さに、お志乃も明復も仕方がないと、それらを飾ることにしたのであった。

(それにしても、兄さんはあないな屛風を、いつの間にもう一双描いてはったんやろ)

画面を細かな碁盤の目に区切り、それらを一つ一つ色で塗り潰して線や面を構成する画法は、若冲が一時期、まだ幼い晋蔵とともに試みたもの。しかしながらその手法に成る作品はお志乃が知る限り、金田忠兵衛が最初に買い上げた白象獅子図屛風と、六曲一双の鳥獣図屛風、それに大典の仲立ちで宇治の萬福寺に納めた釈迦十六羅漢図屛風の三点のみのはずだ。

先ほどちらりと眺めた限りでは、二双の屛風は構図こそ似通っているが、描かれる鳥獣の種類は金忠の屛風の方が多い。また色の鮮やかさも、金忠のものの方が勝っていた。

ここに晋蔵がいれば、何か知っていたかもしれない。さりながら彼は葬儀の数日後、お志乃に急《せ》き立てられて名古屋に戻っており、今日の法要の件も知らせてはいなかった。

自分に内緒で法要が行われたと知れば、晋蔵はさぞ腹を立てるだろう。さりながらいずれ散る運命に花弁を震わせる花々、孤立無援の境遇をひたすら嚙みしめる鳥たちを捉えた若冲の絵は、美しくとも所詮、奇矯の絵画。養い親として、また幼少時からの絵師として若冲を敬愛する晋蔵とて、あと十年も修業を積めば、その絵に含まれる翳《かげ》に気付くはずだ。

絵師として大成するためには、晋蔵は一日も早く若冲を忘れねばならぬ。若冲とてそれを承知していたがゆえに、養い子をあえて遠い地の月樵に託したのに違いない。ならば自分は、そんな兄の遺志に従うまでだ。

（なあ、兄さん。あんたはんは最後まで、うちらにそっぽを向き続けはったんどすなあ）

生家である枡源を、自分を含めた弟妹を捨て、己を慕う養い子すら突き放さざるをえなかった若冲。生を厭《いと》い、滅びゆく命ばかりを描き続けたその身体は、今頃、彼が直視した生命の末路の如く、冷たい土中で膨張し、腐り爛《ただ》れていよう。

若冲の絵の愛好者か。親子ほど年の離れた武士が二人、お志乃に目礼して門をくぐっていく。

彼らに礼を返したお志乃の胸にこのとき、突然、叫び出したいような激情がこみ上げてきた。

自分たちから距離を置き続けた、若冲への怒りではない。むしろそうせざるをえなかった兄への憐みが、老いた身体を鷲摑みにしたのであった。

忠兵衛が運んできた鳥獣図屛風が、眩いほどの光とともに目裏に浮かび上がる。四年前、老身に鞭打ってあの絵に取り組んでいた若冲の背には、声をかけるのが躊躇《ためら》われるほどの孤独が滲んでいた。

生の輝きは、絶望の淵の底より仰ぎ見てこそ、最も眩しく映る。そう、光り満ち、花咲き乱れるあの鳥獣の国は、決して贖《あがな》えぬ罪を犯し、孤独に老い朽ちた若冲だからこそ描きえた、哀しき幻の世界。文目《あやめ》も知らぬ暗中に一人たたずむ兄は、あの華やかなる生き物たちの讃歌を、どんな思いで聞いていたのだろう。

涙は出ない。その代り激しい嗚咽《おえつ》が喉を塞ぎ、お志乃は傘を投げ捨ててその場にしゃがみ込んだ。氷雨が襟足を叩き、脈打つように左足が痛んだ。

嫁いでたった二年で、春陽射す土蔵で首を吊ったお三輪《みわ》。決して与えられぬ彼女の許しを、終生請い続けた兄が哀れでならない。そんな境涯に兄を追いやった嫂《あによめ》を、初めて憎いと思った。

「大丈夫でございますか」

気遣わしげな声に顔を上げれば、いつの間に戻ってきたのか、先ほど門をくぐって行った武士の一人が、こちらを見下ろしている。どうにか息を整え、お志乃は「へえ、すんまへん」と片足をかばいながら立ち上がった。

「ご気分が優れられぬなら、少しあちらで休まれてはいかがですか。この寒さのせいで、風邪を召されたのかもしれませぬ」

言いながら侍は、下足番の喝食《かつじき》が控える鹿苑院の大玄関を振り返った。

どこぞの寺侍であろうか。大小を腰にたばさみながらも、ひどく柔らかな雰囲気をまとった四十前の男であった。

「い、いいえ。大したことはあらしまへん。どうぞ気にせんといておくれやす」

されど、と心配そうに眉をひそめる彼の背後では、お志乃とさして年の変わらぬ老武士が、無表情な目をこちらに向けている。

一瞥した限りでは親子とも映ったが、老武士の身形《みなり》は連れに比べると質素で、袴の裾なぞはところどころ擦り切れている。どこか悪いのかと疑うほどどす黒い顔が、小柄な身に漂う老残の気配をますます強めていた。

どんよりと曇ったその眼に言い知れぬ不気味さを覚え、お志乃は「ほんまに大丈夫どす」と小声で繰り返してうつむいた。

差し出された侍の手を断り、そのまま膝の泥を払い始めたときである。

「お志乃はん、そこにいてはるんはお志乃はんどすか」

聞き覚えのある声が弾け、細い竹杖をついた老翁が、供の丁稚とともによたよたとこちらに駆けて来た。玉屋の隠居、先代の伊右衛門《いえもん》であった。

その姿に、二人の侍がちらりと目を見交わして踵を返す。伊右衛門はそんな彼らには気付かぬ様子でお志乃に近づき、髷の小さな頭を深々と下げた。

「このたびはご愁傷さまどす。茂右衛門《もえもん》はん——いえ、若冲はんのご活躍は、わしも我が事のように嬉しゅう思うてましたわ。年だけ見れば大往生どっしゃろけど、まったく残念な方を亡くしましたなあ」

「そう言うていただき、兄も喜んでますやろ。それにしてもご隠居さま、先だっては兄さんの葬儀に宝蔵寺さまのご諷経をお手向けいただき、ほんまにありがとうございました」

「——そや、お志乃はん。そのことなんどすけどな」

隠居は何故かそこで、素早く四囲を見回した。

「あんたはんからお礼の文を頂戴した後、はてと思うて宝蔵寺さまにも申し上げたんどすけど、わし、ご住職に諷経なんぞお頼みしてまへんのや」

え、と言葉を失ったお志乃に、隠居は少しばかり早口で続けた。

「ご住職によれば、諷経を頼みに来たのは、色黒な六十がらみの男。玉屋の奉公人と思うてほいほい引き受けはったそうどすけど、うちの店にはそないな男はおりまへんねん」

しかも若冲が没した当時、隠居はちょうど腹を下して寝込んでおり、家の者からその訃を教えられたのは、お志乃の文が届くほんの数日前だったという。

「もしかしたら枡源のどなたかが旦那はんをはばかり、わしの名で諷経を頼んだんかもと思いましたんや。そやけどそれとなくお宅の番頭はんに水を向けても、どうも違う様子。なんや奇妙な話どすなあ」

「ほな、いったい誰が、兄さんに経を手向けてくれはったんどす」

小さな声を上げてから、お志乃は両の手であっと口を覆った。四角い顎に精悍な顔、かれこれ何十年も忘れていた男の顔が、ありありと胸の底に浮かんできた。

（弁蔵はん――）

そうだ。一時期、玉屋にいた彼であれば、隠居の名を騙《かた》ったとてなんの不思議もない。無論、若き日の弁蔵なら、そんな真似はしなかったであろう。さりながら烈火の如き気性であった彼も、指折り数えればすでに六十半ば。かつての猛々しさは衰えたものの、義兄の訃報に心安らかでいることもならず、「ようやくたばりやがったか」と吐き捨てながら、諷経の手配をしたのではあるまいか。

そこまで想像を巡らし、お志乃は弾かれたように顔を上げた。

ひょっとして今この瞬間、弁蔵は鹿苑院の法要に参列しているのではあるまいか。生涯をかけて義弟に抗《あらが》い続け、筆を胸に息絶えた若冲の死を、今その目で見届けようとしているのでは。

お志乃が最後に弁蔵と顔を合わせたのは、もう四十余年も昔。先ほど自分の前を通り過ぎた彼を、うっかり見過ごした恐れは充分にある。

妻は、子はいるのだろうか。いや、もはや孫がいたとて不思議ではない年齢の彼は、どんな翁となっているのか。——そして彼の目に、六十をとっくに超えた自分は、どれほど醜い老婆と映ったのだろう。

お志乃が呆然と立ちすくんだ意味を勘違いしたのか、隠居は「まあ詮索しても、どないもなりまへんわなあ」と溜息混じりに呟いた。

「今日はお志乃はんもお取り込みどっしゃろ。いずれ落ち着かはった頃を見計らって、石峰寺さまにうかがわせていただきます。諷経の件は、またそのとき話し合いまひょ」

そうどすな、とお志乃が気もそぞろにうなずいたとき、顔を強張らせた明復が式台に姿をのぞかせた。そのまま、「お話し中すみまへん、ちょっとよろしいか」と言いながら下駄を突っかけた彼に、お志乃は隠居に断りを述べ、大急ぎで歩み寄った。

導師の補佐役である侍香が法要を抜け出すとは、ただごとではない。まさか、と顔色を変えたお志乃に、明復は「少し厄介事が起きましたんや」と周囲を憚る声で言った。

「厄介て、ひょっとして弁蔵はんがなにか」

お志乃の口走りに、明復は白いものの目立つ眉を不思議そうに寄せた。すぐに、「いいえ、違います」と首を横に振り、お志乃を庫裏《くり》へとうながした。

「実はいま、ご参列のお侍さまが上間の屏風に文句をつけはり、ちょっとした騒ぎになってしもたんどす。喝食どもでは場を治められず、とにかく言い分をうかがおうと、座を庫裏に移していただきましたんや」

「文句――文句てなんどすか」

「わしもことの始まりは見てへんのどすが、なんでもそのお侍はんが他の参列者もいてはる前で、この屏風は若冲はんのやないと呟かはったとか。それを金忠はんが聞き咎《とが》めて食ってかかり、言い争いにならはったそうです」

「兄さんのやない、て――」

先ほど雨粒が染み入った襟足を、冷たい風が吹き過ぎる。思わず肩をすぼめたお志乃の耳に、鶺鴒の微かな囀《さえず》りが響いてきた。

二

明復に導かれた一間では、真っ赤に炭の熾《おこ》った火鉢を前に、忠兵衛が口をへの字に結んでいた。その傍らでは先ほどの二人連れの武士が額を寄せ合い、ぼそぼそと小声で話をしていた。

「されど中井《なかい》どの。拙者は祇園会で若冲どのにお目にかかった折、確かにご本人から、あの屛風はご自身の作とうかがいました」

「ええ、別に谷《たに》さまを疑ってはおりませぬ。されどどうしても拙者の目には、木津屋なる店の所有という鳥獣図屛風は、若冲どのの作と映らぬのでござる。あえて申せばあの筆致は――」

老武士の抑揚のない声を遮り、金忠が「おお、お志乃はん。来てくれはりましたか」と大声を上げた。袴の膝を両手で揉みしだきながら、お志乃にぐいとひと膝詰め寄った。

「聞いておくんなはれ。こちらのお武家さまが、わしが木津屋はんから借りてきた屛風絵を、贋作と仰られるんどす。そら、顔料の色も違い、構図もちょっと異なってますけど、あれは若冲はんがわしにはっきり、自分の絵と言わはった品。それにこないけちをつけられては、無理にお借りした手前、わしは木津屋はんに申し訳が立ちまへんがな」

よほど腹を立てているのであろう。そうまくし立てる忠兵衛の額には、くっきりと青筋が浮かんでいた。

「石峰寺でずっと若冲はんと暮らしてきたお志乃はんなら、木津屋はんの屛風が本物と分かりますやろ。こちらのお侍さまに一言、そう言うてくれはらしまへんか」

当の老武士は忠兵衛やお志乃を見るでもなく、己の一間ほど先の畳に目を落としている。

とっつきの悪い人物は兄で慣れているが、老武士のその姿は寝床に入り込んだ蛙にも似た陰気さを漂わせている。

軽い困惑を覚えながら、お志乃は彼に向かって両手をついた。

「今日はお運びいただき、ありがとうございます。うちは亡き若冲の妹で、志乃ともうします。兄さんをご存知みたいですけど、妙法院さまででもお目にかかったんどっしゃろか」

若冲は一時期、描画を趣味とする真仁法親王に気に入られ、弟子とともに妙法院門跡に伺候していたことがある。二人の武士はその折の知己かと思ったのだが、彼はそれには直答せず、相変わらずお志乃の方を見ぬまま、顎をしゃくるように小さく会釈した。

「故人の尽七日法要の最中、お騒がせして申し訳ありませぬ。それがしは河内国樟葉《くずは》村に住まい致す、中井清太夫《せいだゆう》と申しまする。本日はこれなる谷さまのお供で、法要に罷《まか》り越した次第でございます」

気味が悪いほど丁寧なその言葉を受け、かたわらに坐すもう一人の武士が、居心地悪げにお志乃に向き直った。

「拙者、陸奥白河藩主、松平越中守《まつだいらえっちゅうのかみ》（定信）さまの近習を務めまする、谷文五郎《ぶんごろう》でござる。若冲どのとは五年前、祇園会の宵山でお目にかかり、他に類のないあの屏風絵にほとほと感服いたしました。それから伝手を用いて若冲どのの絵を幾たびも拝見しましたが、学べば学ぶほど、感嘆の念は深まる一方。かような絵はいったいどんな古画に学べば思い付けるのやらと、折を拵《こしら》えては京に参り、諸々の古書画類修覧に努めておるのでございます」

「それはおおきに、ありがとうございます」

「そんな最中、若冲どのの訃報に接し、こうして法会に参集させていただいたのでございますが――」

ちらちらと横目で中井清太夫をうかがう態度から推すに、あの屛風を贋物と言い出した供に、文五郎は激しい困惑を抱いているらしい。

だが中井はそんな彼には目もくれぬまま、

「されば谷さまは、若冲どのに騙されたのでございますな。あの御仁はおそらく、あの屛風が己の作ではないと知りながら、あえて嘘を仰られたのでございましょう」

と、思いがけぬ言葉をすらりと口にした。

「中井さまは、兄さんが嘘をついたと言わはるんどすか」

若冲はこと絵に対しては、妥協を知らぬ男。その彼が他人の作を我が物と述べるとは考え難いが、中井は何の感慨もなげに、はい、とうなずいた。

「嘘と申すが妙であれば、屛風の描き手を庇《かば》ったと言うべきやもしれませぬ。それがしの目に狂いがなければ、あの絵の作者は若冲どのを始め、池大雅《いけのたいが》や与謝蕪村などの贋作を得手とした、市川君圭《いちかわくんけい》なる贋絵描きでござる」

「市川君圭――」

「それがしはかつて鶴沢《つるさわ》派の絵師を偽称した君圭を、不敬の咎で捕縛致したことがございまする。その折、たまたま居合わせた若冲どのは、そやつから聞くに堪えぬ罵声を浴びせられたにもかかわらず、それがしに君圭を許してほしいと請われました」

中井の話を聞くにつれ、お志乃の顔から、すっと血の気が引いていった。

浮世の雑事から顔を背け続けた若冲が、他人のために頭を下げるなどまず考えられない。彼にそんなことをさせられる者は、この世にたった一人と気づいたのである。

「それがしが君圭の絵を初めて目にしたのは、かれこれ三十年近く昔。因幡《いなば》薬師《やくし》に奉納された、若冲どのの筆致に瓜二つの菊花図屏風でございました。二度目に会うた時も、あやつは若冲どのの作によく似た蓮図を描きましたが、それらの絵といいあの鳥獣図屏風といい、君圭なる男はよほど若冲どのに執着があるようでござるな」

違う、とお志乃は小さく呻《うめ》いた。確かに弁蔵が絵を描き始めたのは、若冲の作画を妨げんがため。そして五十代、六十代の若冲が、あれほど精緻かつ風変わりな絵ばかり描き続けたのも、そんな弁蔵に立ち向かうためだった。

しかし、お志乃は知っている。若冲があの碁盤の目の鳥獣図に取り組み始めたのは、晋蔵を連れて宵山に出かけた直後。もしかしたら若冲は君圭の手になる屏風を目にした上で、同じ構図、同じ画法の屏風を描いたのではあるまいか。

だとすればこの数十年間、自分は若冲の――そして弁蔵のなにを見ていたのだろう。

お志乃は小さな息を忙しく繰り返した。

描絵という行為を通じ、同じ憎しみを分け合い続けた二人。だがあの一双の屏風は、彼らが互いを憎みつつも、いつしかあの蕭索《しょうさく》たる絵を通じて向き合い、無言の語らいを始めていたことを物語っているではないか。

炭が弾ける音が、耳を打つ。それをぼんやりと聞きながら、そうか、とお志乃は胸の中で呟いた。

(きっかけを作ったのは、確かに嫂《ねえ》さんやったやろ。そやけど弁蔵はん、その後はあんたはんが、兄さんをうちらの手の届かへんところに連れてってしもうたんやな)

枡源の主であった兄と暮らし始めてからの歳月が、早瀬の勢いで脳裏を駆け抜ける。余人には考えもつかぬ狂逸な絵ばかり描いた茂右衛門は、自分が画人、伊藤若冲として没したことに満足しているのだろうか。

まだ十七歳のお志乃が、そんなはずがない、兄さんはうちの兄さんとして死にたかったはずや、と胸の底で泣いている。その泣き声を、お志乃はぐいと奥歯で嚙み殺した。

「お言葉、ようわかりました。そやけどうちも、木津屋はんの屏風を手がけたんは兄さんやと思います」

若冲がなにを思って君圭と似通った屏風を描いたのか、それはお志乃にも分からない。さりながら己を憎み続ける義弟の絵を、若冲は我が物と言ったという。あの人嫌いで偏屈な兄が、君圭の憎悪を——そして自らが犯した罪をすべて許容し、己の裡《うち》に飲み下そうとしたならば、自分はそれに従うまでだ。

お志乃の言葉に、中井はしばらくの間、身じろぎ一つしなかった。ややあって、さして落胆した風もなく、「さようでございますか」とぽつりと低い声を漏らした。

「妹御がそう仰せられるのであれば、いたしかたございませぬ。それがしは絵とは、人の世が如何様に移り変わったとて、一分たりとも姿を変ぜぬまま、そこにあるものと信じておりました。されどそうと考えられぬお方が、世間には大勢おられるのでございますな」

谷文五郎が、中井どの、と堅い声で彼を制する。それにはお構いなしに、中井はひどく緩慢な仕草でお志乃に向き直った。

「妹御はそれがしの身の上を、ご存知ありますまい。今でこそ生地の樟葉に隠遁しておりまするが、それがしは元は江戸の勘定所の勘定。京大坂にても数々の御用を果たし、五十近くになってからは甲斐や陸奥の代官を仰せつかりも致しました」

あ、とお志乃は目を見開いた。

そういえばかつて錦高倉《にしきたかくら》市場の営業認可を巡る騒動が起きた際、勘定所の役人が二人、四町に加担したと小耳に挟んだ覚えがある。では目の前の老人が、その内の一人か。

だがかつて、田沼意次の下で辣腕を振るった勘定たちの権限は、田沼の失脚とともに著しく縮小。勘定所の人員は削減され、すでに幕領の代官などに転任していた勘定たちも、定信が押し進める地方支配機構一元化政策の中で、徐々に職を奪われていったと仄《そく》聞《ぶん》している。

お志乃がそんな記憶を辿っていることを察したかのように、中井は淡々と言葉を続けた。

「田沼さまご隠棲後は、それがしも相役たち同様、些細な罪咎《つみとが》を問われ、小名浜代官の職を追われましてな。娘の嫁ぎ先が気をつかい、ここな谷さまの如く、上洛なさる御仁の案内役を時々仰せ付けてくれるだけ、まだよいのかもしれませぬが」

そこまで語り、中井は初めて正面からお志乃の目を見た。立ち枯れた木の洞《うろ》にも似た、ひどく淀んだ眸《ひとみ》であった。

「妹御にはお分かりになられましょうか。この世は、常に移り変わり続けるもの。まさに槿花《きんか》一日《いちじつ》の栄《えい》のたとえの如く、朝には老中として権勢を揮っておられたお方が、夕べには悄然と本丸を退かれることとて珍しゅうはございません」

されど、と続ける声からは、先ほどまで同様、感情の欠片《かけら》も感じられない。

しかし不思議にもこのときお志乃は、目の前の老人の身体の中には、凄烈な怒りの嵐が吹き荒れているのだと気づいた。喜怒哀楽のうかがえぬ声音にひそむ闇の深さに、身体の芯が凍えた。

「いかに世が推移したとて、絵は決して姿を変じませぬ。描き手である画人が没しようと、それを描かせた大名が改易となろうと、美しき絵はただひたすらそこにあり、大勢の人々を魅了致しましょう。ならばその世々不滅の輝きを守ることこそが、儚《はかな》く変ずる世に生きる者の務めではございますまいか」

勘定として諸国を奔走した功績すら顧みられず、遷移する政《まつりごと》の中、弊履《へいり》の如く打ち捨てられた中井清太夫。彼にとって初めより世の規矩《きく》の埒外にある若冲の絵は、生死不定《しょうじふじょう》の浮世の中で、唯一変わらぬ日輪とも映っているのだろう。そしていま君圭の絵を糺《ただ》すことで、彼は世に容れられぬ己の不遇を、少しでも晴らさんとしているのだ。

そうでもせずにはおられぬ敗残者の怒り哀しみは、兄に寄り添ったままこの年まで来たお志乃にも薄っすら想像がつく。

そやけど——と小さな反駁《はんばく》が、お志乃の胸底で首をもたげた。

兄を唯一無比の画人と尊んでくれるのは、ありがたい。さりながらその若冲の絵は、若冲と君圭、二人の男の長年の相剋《そうこく》がなければ生まれ得なかったものだ。

蓮の花が泥濘《でいねい》から咲き出るがゆえに麗しいが如く、美しきものは決して、高潔清高なる魂からのみ生まれるわけではない。

憎しみ、恐怖、嫉妬……反吐《へど》のように醜い数々の感情の吐露たる、数々の絵。それが描かれた理由を知る以上、自分は中井の言葉を肯《うべな》うわけにはいかない。

(うちは——うちは伊藤若冲の妹や)

知らず知らず屈まっていた背を伸ばし、お志乃は中井の目を睨み据えた。

「中井さまのお言葉、ごもっともどす。そやけど兄さんの絵についてとやかく言うてえんは、うちでも中井さまでもなく、当の兄さん一人なんと違いますやろか」

その途端、中井の表情の欠けた目に、暗い焔《ほのお》が閃いた。染みが浮き、筋張った手が、擦り切れた袴をかっと握りしめる。

お志乃は唇を引き結び、その目をじっと見つめ返した。先に目を逸らしたのは、中井であった。

猛禽の爪の如く膝に食い込んだ指が、つと力を失う。瞬きの乏しい双眸《そうぼう》を伏せ、確かに、と彼は一つ小さな息をついた。

「素人の身で、詮無きことを申しました。なるほど若冲どのがそう仰せられたのであれば、我々にはそのお言葉こそが真《まこと》。あの屛風が誰の手になるかなぞ、若冲どのを知らぬ百年――いや千年先の暇人どもが、言い争えばよきことでございまするな」

お志乃の言葉に納得したわけではあるまい。さりながら中井は、画人たる若冲を重んじる自らと、一人の兄として若冲を思うお志乃の言説が、決して相容れぬことを悟ったのに相違ない。

これから何百年も後、ひょっとしたら何者かがこの男のように、あの二つの屛風の作者に異議を唱えるかもしれない。しかしそれは所詮、若冲の生きた意味、絵を描き続けた意味を知らぬ者の語る由なし事。どれだけ懸命に思いを巡らせたとて、彼らが若冲の――そして君圭の胸裏に迫ることは叶うまい。

さりながらあの二つの屛風に籠められた謎が永遠に解けずとも、鳥獣が憩い安らう華やかなる絵は確かにそこにあり続ける。光満ち、数えきれぬほどの生命が謳う凱歌は、もはや世におらぬ男たちの苦しみ哀しみを糧に、いっそう高らかに虚空に響くであろう。

(きっと、それでええんや。それこそが兄さんが望んではったことや)

中井清太夫が伏せた目をちらりと上げる。その眼差しがどこか寂しげに見え、お志乃は彼に小さな微笑みを返した。

二人のやりとりを息を呑んで見守っていた文五郎が、ほっと息をついて額の汗を拭った。

法要が終わったのだろう。気付けば読経は止み、帰路につく人々のざわめきが、玄関の方から波のように打ち寄せ始めている。

「そうや、皆さま。甘酒はいかがどすか。喝食どもが参列の方々のために仰山《ぎようさん》作りましたさかい、よかったらひと口、召しあがっとくれやす」

明復が無理に明るさをつくろって立ちあがり、「誰ぞおるか。甘酒を五つ、もらってきてんか」と廊の奥に声をかける。すぐさま盆を手に駆けて来た喝食が、それぞれの膝先に形の悪い湯呑みを配り始めた時である。

「大変どす、明復さま」

明復の従僧であろう。鮮やかな色袈裟を帯びた若い僧侶が敷居際に膝をつき、狼狽した声を上げた。

「あのお爺《じじ》がまた、押しかけて来よりました。今度は屏風を乗せた大八車を鹿苑院の塀の脇に着け、誰ぞこれを買うてくれへんかと法要帰りの方々に呼びかけとります」

「なんやて――」

湯呑みを置いて跳ね立った明復を、お志乃は目をしばたたいて仰ぎ見た。

「お爺さまとは昨日、兄さんの絵を買い取ってくれと頼みに来はったいうお方どすか」

「へえ、そうどす。うちの寺に持って来るのはお門違いやと追い返したんを、根に持ってのことどっしゃろか。それにしたところで法要列席の方々に屏風を売りつけようとは、不埒にも程がありますわいな」

小品を得意とする若冲は、屏風絵をあまり好まなかった。それだけに屏風を所有する者はよほどの懇意に限られているが、いったいそのうちの誰がかような強引な手を用いて屏風を売り飛ばそうとしているのだろう。

数少ない若冲の屏風とその注文主を思い出しながら、

「うちもちょっと、様子を見に行かせていただきます」

と、お志乃は、庫裏を飛び出した明復の後を追った。

二人して上土門の陰から外をうかがえば、なるほど門から七、八間離れた築地塀《ついじべい》脇に大八車が寄せられ、まだ香煙を肩先にまとわりつかせた人々がそのぐるりを取り巻いている。

すでに雨は上がり、灰色の雲の切れ間からは薄日が落ちているが、吹く風はかえって先程より強く冷たい。

垢じみた単《ひとえ》姿の小柄な老爺が一人、吹きすさぶ風にひび割れた頬を晒しながら、横倒しにした屏風の一扇だけを持ち上げ、見物の衆に次々覗きこませていた。

「どうや。わしが若冲はんに描いてもろうた屏風や。こないな絵、他所《よそ》を探したかてそうそうあらへんで」

三

「そやけどこれ、ほんまに若冲はんの絵かいな。ぱっと見た限りでは彩色画のようやけど、なんや地味で奇妙な絵やなあ」

人々が首を傾げるのも無理はない。そこに描かれているのは、黒々とした松の梢とずっしりと太い石柱のみ。目をこらせば、松の枝に小さな鳥が羽を休めていると知れるものの、およそ筆の勢いに任せた水墨画とも、はたまた色の上に色を塗り重ねたが如き彩色画とも一線を画する奇怪な絵だった。

老翁の孫であろうか。五、六歳の少年が大八車の陰にしゃがみ込み、勝気そうな目で見物人を睨みつけている。この寒さにも紙子《かみこ》一枚羽織らず、老爺ともども素足に下駄をつっかけただけという身形が、二人の困窮を如実に物語っていた。

「あの絵は――」

息を呑んだお志乃に、かたわらの明復が「覚えがおありどすか」と声をひそめた。

「へえ、確か天明の火事で焼け出された後、兄さんが顔料を融通してもろうた礼代わりに、七条西洞院下《にしのとういんしも》の深泥屋《みぞろや》はんのために描かはった絵どす」

「ああ、そういえばそないなこともありましたなあ。確か吉野寛斎《かんさい》さまご依頼の絵のための顔料どしたな」

「へえ。とはいえ、約束をしたすぐ後、寛斎さまのお招きで大坂に下ることになりましたんで、絵を仕上げたんは、二年も後。しかもそれから四、五年もせんうちに、深泥屋はんは店じまいをしてしまわはったんです」

「このご時世、大火をやり過ごしたお店が、火難から裸一貫でやり直した他所に客を取られ、暖簾を下ろすんは珍しくありまへんからなあ」

明復が眉根を寄せたのも、無理はない。

なにしろ十二年前の天明の大火以降、京の経済は長らく停滞状態にある。街並みこそ復興成ったものの、火災後、大坂や奈良に避難した人々の半ばはいまだ京に戻らず、洛中洛外の店々はその日その日を乗り切るだけで必死であった。

深泥屋はあの当時、京都で唯一焼け残った顔料屋であった。それだけに一時期は若冲や他の画人ばかりか、内裏普請方よりも注文が殺到したはずだが、そんな順調な商いがかえって、足をすくったのかもしれなかった。

「どないしまひょ、明復さま」

従僧や喝食のすがる目に、そやなあ、と明復は長い顎を撫でた。

「やめてほしいのはやまやまやけど、無理に追い立てるんは、仏弟子の行いではないしなあ。大典さまは今、どないしてはる」

「へえ、法要が終わらはるとすぐ疲れたと仰られ、書院で横になってはります」

若冲の旧友である相国寺百十三世住持の大典は、すでに八十二歳。筆を執らせれば年齢を感じさせぬ気宇壮大な漢詩を作す老僧ではあるが、いかんせん体力の衰えだけはどうにもならぬ。そうでなくとも朋友を送り、失意の中にある師を叩き起こし、指示を乞うこともしがたいのだろう。明復はううむと呻いた。

そんなやりとりの間にも、老爺は見物の衆に、「まさかただでこれだけの屏風を拝む気いやないやろな」だの「そこの旦那はんほどの器量やったら、十両や二十両、ぽんと出せるやろ」と、およそ寺内とは思えぬ声を張り上げている。

参列客の大半は関わり合いを避けて立ち去り、老爺を苦笑気味に眺めているのは、ほんの二十人ほど。とはいえこうした騒ぎを、いつまでも人目に晒しておけもしない。

一つ大きな息をつき、明復は顎先で老爺を指した。

「このままでは、他の塔頭にもご迷惑。とりあえずお爺らと大八車を鹿苑院に入れ、よくよく因果を含めてからお引き取り願いまひょ。よろしおすな、お志乃はん」

その言葉に、お志乃が「へえ、構いまへん」とうなずいた時である。

「和尚、暫時お待ち召されませ」

小走りに玄関から降りてきた谷文五郎が、慌ててつっかけた高下駄によろめきながら、

「和尚の弁はごもっとも。されどいまここで門内に入れれば、あの者はますます付け上がり、途方もない金で屏風を買い取らせんとするやもしれませぬ」

と、二人を制した。

なるほど、買い取りを断られたことを逆恨みし、雨の中、屏風を強引に運んできたその手口は、一種の強請《ゆす》りたかり。下手にあしらえば、かえって更なる騒動を招こうとの文五郎の言葉に、明復は「ほな、どうしろと言わはるんどす」と苛立たしげな声を上げた。

「落ち着いてくだされ。あの翁は要は、金さえ手に入ればよいのでござろう。ならばそれがしがあの屏風を買い取るというのは、いかがでしょう」

「谷さまがどすか。そら、ありがとおすけど、ご入用でもない屏風を買わはっては、後々難儀しはりますやろ」

「いいえ。実はそれがしは越中守さまの御近習を務めるかたわら、文晁《ぶんちょう》との号を用い、絵を描いてもおりまする。ここで世に名高い伊藤若冲どのの屏風を手に入れられれば、この身にはむしろ僥倖《ぎょうこう》でござる」

さきほどの中井の推論が正しければ、文五郎、いや文晁はたった一度だけ会った若冲に、ひどい嘘をつかれたことになる。それでもなお若冲の屏風を求めるのかと目をしばたたくお志乃に、彼は少し照れたような笑みを向けた。

「自分で申すのも妙ながら、我が家は江戸ではそれなりに名の知れた家でございましてな。先年亡くなった妻をはじめ、二人の妹たちもそれぞれ閨秀《けいしゅう》画家として名高く、それがし自身、ちょっとした画塾なぞも営んでおりまする」

若冲が江戸の画人とほとんど付き合いを持たなかっただけに、お志乃は谷文晁の名にまったく聞き覚えがない。どう相槌を打てばよいか分からぬお志乃に代わって、明復が目顔で文晁に言葉の先をうながした。

「それがしたちがかように画業に打ち込めるのも、ひとえに越中守さまや数多くの仲間の支えあればこそ。されどそれがしがたった一度だけお会いした若冲どのは、宵山の雑踏の中、まるでそこだけが冷たい風が吹きしきっているかの如き、寂しげなお姿をしておられました」

それは同じ絵師であっても、武家として禄を食《は》み、多くの家族知友に囲まれる文晁とは、正反対の姿。それだけにその後、数多くの若冲の絵を見、その人となりを聞くにつけ、自分はいつしか皆が偏屈者、気ぶっせいな老人と呼ぶ若冲に、己にはない絵師としての覚悟を見出していたのだと、文晁は語った。

「中井どのの先ほどのお言葉ではございませぬが、画人が死しても、絵は残りまする。ならばそれがしは若冲どのの絵を手に入れることで、あの御仁の絵師としての魂を我が物としとうございます」

ああ、ここにも若冲を絵師として尊ぶ男がいる。悲喜ない混ぜの思いで文晁を見つめるお志乃にちらっと目を走らせ、明復は「分かりました」と顎を引いた。

「そういうことどしたら、お好きにしとくれやす。そやけどあまりに高値で絵が売れたら、あのお爺は味を占め、同じことを二度三度と繰り返すかもしれまへん。出来れば値はあんまり上げんといておくんなはれ」

「あい分かりました。それがしも旅先ゆえ、さしたる金は払えませぬ。あの身形から推すに、一双で七両、いや五両も出せば、喜んで譲ってくれましょう」

いつしか反対の門柱の陰には中井清太夫がたたずみ、外にじっと目を注いでいる。そんな彼に軽く目礼を送り、文晁はゆったりとした足取りで、鹿苑院の門を出た。

「ちょっと、そこのお侍さま。お侍さまも、今日の法会に出てはったんどすか。見とくれやす、この絵。紛れもない、伊藤若冲はんの真筆どっせ」

大八車を取り巻く人垣は随分小さくなり、残る人々も隙を見て立ち去りそうな気配である。

その前に何としても、買い手を得たいのだろう。目ざとく文晁を見つけた老爺が、節くれだった手で懸命に彼を招いた。

「こないな屛風、そうそうありまへん。どないどす、買ってくれはらしまへんか」

「ふうむ。それがしはこれまで、若冲どのの絵をそれなりに見て来たつもりじゃが、それにしてもこの屛風はちょっと変わっておるのう。一扇のみではなく、全部開けて見せてはくれぬか」

その頼みに、老爺は不満そうに口を結んだ。だがすぐに、大八車の陰にうずくまる童に手伝わせ、屛風の脇に畳まれていた油紙をぬかるみに敷き始めた。

枯れ木のような腕で屛風を持ち上げ、そのまま ずるりずるりと油紙の上に降ろす。油紙の端から染み入った泥水が屏風の縁を汚すのも、お構いなしであった。

「おいおい、何たる無茶を致す。絵が汚れてしまうではないか」

「屏風を見たいと言わはったんは、お侍さまですやろ。つべこべ言わんと、左隻はご自分で開いとくれやす」

そうがなり立て、老翁は自分の背丈ほどもある屏風の端を力任せに引っ張った。それとともに、化け物の顔を思わせる数基の石灯籠の図が、絵巻の如くその場にぱっと広がった。

「これは――」

文晁が息を飲んで、その場に立ちつくした。

夕景の東山であろうか。金泥の靄《もや》の向こうに淡い稜線が描かれ、その手前に社祠の灯籠と垣根が、神さびた気配を漂わせて立ち並んでいる。右隻の松、左隻の闊葉樹《かつようじゅ》に数羽の小鳥が遊んでいるだけで、画面におよそ人の気配はない。

輪郭を持たず、ただ濃淡のある墨点のみで描かれた灯籠は、湿り気を帯びた石の肌触りそのものの如く冷やかで、それでいてじっとりとした妙な生々しさを孕《はら》んでいる。

無機質と不気味な生気が混在し、迫り来る夜の跫《あしおと》までが聞こえて来そうな、奇妙な凄気に満ちた屏風絵であった。

「どないどす。こないな絵、そんじょそこらにはあらしまへんで」

文晁はしばらくの間、ぽかんと口を開けて屏風を見つめていた。老爺の声にはっと我に返り、「あ、ああ、そうじゃな」と幾度も小さく首をうなずかせた。

「まったく見れば見るほど、奇態な絵じゃ。それにしてもそれがしはこれまで、若冲どのは山水図を描かれぬとばかり思うておったが、この画題はそなたが勧めたものか」

嘆息混じりの文晁の問いに、老爺はいいや、と首を横に振った。

「わしはただ、どうせなら屛風がええと頼んだだけじゃ。絵を届けてくれはった時に若冲はんから聞いた限りでは、ここに描かれているのは吉田社の参道。もう何十年も昔の正月、若冲はんが初詣に行かはったときの風景を思い出して、描かはったもんなんやと」

吉田神道の拠点である吉田神社は、洛東の小山、神楽岡《かぐらおか》中腹の古社。比叡山延暦寺とともに京の鬼門鎮守として崇敬され、秋は紅葉の名所として多くの参拝客を集めていた。

「なるほど、そう思うて眺むれば、右の松の葉は若松に似ておるな。されど正月の神社にしては、境内がえらく寂しげではあるまいか」

「わしもその時まったく同じことを、若冲はんに言うたわ。そやけど若冲はんは、そうどすか、と呟かはっただけじゃったわいな」

初詣という言葉に、お志乃は門の陰から首を伸ばし、ぬかるみの上に広げられた屛風絵を凝視した。

錦高倉市場の青物問屋である枡源は、近隣の店ともども祇園社の氏子。それだけに初詣と言えば祇園社に参詣するのが習わしで、お志乃が錦の本宅で暮らした間も、吉田社に参ったことなど一度もない。

暮靄《ぼあい》に霞む山々は、若冲の絵には珍しく、はるかな奥行きを有している。立ち並ぶ石灯籠が吉田社のそれとすれば、その背後の山並みは如意《にょい》ヶ嶽《たけ》。左手の木の陰、ひときわ高くそびえたつ山塊は比叡山か。

さりながらお志乃には、ゆるやかな稜線を描くその更に彼方に、筆では描かれぬ何かが広がっている気がしてならなかった。

(東山の向こうは、近江国大津。そのまま琵琶湖を渡った、その向こう岸は――)

雷に打たれるにも似た衝撃が、お志乃の身体を貫いた。

妖かしの顔にも似た灯籠の火袋に、ぽっと灯が灯る。夕闇が音もなく迫る中、急いで帰路につく人々の、からからという下駄の響きが聞こえる。ぎこちなく肩を並べて石柵に囲われた参道を歩む兄とお三輪の姿を、お志乃は確かに屏風の中に見た。

そうだ、あの山並みは京と近江を隔てる東山。暮靄たなびく山々の先には、お三輪の生まれ故郷である中山道醒《さめ》ヶ井《い》宿が隠れているのではないか。

兄さん、という胸の呟きが聞こえたわけでもなかろうに、まだ青年の面差しを留めた茂右衛門が足を止める。そんな夫を不思議そうにふり仰ぐお三輪の頬に、薄い残照が落ちていた。

商いにも、妻との共住みにも馴染むことの出来なかった、不器用で不幸な兄。だがきっと彼は彼なりの手立てで嫁いできたばかりの妻を慈しもうと、祇園社に向かう枡源の者たちと別れ、二人、吉田社に参ったのだ。

他人と親しむ術を知らなかった彼は石灯籠の並ぶ境内で、あの山の向こうにお前の故郷があるのだと、新妻に告げただろうか。あえて二人だけで洛東の小丘に赴いた夫の真意を、お三輪は理解していたのか。

その答えはすべて、目の前の石灯籠図屛風が物語っている。ひんやりとした孤独と、日去りし後の闇の訪れだけが描かれた、光なき神域。さりながら若冲にとってその日隠れの丘は、決して忘れえぬお三輪との追憶の光景だったのだ。

(兄さん、あんたはんは——)

胸にこみ上げてくる熱いものを堪えるように、お志乃は大きく目を見張った。

あの無口な兄が、愛おしくてならなかった。彼の心の中に宿り続けていた故人の面影の大きさ、そしてその哀しみを絵に託すしかなかった葛藤。それらが哀れなほど滲み出た夕景図が、まるで亡き若冲自身の姿とも映った。

「どうじゃ、お爺。おぬし、これを三両でわしに譲らぬか」

はっと目を移せば、老翁は文晁の言葉に忌々しげに顔をしかめている。三両じゃと、と呟くや、足元にかっと痰を吐いた。

「ふざけるな。いくらわしが金に困っておったとて、そないな安値で手離してなるものか。人の足元を見るんもいい加減にせい」

「ううむ、さようか。では五両、五両ではどうじゃ。実はわしは江戸から上洛中の身でな。屏風を買ったとて、それを江戸まで送る手間賃が別に要るのじゃ。その辺りを斟酌《しんしゃく》して、これで了見してもらえまいか」

「五両、五両なあ――」

強がってはいても、喉から手が出るほど欲しい金なのだろう。もう少し吊り上げたいという欲と相手の心変わりを恐れる思いに揺れるかのように、老爺は文晁の顔と屏風に忙しく目を走らせた。

「しかたがない。ではそれで売ったるわい」

わずかに上ずったその声に、よし、と文晁は頰を緩めた。

「それはありがたい。さりながら実はわしは今、それだけの金を持ち合わせておらぬでな。すまぬが綾小路の白河藩京屋敷まで、一緒に来てはくれぬか。お留守居役さまにお願いして、金子《きんす》を用立てていただくゆえ」

「それはほんまやろな。偽りを言うて物陰に連れ込み、荷を奪い取る気ぃやないんか」

「これほどの屏風を手に入れるのに、わざわざ危ない橋を渡るものか。幸い雨も上がっておる。そこな子どもとともに、大八車を曳いてついて参るがよかろう」

四条通の南を走る綾小路沿いには、広島藩や棚倉藩といった大小の藩が京屋敷を構えている。目の前の侍がれっきとした仕官の身と知って、警戒を緩めたのであろう。

「ほな、そうさせてもらうわい。――太市《たいち》、屏風を仕舞うで」

と、老爺が少年に顎をしゃくり、自らも屏風を畳み始めた時である。

人垣の中から一人の男が進み出るなり、

「おい、ちょっと待て。じじい、ほんまにこの屛風をたった五両で売り飛ばす気ぃかいな」

と、嚙みつくような声で怒鳴り立てた。

四

目深《まぶか》に笠をかぶっているため、その面差しははっきりとはうかがえない。さりながら何かに背中をどやされた気がしてお志乃が身を乗り出したのと、

「……君圭」

と、かたわらの中井清太夫が呟いたのは、ほぼ同時。

明復がぎょっとした顔で彼を顧み、

「なんやて、あれがさっき話に出ていた、市川君圭はんどすか」

と小さく叫んだ。

「あやつめ。所払いに処されながらもなお、京に舞い戻っておったのか」

言葉面の割にさして苦々しげな気配もなく、中井が独りごちる。

そんな呟きをかき消すほどの大声で、君圭――いや、弁蔵は更に老爺に嚙みついた。

「伊藤若冲真筆の金泥地屛風。きちんとしたお寺なりお屋敷なりに納めたら、三十両、いや五十両は下らへん屛風やで。銭に困ってるのかもしれんけど、そないな値で売り飛

ばしては、描き手が気の毒やないか」

「なんや、いきなり。あんた、わしが屏風を運んで来たのと前後して、ここにやってきよった男やな。そこの門内をしきりにのぞいた挙句、この屏風もただ見してからに。そないな文句を言うんなら、こちらのお侍はん以上の値をあんたがつけたらどないや」

老爺の言葉に、弁蔵が口をつぐむ。悔しげに握り締められた右手には染みが浮き、指の節の間には様々な顔料がこびりついているが、そんなことはお志乃の目には入っていなかった。

弁蔵が、そこにいる。兄を憎み、絵で以て刃向い続けた彼が、若冲の屏風の真価に気付かぬ老爺を、口を極めて詰《なじ》っている。

足の力が不意に抜ける。お志乃はしゃがみ込むように、その場に膝をついた。足袋の爪先から染み入った泥が、なぜか妙に温かく感じられた。

若冲の死去以来、初めての熱いものが頰を伝い、足元にぽたぽたと滴った。

(兄さん、見てはりますか。あれは弁蔵はんどっせ。弁蔵はんが兄さんの絵を安う売るんやないと、怒ってくれてはるんどっせ)

こみ上げる慟哭《どうこく》を、お志乃は懸命に袂《たもと》を嚙んで押し殺した。ただひたすら絵に耽溺《たんでき》した兄の生涯は、決して無駄ではなかったとの思いが、その胸を激しく揺さぶっていた。

「金が出せへんのやったら、黙っとれ。わしは銭がいるさかい、この絵を売るんや。見ず知らずのあんたに、口出しされるいわれはあらへん」

「――おお、そうか。それやったらその屛風、わしが十両で買うたるわ。それならええんやろ」

野太い声で言い放つなり、弁蔵はかぶっていた笠をぱっと脱ぎ捨てた。

これまでどんな年月を過ごして来たのだろう。その頰は削ぎ落としたようにこけ、白い無精髭で一面覆われている。足元に投げ捨てた笠の中に、懐の巾着を投げ込み、弁蔵はついで打ちかけていた紙子羽織をくるくると丸めた。それをやはり笠の中に叩き込んで抱え、老爺の胸元にぐいと押しつけた。

「とりあえずこれは、手附けや。わしは五辻浄福寺の五郎兵衛店《ごろべえだな》に住まう、絵師の市川君圭。残りの銭は借金してでも、明日の夕、いや明日の昼までに必ず工面したるわいな」

「ふん、こないな小汚い紙子を手附けとは、笑わせるんやない。あんたみたいに名もない絵師の言うことなんぞ、信じられるかいな」

老爺の嘲笑にも、弁蔵は表情を変えなかった。ほなしかたないな、と言いながら、今度は己の薄汚れた帯を解き始めた。

「な、なにをするつもりや」

「紙子と巾着で足りんのやったら、この袷《あわせ》も付けよやないか。五両のはした金でその絵を売り飛ばされるのに比べたら、これしきの寒さ、大したことあらへんわい」

見物の者はみな、予想外の成り行きに呆気に取られている。文晁もまた、啞然と二人を見比べていたが、不意に踵を返すや、門脇に佇む中井に向かっていっさんに駆けて来た。なにやら思い詰めたような表情であった。

「な、中井どの。いま、幾ら持ち合わせておられます」

文晁はそう言いながら己の紙入れから、二分銀を一つと、一朱金を三つ摘まみ出して見せた。

「それがしの手持ちは、たったこれだけ。後で必ずやお返しいたしますゆえ、とりあえず手持ちの金をすべてお貸しくださいませぬか」

中井が無言で差し出した紙入れをひったくり、文晁は「おおい、待て。待ってくれ」と叫びながら、睨み合う二人の元に駆け戻った。

「ここにひいふうみ……一朱金が七つと、二分銀が三つある。君圭とやら、この銭を手附けにお使いなされ」

「なんやと」

思いがけない助け舟に、弁蔵ばかりか老爺までが驚き顔になる。そんな彼の胸元に、文晁は二つの紙入れをさあ、と押しつけた。

「描き手が気の毒とのお言葉、身に沁《し》みました。それがしはこの屏風から、一切、手を引かせていただきまする」

なんやて、と明復が門の陰で目を剝く。しかし文晁はこちらを振り返りもせぬまま、一言一言区切るように言葉を続けた。

「同じ引き取られるのであれば、亡き若冲どのとて、かように仰られるお人の元に絵が行くことを望まれましょう。絵師をまことに尊ぶのであれば、如何なる理由があろうとも、その作には能《あた》う限りの敬意を表さねばなりませぬ。そなたさまの言葉に、それがしは頰を打たれた思いでございます」

弁蔵は着物の前をはだけさせたまま、底光りする目で文晁を見つめた。堅い顔できっぱり一つうなずくと、手渡された紙入れをそのまま老爺の胸元に叩きつけた。

「聞いたか。お侍さまがこう言わはった以上、今このときからこの屛風は、わしのもんや」

足元に落ちた紙入れを、老爺はちっと舌打ちして拾い上げた。妙に素早い仕草で中の銭を改めるや、

「ふん、十両の手附けには到底足りへんけど、白河のお侍さまのお助けとあれば、これで承知したるわ。残りの金は明日、屛風を届けかたがたもらいに行くで。しめて十両、耳を揃えて用意しときや」

と吐き捨て、力任せに屛風を大八車に引きずり上げた。そのまま荒縄でぐるぐると縛り上げ、鶴のように痩せた腕に梶棒を握りしめた。

「おいおい、もはやその屛風は、これなるお絵師のもの。持ち運びは慎重に致し、傷なぞつけてはならぬぞ」

孫に尻を押させ、乱暴に車を曳く老爺に、文晁が慌てて念押しする。だが老爺はふん

と小馬鹿にしたように鼻を鳴らしただけで、一層乱暴に車輪を軋《きし》ませた。

弁蔵は色の悪い唇を真一文字に引き結び、見る見る小さくなる車をじっと見つめていた。やがて大八車が道を西に取ると、のろのろと身形を整え、「お助けいただき、ありがとうございます」と強張った顔を文晁にふり向けた。

(弁蔵はん――)

涙に滲んだ視界の中で、弁蔵の老いた顔が揺らめく。飛び出して行きたい衝動に駆られ、お志乃は袂をいっそう強く噛みしめた。

さりながら今ここで彼と言葉を交わして、いったいどうなろう。

姿を見せてはならない。弁蔵が憎み続けた兄は、すでにこの世にない。ならば自分の弁蔵への思いもまた、兄の亡骸《なきがら》もろとも、土中深くに朽ち果てるべきなのだ。そうすることで自分たち兄妹は――いや弁蔵を含めた三人は、初めて真実の安寧を得よう。

「いいえ、それがしはただ、そなたさまのお心に打たれただけ。むしろたった五両であれほどの屏風を購《あがな》おうとした浅ましさをご指摘いただき、お礼の言葉もございませぬ」

それにしても、と文晁は少しわざとらしい仕草で、弁蔵を顧みた。目の前の老絵師が、先ほど話に出た人物と気付いていると覚しき態度であった。

「そなたさまは絵師とのことでしたが、あの翁に十両もの金を払おうとは、やはりそれがし同様、若冲どのを尊んでおられるのですか」

そらとぼけた文晁の問いに、弁蔵は一瞬、眉間に深い皺を寄せた。やがて肩が上下するほどの大きな息をつくと、「へえ、さようどす」と思い切ったようにうなずいた。

「昔はあないな絵、大嫌いやったんどすけどな。この年になるとようやく、あれほど独りよがりの絵を描ける源左衛門《げんざえもん》――いや、若冲はんの凄さが分かってまいりましたわ」

「独りよがりの絵、でございますか」

文晁が首をひねるのに、へえ、と弁蔵は応じた。

「お侍さまかて、お気付きどっしゃろ。若冲はんの絵がもてはやされるんは、他の者には考えもつかへん怪《け》っ態《たい》さゆえ。その奇想天外な構図や色遣いもさることながら、ほんまやったら寄り添わなあかん鴛鴦《おしどり》をわざと隔ててみたり、蟷螂《かまきり》を乗せた鶏頭《けいとう》を、まるで燃え盛る激しい焔みたいに荒々しく描いたりしたからどす」

文晁がなるほど、と腕を組んだ。

「あの石灯籠図屛風がそうであるように、確かに若冲どのの絵には、古今東西の画人があえて筆に起こさなかった生命の醜さ不気味さを直視する冷酷さがございます。いわばその点こそが、伊藤若冲どのの真髄でございましょうが――」

「そう、そこどす。あんたさまはお武家さまの割に、よう見てはりますなあ」

弁蔵は我が意を得たりとばかりにうなずき、文晁に一歩歩み寄った。

「絵は美しければ美しいほど、喜ばれるもん。そやから絵師はすべからく、絵を見る者に媚び、一つの綻《ほころ》びもない草花を描くべきなんどす」

さりながら世人は、本来ならば醜いはずの穴の空いた糸瓜《へちま》の葉、立ち枯れた百合の花を好んで描く若冲を奇矯の画人と讃美し、その絵を競って求めた。

普通に考えればそれは、世間の人々が彩りの美しさや構図の斬新さに目を取られ、その絵に潜む暗鬱さに気付かなかったがゆえのこと。しかし果たしてそれだけの理由で、本当にこれほど多くの人々が若冲の絵を愛でようか。

「そう思うてあれこれ考えた末、わしはようやっと分かったんどす。若冲はんの絵は、わしら生きてる人の心と同じなんやないやろか、と」

人の心、と文晁の唇が不思議そうに動くのを、お志乃は彼が自分の疑問を代弁してくれているかのような思いで見つめた。

「たとえばお侍さまはいま、わしみたいな者にも丁寧に接してくれてはりますけど、これまで幾たびも人を憎んだり、恨んだりしてきはりましたやろ。ひょっとしたら腰のお刀でこいつを斬って捨てたろと誓われたことかて、一度ぐらいおありやったかもしれまへん」

日が傾いてきたのだろう。いっそう冷たさを増した風が、松の梢をざわざわと鳴らす。足元に落ちた陽がわずかに明るさを増したかと思うと、あっという間に目に見えぬ何者かに喰われたかのように掻き消えた。

「人の心いうのは、誰であれどっか薄汚れて欠けのあるもんどす。むしろ時に人を恨み、憎み、殺したろと思いもするからこそ、その他の行いがえろう綺麗に見えるんやあらしまへんやろか」

若冲はんの絵はきっと、と弁蔵はわずかに声を上ずらせた。

「美しいがゆえに醜く、醜いがゆえに美しい、そないな人の心によう似てますのや。そやから世間のお人はみな知らず知らず、若冲はんの絵に心惹かれはるんやないですやろか」

そう考えれば、全てが納得できる。何故、世人は端整秀麗な円山応挙の絵を求める一方で、奇抜な若冲の作を渇仰《かつごう》したのか。彼らは知らず知らずのうちにあの奇矯な絵に、自らでは直視することの出来ぬ己自身の姿を見出していたのだ。

わしは——と言いながら、弁蔵はここにおらぬ何者かを睨み付けるように、眦《まなじり》を決した。

「あの若冲がどないな男やったか、よう承知しています。あいつの心根の弱さに怒り、殺したろと考えたことかてあります。そやけど今になってみれば、きっとあない弱虫やったからこそ、人間の良い所もあかん所もよう見えた。そやさかい他の絵師が描けへん薄汚い人の心を、そのまま絵にすることが出来たんやと分かります」

その言葉に、再び絵師としての我が身を省みたのか、文晁は恐ろしいものを見る目で、弁蔵を見つめた。少し色の戻った頰を再び青ざめさせ、

「——そのように気付かれたのは、いつのことでございますか」

と、かすれた声で問うた。

「へえ、かれこれ四、五年前の宵山、鳥獣の屛風が二双ともに飾られてたんを目にした

ときどす。何や法要帰りのお人らの話を漏れ聞くに、さっきの法会の席にも、あの二つの屛風はあったんやそうどすな」

「ああ、若冲どのがご令孫とともに手がけられたという、あの碁盤の目の絵でござるな」

その瞬間、弁蔵の顔にはっきりと不審の色が走った。

「孫と言わはりましたか、お侍さま」

「おお、お名は失念したが、それがしが会うた折は、七、八歳と思しき童でございました。さすが蛙の子は蛙。幼き頃より絵に親しんで育たれ、今は名古屋の張月樵とやら申す画人に弟子入りしていると、先ほど参列客たちが噂しておりました」

月樵、と弁蔵は小さく呟いた。

「さよう。確か元は京で絵を学んでいたという、若き画人とやらうかがいました。元の名は快助とか申し、呉月渓を師に定めるまでは、幾人もの絵師の門を渡り歩いておった男とか」

「快助――快助どすか」

弁蔵はこみ上げるものを抑えるかのように、忙しげに息をついた。片手でぐっと己の胸元を摑み、一瞬、強く下唇を嚙みしめた。

「いかが致されましたか、君圭どの」

「いえ……かれこれ十二、三年も昔、まだ京に出てきたばかりの快助、いや月樵に絵を教えたことがあったと思い出しただけどす」

さようでございましたか、と目を見張る文晁にはお構いなしに、弁蔵はもう一度大きな息をついた。

気のせいであろうか。「あいつはわしが言うたことを覚えてたんどすな」と弁蔵の唇が動いた気がした。

「あの二双の屛風には、それがしも感嘆いたしました。なるほど若冲どのでなくては描けず、またこれより先もあれを凌ぐ絵はそうそう現れまいと思うほどの作でございますな」

あえてさりげなさを装った文晁の言葉に、弁蔵はしばらく無言であった。

だが不意になにかを振り払うように軽く頭を振るや、

「そうどっしゃろ。あの絵はほんまによう出来てました。そやけどわしはそれまで、あいつとあいつの絵が大嫌いどしたんや」

と、ひどく早口で吐き捨てた。

「けど宵山の夜、あの二双の屛風を見、若冲はんがあれらを共に自分の絵やと言うてると耳にしたとき、わしはたった一人で絵を描き続けたあいつの哀しさ苦しさを——そしてそこから生み出される絵の凄さを、否応なしに知ってしまいましたんや」

だってそうどすやろ、と続けた声は隠しようもなく潤み、無惨に上ずっていた。

「わしはあの時、あの鳥と獣しかおらんはずの屛風の中に、とっくの昔に死んでしもうた者の面影を、間違いなく見ましたんや。そないなことをさせる絵なんぞ描けるのは、生きながらこの世の地獄を這いずった者だけやないどすか。一度それに気付いてしもたら、わしは――わしはもう画人としてのあいつを憎めしまへんのや」

たった一人、と弁蔵は言った。しかし、それは本当だろうか。

あの輝かしき生き物たちの国、弁蔵がそこに誰の姿を見たのか、余人には知る由もない。だが若冲が何を思い、何のためにあの屛風を描いたのか、彼だけはそれを正しく読みとったのではないか。そして二双の屛風をともに自分の作と語った若冲の言葉に、己と同じく、天地に互いしか見つめる者のいない悲哀を看取したのではあるまいか。

弁蔵はきっといまだ、兄を許してはいない。されどあの怯懦《きょうだ》な茂右衛門を許さずとも、異能の絵師たる伊藤若冲の絵を肯《うけが》うことは出来る。

市井の若隠居であった茂右衛門を稀代の画人に押し上げた、その激しき孤独、絶望。それを唯一分かち合い、理解するに至った市川君圭という影を、若冲は生涯見つめ、恐れ――そして己が半身として慈しみ続けた。

その生き様は兄にとって、不幸だったのであろうか。いや、違う。何ひとつ確かなものなぞないこの世、絵を鏡に向き合い続けた二人の軛《くびき》ほど、確かなものがあるはずがない。

(兄さん、あんたはんは不幸なんかやない。あんたはんは――あんたはんは、誰にも負けへんほど幸せなお人やったんや)

熱いものがまた、お志乃の頰を伝う。

おおきに、という呟きが、我知らず唇を割った。

（おおきに、弁蔵はん。おおきに――）

胸の中でそう幾度も繰り返すお志乃を拒むかの如く、弁蔵はいきなり畜生ッという怒号を上げた。真っ赤な目を握りしめた拳でぐいと拭うや、それをわずかな朱を刷《は》き始めた空に向かって突き上げた。

「若冲ッ、一人先にくたばりよって、お前はやっぱり卑怯者やッ。お前が――お前がおらなんだら、わしはこれからどないな絵を描いたらええんやッ」

また雲が切れ、先ほどより赤みを増した夕陽が、弁蔵の足元に黒々とした影を曳く。その傍らに長く伸びた文晁の影が、ひどく戸惑いがちに弁蔵のそれに一歩近づき、すぐに何を思い直したのか、その場に留まった。

残照はいよいよ明るく境内を輝かせ、二つの長い影を縫いつけたように築地塀の際に伸ばしている。

（兄さんやったら、この光景をどない描かはるんやろ）

早桶の底、血の気の失せた手が握りしめた斑竹の筆が脳裏に浮かぶ。お志乃はもう一度、兄さん、と彼岸の若冲に呟きかけた。

いま、この時のために自分はずっと兄に寄り添いつづけてきたのだと、そんな思いがしてならなかった。

(うちは——うちは知ってますえ。あんたはんがどないな思いを、自分の絵に込めてはったか。あんたはんがどれほど不幸で、どれほど幸せやったんか。伊藤若冲の絵を好む誰が気付かんかったとしても、うちは一つ残らず全部覚えてますえ)

どこからともなくまた、香煙の匂いが漂って来た。

日が翳り、二つの影の輪郭が淡い薄明に滲む。それでもなお動かぬ男たちの影を、深く強く己の中に刻みつけんとするかの如く、お志乃はいつまでも静かに見つめ続けていた。

〔取材でお世話になった方々〕

石丸正運（美術史家）
今井文二（日本画家）
宇佐美英機（滋賀大学経済学部教授）
狩野博幸（同志社大学文化情報学部教授）
髙槻泰郎（神戸大学経済経営研究所准教授）
安村敏信（萬美術屋）

※五十音順、敬称を省略させていただきました
肩書きは二〇一五年現在

解説

上田秀人

若冲が人気である。

昨二〇一六年が生誕三百年であったということもあり、上野、京都などで展覧会が開かれ大好評を博したらしい。これは偶然だったが、所用でＪＲ上野駅へ行ったとき、駅構内に東京都美術館の看板があり、そこに若冲展三百二十分待ちという数字が出ているのを見た。

これほどの待ち時間は、世界有数の遊園地、そこで一番人気のアトラクションでもそうそうあり得る数字ではない。

五時間以上並んでも見たいと思わせる魅力が若冲の絵にはある。

若冲は正徳六年（一七一六）に京の青物を取り仕切る大店枡屋源左衛門の長男として生まれた。ときは新井白石による正徳の治が終わり、八代将軍吉宗の御世となったが、江戸の政変の影響を受けない京で、若冲は育った。

その後二十三歳で家督を継ぎ、四十歳で弟に店を譲り隠居、八十五歳で死ぬまで絵を描き続けた。

人物事典としてはこれでいいが、若冲の生涯はこれだけではない。現代でも同じといえば同じなのだが、一庶民の生涯が詳細に記録されることはまずない。いや、名のある人物でも難しい。

例えば織田信長がそうだ。信長の生涯を記した資料として「信長公記」がよく使われる。わたしも信長を書くときの参考にさせてもらっている。これは太田牛一という織田家弓頭だったという人物が書きあげた労作で、日時出来事が比較的正確とされている。とはいえ、織田信長の生涯を一日漏らさず、記載しているわけではない。なんの記述もない日の方が多い。

本能寺の変の前夜、京の公家たちを招いての茶会を終えた信長が、明智光秀の軍勢に襲われるまでの間、誰を閨《ねや》に侍らしたのかなどはわかっていない。正室お濃の方なのか、森蘭丸、坊丸、力丸三兄弟の稚児衆なのか。あるいは一人で休んだのか。

このどれかを選んで物語を作る。

本能寺に信長が泊まったのは、毛利との決戦を控えた羽柴秀吉（当時）の救援要請に応じたためである。いわば、戦場へ向かう前夜であった。

当時、戦国武将は戦場に女は連れて行かなかった。しかし、男というのは命がかかると性的な欲求が高まるものだ。これは、己の子孫を残そうとする本能によるものらしい。

女はいない。でも興奮は収まらない。となれば、代わりにその欲望を受け止める者が必要になる。それが小姓、稚児と呼ばれるもので、代表的な人物として森蘭丸があげられる。

中国攻めに出立する前夜、信長が正室を閨に呼んだならば、その気概は戦に行くのではなく、決まりきった勝利を確認するものになる。

森三兄弟の誰かを共寝させたならば、信長は毛利との決戦に天下をかけていたと想像してもよいだろう。

このように史実の隙間を埋めて、主人公の人生を紡ぎあげるのが歴史作家の仕事である。

長々と話をしてきたが、なにを言いたいのかといえば、作家は登場人物を歴史上の偉人から、人間に変えるために歴史小説を書いているということだ。

何年何月何日になにがあったというのを羅列し、歴史上の人物の行動をあきらかにするのが歴史家である。確実だとされている（最近、いろいろな研究が進歩し、かつて事実とされてきたものが偽りであったと明らかにされたものも多い）史実のなかで終わるのが論文であり、そこに個人の恣意を入れてはならない。

それをしていいのは、小説家だけなのだ。

もともと小説の語源は、中国の小人の説く相手にするほどでもない話というものらしい。その代わり、なにを書いても許される。

もちろん、公序良俗に反するものは論外である。

なかでも歴史小説はかなり制約を受ける。いかに絵空事の小説とはいえ、歴史的事実を逸脱するわけにはいかない。

織田信長は本能寺で死ななければならず、関ケ原で石田三成は負けなければならない。ここをいじくることを歴史小説は許してはいない。

ただ逆にいえば、史実で証明されていないことは、どのように描いても許される。

事実だけを並べた隙間だらけの人生、受験勉強のために年表を覚えるのと同じ行為では、歴史は遠いもののままである。

さて、延々と本題からはずれるような論を展開してきたのは、本作の凄さを実感してもらいたいからだ。

まず、扉を開けていただこう。とりあえず冒頭の数頁読んでもらいたい。

どうだろうか。京の町屋、その内部の情景が浮かんでいるはずだ。

妹が無理をしてあがる狭くて急な階段、二階の狭い一室で絵と向かい合う若冲。

この一頁だけで、若冲がどれだけ絵に没頭しているかがわかる。

だが、私が注目して欲しいのは、それだけではない。さりげなく紛れこませてあることにお気づきだろうか。

解説として正しい手法だとは思わないが、そこだけ抜き出させていただこう。

『家督を継ぐ前からだとも、嫁を娶った直後……』

若沖のことをお好きな方ならば、もうおわかりだと思う。

今まで若沖は終生未婚であったと言われてきた。それを澤田瞳子氏は覆した。もちろん、澤田氏が新資料を発見したというわけではない。未だ、若冲が独身だったか、妻帯者だったかはわかっていない。若冲のことを記した記録に妻という文言は出てきておらず、結婚した記録も見当たらない。

だが、それでは澤田氏は満足しなかった。

少し話がずれるが、昔、まだ私がデビューする前の修業時代のことを話したい。私は日本推理作家協会理事長も務めた作家、故山村正夫の弟子である。ある日、故山村正夫が弟子たちを前に「作家をするならば、一度は結婚しておきなさい。結婚しないと書けない文章があるから」と言ったことがあった。

私は弟子入りしたときにはすでに結婚もしていたし、子供もいた。それでもこの一言は大きく響いた。

結婚というのは、人が代を継いでいくのに必要な儀式である。いろいろな形はあるだろうが、結婚した相手に対し、なにかしらの感情を抱くのは当然だ。

師山村正夫に言われたとき、私はあらためて愛という感情について考えた。

愛というのは、仏教でいう慈悲から、主として男女の間に芽生える感情、親が子に惜しみなく与えるものなどと幅広い意味を持つ。と同時に愛なきものは、人の心を動かしてはくれない。いや、多少は揺るがせるだろう。大金によろめくのも人の常ではある。

だが、心の底から、感情を揺さぶるのは、愛に起因するものだと私は思う。

若冲の絵を見れば、そこに愛があるかないかなど、一目瞭然ではないか。

私は澤田氏の考えを支持する。史実としての発見はなくとも、若冲にはまちがいなく愛した女がいた。そう思わざるを得ない。

文庫の解説で言うのは証文の出し遅れもいいところだが、この部分だけで私は澤田氏の『若冲』は成功したと断言できる。

もちろん、他の部分もすさまじい。池大雅、円山応挙、谷文晁とそうそうたる日本画の大家が、物語に深みと色を加えている。

史実に基づいた部分がしっかりと作品を支えている。なにせ、澤田氏は京都の名門大学、同志社で史学を学び、修士号まで取得しているのだ。歴史の専門家としての側面も持つ澤田氏の作品は、デビュー作『孤鷹の天』が中山義秀賞を、二作目『満つる月の如し』で新田次郎賞を受けるなど、高く評価されている。

そして、この『若冲』で第百五十三回直木賞の候補となった。残念ながら受賞には至らなかったが、本作のできの良さは出版界が太鼓判を押している。

若冲の絵はどれもすばらしい。これも世界が認めている。

これほどの画家が日本から出たことを誇らしく思う。惜しむらくは、新しいものに飛びつき古くから伝わるものを軽視するという日本人の悪い癖で、若冲の名作の多くが海外へ流出してしまっている。

若冲の絵が見たいときに見られないという悔しさを、この文庫で晴らして欲しい。
絵師若冲、人間枡屋茂右衛門がここに居る。
是非、ご一読のほどをお願いしたい。

（作家）

初出　オール讀物
鳴鶴　二〇一三年六月号
芭蕉の夢　二〇一三年八月号
栗ふたつ　二〇一三年十二月号
つくも神　二〇一四年三月号
雨月　二〇一四年六月号
まだら蓮　二〇一四年九月号
鳥獣楽土　二〇一四年十二月号
日隠れ　二〇一五年三月号

単行本
二〇一五年四月　文藝春秋刊

文春文庫

若冲《じゃくちゅう》

定価はカバーに表示してあります

2017年4月10日　第1刷
2017年4月25日　第2刷

著　者　澤田瞳子《さわだとうこ》
発行者　飯窪成幸
発行所　株式会社 文藝春秋

東京都千代田区紀尾井町3-23　〒102-8008
TEL 03・3265・1211
文藝春秋ホームページ　http://www.bunshun.co.jp

落丁、乱丁本は、お手数ですが小社製作部宛お送り下さい。送料小社負担でお取替致します。

印刷・凸版印刷　製本・加藤製本
Printed in Japan
ISBN978-4-16-790825-6

（　）内は解説者。品切の節はご容赦下さい。

安部龍太郎
バサラ将軍
新旧の価値観入り乱れる室町の世を男達は如何に生きたか。足利義満の栄華と孤独を描いた表題作他「兄の横顔」「師直の恋」「狼藉なり」「知謀の淵」「アーリアが来た」を収録。（縄田一男）
あ-32-1

安部龍太郎
金沢城嵐の間
関ヶ原以後、新座衆の扱いに苦慮する加賀前田家で、家老の罠に落ちた武辺の男・太田但馬守。武士が腑抜けにされる世に、義を貫かんと死に赴く男たちの美学を描く作品集。（北上次郎）
あ-32-2

安部龍太郎
等伯（上下）
武士に生まれながら、天下一の絵師をめざして京に上り、戦国の世でたび重なる悲劇に見舞われつつも、己の道を信じた長谷川等伯の一代記を描く傑作長編。直木賞受賞。（島内景二）
あ-32-4

浅田次郎
壬生《みぶ》義士伝《ぎしでん》（上下）
「死にたぐねえから、人を斬るのす」――生活苦から南部藩を脱藩し、壬生《みぶ》浪と呼ばれた新選組の中にあって人の道を見失わなかった吉村貫一郎。その生涯と妻子の数奇な運命。（久世光彦）
あ-39-2

浅田次郎
輪違屋糸里《わちがいやいとさと》（上下）
土方歳三を慕う京都・島原の芸妓・糸里は、芹沢鴨暗殺という、新選組の内部抗争に巻き込まれていく。大ベストセラー『壬生義士伝』に続き、女の〝義〟を描いた傑作長篇。（末國善己）
あ-39-6

浅田次郎
一刀斎夢録（上下）
怒濤の幕末を生き延び、明治の世では警視庁の一員として西南戦争を戦った新選組三番隊長・斎藤一の眼を通して描き出される感動ドラマ。新選組三部作ついに完結！（山本兼一）
あ-39-12

あさのあつこ
火群《ほむら》のごとく
兄を殺された林弥は剣の稽古の日々を送るが、家老の息子・透馬と出会い、政争と陰謀に巻き込まれる。小舞藩を舞台に少年の友情と成長を描く、著者の新たな代表作。（北上次郎）
あ-43-12

（　）内は解説者。品切の節はご容赦下さい。

秋山香乃
総司　炎《ほむら》の如く
新撰組最強の剣士といわれた沖田総司。芹沢鴨暗殺、池田屋事変など、幕末の京の町を疾走した、その短くも激しく燃焼し尽くした生涯を丹念な筆致で描いた新撰組三部作完結篇。
あ-44-3

梓澤　要
越前宰相秀康
徳川家康の次男として生まれながら、父に疎まれ、秀吉の養子に出された秀康。さらには関東の結城家に養子入りした彼はその後越前福井藩主として幕府を支える。（島内景二）
あ-63-1

青山文平
白樫の樹の下で
田沼意次の時代から清廉な松平定信の息苦しい時代への過渡期。いまだ人を斬ったことのない貧乏御家人が名刀を手にしたとき、何かが起きる。第18回松本清張賞受賞作。（島内景二）
あ-64-1

青山文平
かけおちる
藩の執政として辣腕を振るう男は二十年前、男と逃げた妻を斬った。今また、娘が同じ過ちを犯そうとしている——。時代小説の新しい世界を描いて絶賛される作家の必読作！（村木　嵐）
あ-64-2

井上ひさし
手鎖心中
材木問屋の若旦那、栄次郎は、絵草紙の人気作者になりたいと願うあまり馬鹿馬鹿しい騒ぎを起こし……歌舞伎化もされた直木賞受賞作。表題作ほか「江戸の夕立ち」を収録。（中村勘三郎）
い-3-28

井上ひさし
東慶寺花だより
離縁を望み決死の覚悟で鎌倉の「駆け込み寺」へ——女たちの事情、強さと家族の絆を軽やかに描いて胸に迫る涙と笑いの時代連作集。著者が十年をかけて紡いだ遺作。（長部日出雄）
い-3-32

池波正太郎
鬼平犯科帳　全二十四巻
火付盗賊改方長官として江戸の町を守る長谷川平蔵。盗賊たちを切捨御免、容赦なく成敗する一方で、素顔は人間味あふれる人情家。池波正太郎が生んだ不朽の〈江戸のハードボイルド〉。
い-4-52

（　）内は解説者。品切の節はご容赦下さい。

おれの足音　池波正太郎
大石内蔵助（上下）
吉良邸討入りの戦いの合間に、妻の肉づいた下腹を想う内蔵助。剣術はまるで下手、女の尻ばかり追っていた〝昼あんどん〟の青年時代からの人間的側面を描いた長篇。（佐藤隆介）
い-4-93

秘密　池波正太郎
家老の子息を斬殺し、討手から身を隠して生きる片桐宗春。だが人の情けに触れ、医師として暮すうち、その心はある境地に達する——。最晩年の著者が描く時代物長篇。（里中哲彦）
い-4-95

崖っぷち侍　岩井三四二
戦国末期。千葉房総の大名、里見家に仕える下級武士・金丸強右衛門は、戦で勝てば領地が増え、生活も楽になり妾も囲えると意気揚々。ところが主家は領地を減らされ……。（川本三郎）
い-61-6

ちょっと徳右衛門　稲葉稔
幕府役人事情
剣の腕は確か、上司の信頼も厚いのに、家族が最優先と言い切るマイホーム侍・徳右衛門。とはいえ、やっぱり出世も同僚の噂も気になって…新感覚の書き下ろし時代小説！
い-91-1

ありゃ徳右衛門　稲葉稔
幕府役人事情
同僚の道ならぬ恋を心配し、若造に馬鹿にされ、妻は奥様同士のつきあいに不満を溜めている。リアリティ満載の新感覚時代小説！　家庭最優先の与力・徳右衛門シリーズ第二弾。
い-91-2

やれやれ徳右衛門　稲葉稔
幕府役人事情
色香に溺れ、ワケありの女をかくまってしまった部下の窮地を救えるか？　役人として男として、答えを要求されるマイホーム侍・徳右衛門。果たして彼は〝最大の敵〟を倒せるのか。
い-91-3

人生胸算用　稲葉稔
郷士の長男という素性を隠し、深川の穀物問屋に奉公に入った辰馬。胸に秘めるは「大名に頭を下げさせる商人になる」という決意。清々しくも温かい時代小説、これぞ稲葉稔の真骨頂！
い-91-11

（　）内は解説者。品切の節はご容赦下さい。

犬飼六岐
佐助を討て
真田残党秘録
豊臣家を滅ぼした家康だが、夜ごとに猿飛佐助に殺される悪夢に悩まされていた。佐助の死なくして家康の安眠なし。伊賀忍者と佐助ら真田残党との壮絶な死闘が始まる。（末國善己）
い-93-1

宇江佐真理
余寒の雪
女剣士として身を立てることを夢見る知佐は、江戸で何かを見つけることができるのか。武士から町人まで人情を細やかに描く七篇。中山義秀文学賞受賞の傑作時代小説集。（中村彰彦）
う-11-4

宇江佐真理
神田堀八つ下がり
河岸の夕映え
御厩河岸、竈河岸、浜町河岸……。江戸情緒あふれる水端を舞台に、たゆたう人々の心を柔らかな筆致で描いた、著者十八番の人情噺。前作『おちゃっぴい』の後日談も交えて。（吉田伸子）
う-11-15

植松三十里《みどり》
群青
日本海軍の礎を築いた男
幕末、昌平黌で秀才の名をほしいままにし、長崎海軍伝習所で、勝海舟や榎本武揚等とともに幕府海軍の創設に深く関わり、最後の海軍総裁となった矢田堀景蔵の軌跡を描く。（磯貝勝太郎）
う-26-1

海老沢泰久
無用庵隠居修行
出世に汲々とする武士たちに嫌気が差した直参旗本・日向半兵衛は「無用庵」で隠居暮らしを始めるが、彼の腕を見込んで、難事件が次々と持ち込まれる。涙と笑いありの痛快時代小説。
え-4-15

逢坂　剛・中　一弥　画
平蔵の首
深編笠を深くかぶり決して正体を見せぬ平蔵。その豪腕におののきながらも不逞に暗躍する盗賊たち。まったく新しくハードボイルドに蘇った長谷川平蔵もの六編。（対談・佐々木　譲）
お-13-16

乙川優三郎
生きる
亡き藩主への忠誠を示す「追腹」を禁じられ、白眼視されながら生き続ける初老の武士。懊悩の果てに得る人間の強さを格調高く描いた感動の直木賞受賞作など、全三篇を収録。（縄田一男）
お-27-2